DÖRLEMANN

Amanda Cross

TÖDLICHES ERBE

Ein weiterer Fall für Kate Fansler

Kriminalroman

Deutsch von
Monika Blaich und Klaus Kamberger

DÖRLEMANN

Die amerikanische Originalausgabe »The Question of Max«
erschien 1976 bei Alfred A. Knopf, New York.

Dieses Buch ist auch als Dörlemann eBook erhältlich.
eBook ISBN 978-3-03820-904-1

Umschlaggestaltung: Mike Bierwolf
unter Verwendung einer Illustration von Anna Sommer
Satz: Dörlemann Satz, Lemförde
Druck und Bindung: Print Best, Viljandi
ISBN 978-3-03820-124-3
www.doerlemann.ch

Erster Teil

März

Eins

Kate Fansler war es im letzten Jahr gelungen, ihr Leben
fein säuberlich in eine urban-elegante und eine länd-
lich-schlichte Hälfte aufzuteilen, auch wenn die ländliche
Schlichtheit gewiss um einige Grade schlichter war als die
städtische Eleganz elegant. Ihre bäuerlichen Nachbarn sahen mit kaum verhüllter Geringschätzung auf ihre Hütte,
die aus nur einem Raum bestand, und auf den ungemähten Rasen herab, während ihre Bekannten in der Stadt ihr
in Sachen Eleganz keinen exponierten Platz einräumten.
In den Augen ihrer Kollegen war sie eine ziemlich reiche
Frau, aber diejenigen aus der Generation ihrer Mutter,
die sie gelegentlich sahen, stuften ihr Leben als beinahe
asozial ein. An diesem besonderen Tag im März dachte
sie mit Stolz an die tiefen Widersprüche, die ihr Leben
prägten. Sie waren es, die den Erfahrungen die Würze
verliehen und der Seele die notwendige Ruhe. Natürlich
bedurfte es zum Austarieren solch tiefer Widersprüche
einer Geschicklichkeit, die an Akrobatik grenzte. Daher
fühlte sich Kate, als sie Maximillian Reston entdeckte,
wie eine Kunstturnerin, der plötzlich die Muskeln erstarren. Er suchte gerade im ungemähten Gras, das die Hütte
umgab, vergeblich nach einem Weg zu ihrer Tür.

Max war der letzte Mensch auf Gottes weiter Erde, der solch einer verwilderten ländlichen Zuflucht irgendetwas hätte abgewinnen können. Und selbst wenn ihr Refugium eine ähnliche Eleganz ausgestrahlt hätte wie Edith Whartons berühmte Jahrhundertwende-Villa nicht weit von hier in den Berkshires – Restons unangemeldetes Auftauchen hätte auch dann Erstaunen ausgelöst. Er war nicht der Mensch, der Ausflüge in das Leben anderer Leute machte. In ihre Arbeit dagegen schon. Freundschaft, oder was Max unter Freundschaft verstand, schlug sich in schön gedrechselten Briefen zu den Veröffentlichungen dieser Freunde nieder. Intimität war für ihn indessen so etwas wie eine Sünde der heutigen Zeit und ebenso bedauerlich wie der Verlust guter Manieren, notwendiger Formen und eine Kleidung, die den Unterschied zwischen den Geschlechtern überspielt.

Kate schaute auf ihre abgetragenen Bluejeans und dreckbespritzten Turnschuhe und erwog ein paar verrückte Fluchtmöglichkeiten. Sie könnte schnurstracks durch die Hintertür in den Wald rennen und sich verstecken, bis Max wieder verschwand. Aber wann würde er gehen und, was noch wichtiger war, wie? Das Taxi, das ihn an der Straße abgesetzt hatte, hatte er fortgeschickt, und in ihrem Haus gab es kein Telefon, um ein anderes zu rufen. Eine Flucht schien also nicht ratsam. Verstellung? Angenommen, sie spielte eine Landstreicherin oder ein verrücktes altes Weib, das von Kobolden faselte … Keine schlechte Idee, führte aber zum selben Problem wie Alternative eins. Wie würde Max wieder fortkommen? Wahrscheinlich blieb ihr nichts anderes übrig, als sich ihm einfach zu stellen. Und würde Max, wenn er sie in diesem Aufzug und in diesem Haus gesehen hätte, da sie doch nie mit ihm in einer weniger eleganten Atmosphäre diniert oder geredet hatte als der seines Clubs (an jenen seltenen Abenden, wenn dieser dem anderen Geschlecht seine geheiligten Hallen öffnete), ihre Hütte verlassen und für immer aus ihrem Leben verschwinden? Kate wurde klar, dass sie den Verlust seiner Gesellschaft bedauern würde. Verdammter, verfluchter Max.

Reston wusste nichts von der Verwünschung, die ihm da entgegengeschickt wurde, und schaute kurz die ausgefahrene Straße hinunter. Vielleicht wünschte er sich sein Taxi zurück, das inzwischen verschwunden war. Selbst auf diese Entfernung konnte man erkennen, wie er sich entschloss, durch das Gras der Zivilisation entgegenzustürmen, die er im Inneren der Hütte vermutete. Ihr kam der wilde Gedanke, sich umzuziehen. Aber die Unaufrichtigkeit dessen war ihr zuwider. Andererseits begeisterte sie der Gedanke nicht gerade, von Max sozusagen nackt angetroffen zu werden. Ich muss mich ihm stellen, wie ich bin, sagte sie sich und schob eine lose Haarsträhne zurück.

Die Frage war, wie Max sie überhaupt gefunden hatte. Sie wusste, dass er sich auf allen Haupt- und Nebenstraßen der Zivilisation bestens auskannte, aber Findigkeit auf ländlichem Terrain hätte sie ihm nicht zugetraut. Vorsichtig, doch in ihr Schicksal ergeben, ging Kate zur Tür und öffnete. Sie sah Max zu, wie er sich einen Weg durch die aufgeweichte Wiese bahnte. Als er auf drei Meter herangekommen war, sagte sie: »Zwei Fragen: Wie haben Sie mich gefunden, und warum? Wahrscheinlich ist es nicht gerade taktvoll, aber die erste Frage interessiert mich eigentlich mehr.«

»Guy hat mir davon erzählt«, sagte Max, trat ein und sah sich mit unverhohlen kritisch prüfendem Blick in der Hütte um. »Er hat mir außerdem gesagt, dass Reed sie Ihnen geschenkt hat. Nachdem ich Sie an keinem zivilisierten Ort gefunden habe, habe ich es hier auf gut Glück versucht.«

»Hat Guy genau beschrieben, in welchem Berkshire-Wald sie liegt?«

»Natürlich nicht. Er erwähnte die nächstgelegene Stadt, und dort habe ich nach einer einsam gelegenen Hütte und einer etwas seltsamen Frau gefragt. Haben Sie hier Trinkwasser aus der Leitung, oder muss man sich draußen neben einem plätschernden Bach zu Boden werfen?«

»Wir haben Wasserhähne«, sagte Kate. »Nehmen Sie Platz, und ich hole Ihnen einen Schluck Wasser. Ich fürchte, etwas anderes kann ich auch nicht anbieten, außer Beuteltee, Pulverkaffee oder kalifornischem Wein.«

Mit sichtlicher Mühe unterdrückte Max ein Schaudern. »Wasser ist hervorragend«, sagte er. Er blickte sich um, und Kate betrachtete die Hütte mit seinen Augen. Sie bestand aus einem großen Raum mit gewölbter Decke und an der einen Seite einer Empore, die als Schlafzimmer diente. Als Sitzgelegenheit gab es außerdem noch eine Matratze mit einem Berg Kissen und einer Tagesdecke. Zwei Polstersessel von der Sorte, die jemand ausrangiert hatte, als er zu Geld gekommen war, ein runder Tisch aus Kiefernholz und zwei Stühle waren das restliche Mobiliar.

»Guy erzählte mir, er und Reed hätten sie mit eigenen Händen gebaut«, sagte Max und ließ sich mit einer Mischung aus Erleichterung und Abscheu in einen der tiefen Sessel fallen, dessen Eingeweide unter seinem Gewicht bis zum Fußboden durchsackten. Max gehörte nicht zu den Menschen, die sich gern räkeln, und er fühlte sich offensichtlich unbehaglicher als auf einem Stuhl mit hoher Lehne und gerader Sitzfläche. Aber immerhin hatte er Kate gefunden, und das sagte einiges aus über seine Ausdauer und wohl auch über die Ernsthaftigkeit der Absichten, die ihn herführten. Was das für Absichten sein könnten, darüber mochte Kate sich keine Gedanken machen.

Max schien seltsam zu zögern, was den Grund seines

außergewöhnlichen Besuchs anging. »Sieht aus, als wäre sie wirklich mit bloßen Händen gebaut worden, die Hütte.«

»Guy hat sie gebaut, und Reed hat ihm ab und zu geholfen. Ich dachte, das hätte er Ihnen erzählt.«

»Ich habe mitbekommen, dass er sie entworfen hat. Er ist nicht ins Detail gegangen, und irgendwie nahm ich an, dass er die Oberaufsicht geführt und nicht selber Hand angelegt hat.«

»Guy ist seit Langem mit Reed befreundet«, sagte Kate. »Jahre bevor Reed und ich heirateten, hatte Guy einen Zusammenbruch. Die Ärzte nannten es eine sanfte Depression. Der Grund – wenn es denn überhaupt Gründe für Depressionen gibt – war das, was Dichter die Melancholie der erfüllten Aufgaben nennen. Als Werbefachmann hatte Guy schon in sehr jungen Jahren großen Erfolg. Es folgten dann die übliche Psychotherapie, die üblichen Drogen, aber geheilt hat er sich selbst, genauer gesagt: Er hat sich durch Arbeit selbst aus dem Sumpf gezogen. Durch körperliche Arbeit. Hier. Guy hatte dieses Stück Wald vor Jahren geerbt. Er fing an, dieses Haus mehr oder weniger mitten auf seinem Gelände zu bauen, und Reed half ihm. Er sagt, Reeds ruhige Nähe und Unterstützung hätten ihn gerettet. Als es ihm später wieder besser ging, hat er Reed das Haus und das Gelände verkauft, und Reed hat es mir gegeben als Zufluchtsort. ›Es hat Guy geheilt‹, sagte er, ›und es wird auch dich heilen.‹

Nicht dass ich am Zusammenbrechen war, es sind nur die Nerven. Natürlich hat Guy Ihnen von alledem nichts erzählt.«

»Natürlich nicht«, sagte Max, und sein Tonfall sprach Bände.

»Also, wenn Sie auf Diskretion Wert legen, Max, und darauf, dass jeder vornehm seine Gefühle für sich behält, dann sind Sie hier am falschen Ort. Ich meine nicht mich, sondern diesen Ort. Ich bin die meiste Zeit allein hier, aber allein oder nicht, ich halte mich an keine Spielregeln. Dieser Ort ist eine Erlösung.«

»Wovon?«, fragte Max, stand auf und schaute hinaus. »Von der Zivilisation, nehme ich an. Von einem kultivierten Leben voller Höflichkeit, Stil und schicklichem Benehmen.«

»Oh, Max, was sind Sie für ein Snob. Ich kenne all die Metaphern von ungepflegten Gärten mit wild wuchernden Hecken, dem Unkraut in der Auffahrt und dem Wind, der in den Bäumen singt. Ich mag die Natur als Wildnis, und sie macht mich weder traurig noch finster. Eigentlich stelle ich mir so den Garten Eden vor, falls Sie das interessiert. Die meisten Leute verbinden damit zweifellos das Bild von einem teuren Golfplatz. Können Sie sich vorstellen, wie viele Vögel ich gerade wegen des Dickichts hier im Sommer um mich habe? Selbstverständlich ist das nicht Ihr Stil, aber – wenn ich eine Haltung annehmen darf, die Sie bestimmt nicht höflich finden werden – ich habe nie einen Gedanken daran verschwendet und hätte Sie auch im Traum weder dieser Wildnis ausgesetzt noch mir in dieser Umgebung.«

»Selbstverständlich, meine Liebe.« Max bemühte sich, seine gewohnte Höflichkeit wiederzugewinnen. »Wahrscheinlich sollte ich nach meinem Taxi telefonieren. Ich hätte Sie nicht so aufdringlich überfallen und dann noch kritisieren dürfen …«

»Hier *gibt* es kein Telefon. Ich dachte, Sie hätten begriffen, dass ich hier fernab von allem bin.«

»Aber was geschieht in einem Notfall?«

»Die meisten Notfälle sind nur welche in den Augen derer, die sie erleben, und müssen also warten, bis ich sie zur Kenntnis nehme. Nehmen wir einfach an, ich klettere im Yukon herum. Reed und ein, zwei meiner besten Freunde kennen eine Telefonnummer unten an der Straße. Sie gehört einer ebenso habgierigen wie beschränkten Frau, der man jedes Mal eine große Belohnung verspricht, damit sie heraufkommt und mir von einem Anruf erzählt. Viele hat es noch nicht gegeben. Wenn Sie gehen wollen, werde ich Sie in die Stadt fahren und darauf hoffen, dass Sie barmherzig genug sind, niemandem zu erzählen, wo Sie mich gefunden haben und wie. Wollen Sie sich jetzt auf den Weg machen?«

»Könnte ich trotz allem eine Tasse Tee haben?«

Kate stand auf, um ihm den Wunsch zu erfüllen. »Vielleicht«, sagte sie zu Max gewandt, »ist es am Tisch

bequemer für Sie. Ich habe übrigens ein richtiges Badezimmer, falls Sie sich das gefragt haben.«

»Hat Guy das auch eingebaut?«

»Nein. Guy hat zwar alles gebaut, aber keine Instal-
lationen und auch keinen richtigen Weg durch den Wald
angelegt. Das Bad habe ich einrichten und auch den Kamin dort drüben bauen lassen.«

»Heißt das, Sie kommen auch im Winter hierher?«

»Sicher. Die Schönheit der Landschaft ist unvorstell-
bar, wenn auch die Stille, die eine der stärksten Anzie-
hungspunkte war, dahin ist. Aber davon fange ich lieber
gar nicht erst an. Diese verrückten Motorschlitten, die
bis tief in die Nacht herumfahren, einen Krach machen
wie Kreissägen, Tiere aus dem Winterschlaf reißen und
den Menschen die Wiesen ruinieren. Mit Zäunen kann
man sich nicht gegen sie schützen, aber glücklicherweise
mit Wäldern. Und dann ist da diese verdammte Schnee-
kanone auf so einer verfluchten Skipiste. Die ist zwar
Meilen entfernt, aber in klaren Nächten kann man sie
sicher bis nach Schenectady hören. Mein Anwalt geht
der Sache nach.«

Kate holte die Teetassen und stellte sie auf den Tisch.
»Da ist Zucker, wenn Sie welchen mögen. Die Leute
glauben, ich komme hierher, um mit irgendeinem Geist
in Verbindung zu treten, meinem eigenen oder dem eines
anderen. Und in gewisser Weise tue ich das auch. Aber
ich verbringe eine Unmenge Zeit damit, von der Ausrot-

tung des Verbrennungsmotors zu träumen. Von einem System aus Flugzeugen, Eisenbahnen und umfassendem öffentlichem Verkehrswesen in den Städten. Wer will, bekommt ein Fahrrad, und die Älteren, die Kranken und die Nostalgiker Pferd und Einspänner. Wie gefällt Ihnen das?«

»Ich glaube nicht, dass sich das je durchsetzt!«

»Leider. Aber wer will mir verbieten, davon zu träumen, dass General Motors auf elektrisch betriebene Busse und Straßenbahnen umrüstet? Max, was um alles in der Welt hat Sie zu mir geführt? Selbst wenn Sie nicht gewusst haben, wie spartanisch ich hier lebe, so hätten Sie doch wissen müssen, dass Sie mich hier nicht gerade im Oak Room des Plaza vorfinden.«

»Ich hatte gehofft«, sagte Max, rührte in seinem Tee und schaute in die Ferne, »Sie zu einer Fahrt mit mir überreden zu können. Jetzt«, fügte er hinzu. »In Ihrem Wagen«, schloss er endlich, als wollte er alle finsteren Absichten auf einmal auf den Tisch bringen.

Kate starrte ihren Besucher an. Wären der Universitätspräsident oder auch der Schah von Persien persönlich ihr mit einem derartigen Vorschlag gekommen, sie hätte, nicht weniger besorgt, plötzlich an ihrem eigenen Verstand gezweifelt. Oder war etwa Max, der elegante, beherrschte, brillante Max, plötzlich und unerwartet übergeschnappt? Max musste den besorgten Ausdruck in ihrem Blick bemerkt haben.

»Eine seltsame Bitte, ich weiß«, sagte er, schob seinen Stuhl zurück und schlug die langen, elegant gewandeten Beine übereinander. Max war einer von jenen Männern, die eher in Unterwäsche über die Straße gehen würden, als auch nur ein Stückchen nacktes Bein zwischen Socken und Hosen zu enthüllen. Kate – und das war einer der akrobatischen Züge ihrer widersprüchlichen Natur – bewunderte das. Sie versuchte edelmütig, nie aus der Art der Socken, die ein Mann trug, auf seinen Charakter zu schließen – das wäre lächerlich –, aber zugleich konnte sie auch nichts dagegen tun, dass ihr Socken auffielen. Reed, mit ihr in der Sockenfrage durchaus einer Meinung, tröstete sie wegen dieser merkwürdigen Unduldsamkeit. »Ich zum Beispiel«, lautete sein mitleidiger Kommentar, »kann roten Nagellack nicht ausstehen. Man muss tolerant sein sich selbst gegenüber.« Keine Frage, dachte Kate, ich fange an, in Bewusstseinsformen zu denken, wie sie zweitklassige Schriftsteller unter dem Einfluss von Virginia-Woolf-Imitatoren beschreiben.

»Eine seltsame Bitte, in der Tat«, sagte Kate und sammelte ihre Gedanken. »Wohin wollen Sie denn fliehen?«

»Nicht fliehen«, sagte Max. »Einen Besuch abstatten. Der Küste von Maine. Dem Haus von Cecily.«

»Jetzt? Ist sie nicht vor Kurzem gestorben? In England?« Egal wie lang seine Socken sind, sinnierte Kate, seine Gedanken sind auch nicht gerade kurz und knapp.

Max hatte gefragt, ob er rauchen dürfe, und Kate

hatte Ja gesagt. Er steckte sich auf seine Art seine Zigarette an, auf eine Art, die eigentlich mit dem verstorbenen Noël Coward untergegangen war. Plötzlich fühlte Kate sich besser. Alles in allem war Max trotz seiner Vorurteile – und die waren, weiß Gott, ebenso vehement wie reaktionär – der vernünftigste Mann, den sie kannte; zweifellos weil er sich in allem so absolut sicher war. Kate hatte einmal über Max gesagt, sie wünschte, sie wäre sich in einem Punkt so sicher wie er in allen Fragen des Lebens. Ursprünglich stammte diese Bemerkung von Macaulay. Eine Unterhaltung mit Max war trotzdem lebendig und interessant. Man musste sich durch seine Vorurteile hindurchkämpfen wie durch einen verminten Hafen, aber die Aussicht und die Brise waren ein Genuss. Als Professor für Kunstgeschichte war Max ebenso berühmt wegen seiner wissenschaftlichen Leistungen, wie er stadtbekannt war für seine Eleganz als Mann und Junggeselle. Im Allgemeinen war er unbeliebt und beneidet, besaß aber die Gabe, jeden Menschen für sich einzunehmen, der ihm gefiel. Das waren zwar nicht viele, aber es waren stets interessante Leute. Kate, die aus dem frostigen Hinterland in die noch immer kühlen Regionen einer Bekanntschaft mit ihm vorgedrungen war, hatte im Lauf der Jahre eine tiefe Zuneigung zu Max entwickelt. Sie trafen sich zum Dinner, unterhielten sich und wechselten witzige Briefe, die sie vermutlich mehr Anstrengung kosteten als ihn. Doch eine gemeinsame Fahrt mit

Max konnte überhaupt nur eine Taxifahrt sein, bei der er sie zu Hause absetzte, um sich anschließend zu seiner eleganten Wohnung in Turtle Bay chauffieren zu lassen.

»Ich erkläre Ihnen gleich alles«, sagte Max. »Aber erzählen Sie mir ...« Er fuchtelte mit der Zigarette herum. »Ich wusste gar nicht, dass Sie sich mit Depressionen befassen. Aber bevor Reed auftauchte, wusste ich ja auch nicht, wie Sie zur Ehe stehen.«

»So spricht ein wahrer Junggeselle«, sagte Kate, »im angemessenen Ton des Bedauerns. Aber Sie wissen ganz genau, dass Sie, wäre ich nicht verheiratet, niemals hier aufgetaucht wären, um mit mir ins finsterste Maine fahren zu wollen.«

»An die Küste«, sagte Max. »Nicht ins finsterste. Es ist wahr, mit verheirateten Frauen ist der Umgang angenehmer. Aber es gibt immer Ausnahmen. Sie sind eine davon.«

»Sie nicht. Mir ist aufgefallen, dass es viel mehr Spaß macht, mit Junggesellen essen zu gehen als mit verheirateten Männern – selbst wenn der Verheiratete ohne seine Frau käme, was jedoch selten der Fall ist. Warum, glauben Sie, hat das Verheiratetsein so erschreckende Auswirkungen auf die Gespräche, die Manieren und den Witz eines Mannes?«

»Weil Junggesellen sich ihr Abendessen mit ihrem Charme verdienen müssen.«

»Dummes Zeug. Sie könnten sich morgen von der

Universität zurückziehen, ohne sich jemals das Abendessen egal wie verdienen zu müssen.«

»Mag sein. Reeds Art der Unterhaltung, seine Manieren und sein Witz sind mir sehr zufriedenstellend erschienen.«

»Mir auch, Gott sei Dank. Ich fahre von Zeit zu Zeit hierher, nicht um vor Reed zu flüchten, sondern vor mir selbst. Reed ist ein Wunder an Verständnis in diesen Dingen und hat mir dieses Refugium überlassen. Dennoch schreckt er nicht vor Intimität zurück, im Gegensatz zu Ihnen. Vielleicht ist der Witz der Junggesellen ein Schutzwall gegen die menschliche Natur. Wie wenig wir doch von den Menschen wissen.«

»Eine Tatsache, die ich stets und von ganzem Herzen begrüßt habe. Man kann schließlich mit einem Menschen von gleichem Geschmack und gleicher Intelligenz ein Gespräch führen, ohne sich gleichzeitig in die quälendsten Details seiner Psyche zu vertiefen.«

»Auf ein Gespräch bezogen, bin ich anderer Meinung, aber auf das Leben im Allgemeinen trifft das wohl zu. Deshalb bin ich ja hier: Um mich weder von den Dingen beherrschen zu lassen noch von den Erwartungen, die andere Leute an mich stellen.«

»Das habe ich verdient und bitte demütig um Vergebung.«

»Werden wir von hier bis Maine fahren, ohne unsere jeweilige Psyche wenigstens so weit erforscht zu haben, dass wir den Grund wissen? Vor allem, da wir mit meinem Wagen fahren sollen? Sie haben so etwas erwähnt.«

»Also, entweder mit Ihrem Wagen oder mit einem, den wir in der Stadt mieten. Wissen Sie, ich habe Reed nicht erzählt, dass ich hierherfahre. Er hat mir die Adresse nicht verraten, aber er hat mit Fassung getragen, dass ich sie ausfindig mache. Ich habe ihm die Sache mit Cecily erklärt.«

»Unsere Herzen, Reeds und meines, schlagen im gleichen Takt, aber wir stehen nicht in telepathischer Verbindung. Das sollten Sie jedenfalls nicht aus dem Fehlen eines Telefons schließen.«

»Strenge steht Ihnen, Kate. Besser als dieses schrecklich männliche und viel zu weite Hemd. Der große, gelassene, unerschütterliche Max Reston möchte Cecilys Haus nicht allein aufsuchen. Ich hoffe auf Ihr Erbarmen. Die Nachbarn dort oben meinen, es sei vielleicht eingebrochen worden. Als ihr literarischer Nachlassverwalter muss ich hin. Als Mensch jedoch bin ich zu feige, allein zu gehen. Ich brauche Sie sehr, und dahinter steckt meinerseits mehr Bewunderung als Leidenschaft. Würden Sie mitkommen? Jetzt gleich? Wir könnten die Nacht in einem ruhigen, zivilisierten Gasthaus in einer netten Stadt an der Küste verbringen, wenn Sie mir die Ehre erweisen.«

»Angenommen, diese Jeans und dieses riesige, männliche, unpassende Hemd wären meine einzigen Kleidungsstücke?«

»So leicht entwischen Sie mir nicht«, sagte Max. »Außerdem haben Sie vergessen, dass ich Ihre Erziehung kenne. Sie haben zumindest einen eleganten Hosenanzug in dem Schrank dort. Kate, meine Liebe, Sie sind dabei, sich meiner ewigen Dankbarkeit zu versichern. Ich werde Ihnen von Cartier ein herrliches Geschenk schicken lassen und mein Leben lang darauf warten, Ihnen eine ähnlich wunderbare Gefälligkeit erweisen zu können.«

»Sie können gleich damit anfangen«, sagte Kate, »indem Sie draußen rauchen, damit Ihnen das Rotwerden erspart bleibt. Ich habe nämlich nicht vor, meinen eleganten Hosenanzug im Badezimmer anzuziehen. Können Sie Auto fahren?«

»Leider nein«, sagte Max und begab sich mit einer Verbeugung nach draußen, als verließe er einen edwardianischen Salon in Belgravia. »Aber während Sie fahren, werde ich Ihnen mit Geschichten über Cecily die Zeit vertreiben.«

»Auch Cecily Hutchins, die berühmte Schriftstellerin, wollte allein sein«, sagte Max, während sie den Massachusetts Turnpike ansteuerten. »Ich glaube, wenn ich meine Vorstellungskraft ein wenig bemühe, kann ich das verstehen. Der Wunsch nach Einsamkeit ist begreiflich; sie hat allerdings verheerende Auswirkungen auf die Konversation: Ist Ihnen schon einmal aufgefallen, dass Einzelgänger buchstäblich überlaufen, wenn man ihnen begegnet? Ihr Redestrom will nicht enden. So groß ist der Druck der vielen Ideen, die sie so lange nicht loswerden konnten.«

»Das ist der Nachteil eines wirklich einsamen Landlebens«, sagte Kate, »aber damit habe ich ja nichts zu tun, wie Sie bemerkt haben werden. Jedenfalls nicht ständig. Ich verliere mich im hohen Gras und Dickicht nur gelegentlich am Wochenende und in den Semesterferien. Aber ich weiß, was Sie meinen. Natürlich kann jemand, der den Tag über mit vielen Leuten zu tun hat, an den Abenden und Wochenenden das Schweigen genießen, sich besinnen, Erfahrenes wiederentdecken, wenn er die Gabe hat, das Alleinsein zu schätzen. Das ist, hoffe ich, meine Art. Aber für die, die den ganzen Tag allein sind – wie es Cecily offenbar war –, könnte daraus ein Problem werden.«

»Natürlich gibt es Nachbarn, aber sie leben meistens in einer gewissen Entfernung und sind, eine Folge unserer Automobilkultur, nur per Wagen erreichbar.«

»Das könnten meine Worte sein. Aber eben diese Automobilkultur, wie Sie es nennen, bringt Sie in diesem Augenblick genau dorthin, wo Sie hinwollen.«

»Nur, weil es hier keine Züge gibt. Stellen Sie sich vor, wir hätten ein Abteil für uns, man servierte uns Tee oder Champagner, und wir schauten hinaus in die vorbeifliegende Landschaft, während die Räder dazu ihr beruhigendes Klick-Klack ratterten. Keine Frage, ich bin hundert Jahre zu spät geboren, in eine Zeit hinein, die alles zerstört, was mir etwas hätte bedeuten können.«

»Hat Cecily auch so empfunden? In dem Fall wäre es schon merkwürdig, dass sie überhaupt nach Amerika gekommen ist.«

»In Cecilys Leben gab es zwei Leidenschaften: Die eine galt Ricardo, ihrem Mann – es gehörte zu ihren besonders exzentrischen Einfällen, dass sie ihn stets beim Nachnamen rief –, die andere war das Meer. Nach Ricardos Tod blieb ihr nur noch das Meer. Ihr Haus liegt nicht direkt am Strand, wie die meisten in der Gegend. Es liegt etwas geschützt hinter einer Wiese. Man kann das Meer von den Fenstern aus sehen, nicht aber die felsige Küste. Man muss die Wiese überqueren, wenn man den Wellen zuschauen will, die unerbittlich gegen die Felsen schlagen. Durch ihre Wiese«, fügte Max mit einer gewissen Strenge hinzu, »führte stets ein kurz gemähter, ordentlicher Weg, von der Tür bis zum Meer. Sie konnte ohne das Meer nicht leben, aber sie sagte, wie in einer guten Ehe brauche man beides: Abstand und Nähe.«

»Ein Hoch auf Cecily. Warum haben Sie mir erst jetzt, da sie tot ist, erzählt, dass Sie sie kannten?«

»Ja, warum? Ich habe sie nur selten gesehen. Sie hatte in den letzten Jahren etwas von einer Einsiedlerin an sich und vergaß immer häufiger, wenn man sich angekündigt hatte. Dann gab es ein Stück vertrockneten Käse und ein Glas Wein als Mahlzeit. Der Wein war allerdings immer hervorragend«, fügte Max hinzu und wirkte dabei, als hätte er sich vorgenommen, stets Gerechtigkeit walten zu lassen. »Sie mochte in Maine Meilen von allem entfernt gelebt haben – in diesen eleganten Küstenregionen gibt es genug Geld, und soweit man Zivilisation kaufen kann, ist sie dort auch zu haben.«

Die höfliche Zurückhaltung, die Kate an Max immer so geschätzt hatte, ließ ihn nun in Schweigen fallen, während sie auf der Revere, der umstrittenen Umgehungsstraße von Boston, nach dem richtigen Weg suchte. Sie musste dazu mehrere Verkehrskreisel überwinden, die offenbar extra dazu angelegt waren, Autos in die entgegengesetzte Richtung zu lenken, um ihnen Gelegenheit für einen Frontalzusammenstoß zu bieten. Erleichtert stellte sie fest, dass kaum jemand außer ihr in Richtung Norden unterwegs war: Die anderen Verkehrsteilnehmer waren offensichtlich auf der Suche nach belebteren Gebieten. Als sie sicher die Route i erreicht hatte, über die sie zur Route 95 kommen würde, schweiften ihre Gedanken zu Cecily Hutchins. Ihr Tod war ein Schock gewesen, einmal, weil es keinerlei Vorwarnung gegeben hatte, keinen Hinweis auf eine Krankheit oder ein Nachlassen ihrer geistigen Kräfte, aber mehr noch, weil solch ein Verlust Kates ganzes Universum bis in die Grundfesten erschütterte. Cecily Hutchins war eine jener englischen Schriftstellerinnen gewesen, die der Aufmerksamkeit des Feuilletons und der akademischen Kritiker zu entgehen schienen oder sie mieden. Vielleicht war sie zu lesbar gewesen und zu feminin für die Zeit vor den

Siebzigerjahren. Eine von jenen, für die der erste Krokus immer wieder ein Wunder war. Den Ruhm, wie er sich in Einladungen zu Talkshows im Fernsehen und Fototerminen für Hochglanzmagazine niederschlägt, hatte sie spät kennengelernt. Sie hatte damals ein Buch über das Alleinsein geschrieben, über ihr einsames Leben an der felsigen Küste von Maine. Aber sie hatte sich so vehement gegen aufdringliche Wissenschaftler und die Schmeicheleien der Medienwelt gewehrt, dass diese sich am Ende mit Klatschgeschichten über ihr fantastisches und mysteriöses Privatleben zufriedengeben mussten.

»Warum ist sie Ihrer Ansicht nach zum Sterben nach England heimgekehrt?«, fragte Kate.

»Ich glaube, der Tod hat sie dort überrascht«, sagte Max. »Sie ist nicht auf der Suche nach ihm in Englands grüne und liebliche Fluren zurückgekehrt. Was für ein romantischer Mensch Sie sind, Kate.«

»Sie war Mitte siebzig. Der Gedanke müsste ihr gekommen sein. Warum nicht den Tod an jener felsigen Küste erwarten, die man so geliebt hat?«

»Ich hoffe, Sie haben nicht vor, als Autorin romantischer Rührstücke zu reüssieren. Sollten Sie sich etwa diese primitive Hütte für einen derart ruchlosen Zweck ausgesucht haben?«

»Ach, Unsinn. Nach Ricardos Tod lebte sie weiter an der Küste von Maine und konnte es kaum ertragen, sie auch nur für einen Tag zu verlassen. Zumindest wird das in den Artikeln über sie behauptet. Wenn sie plötzlich beschloss, noch einmal nach England zu fahren, muss es dafür einen Grund gegeben haben.«

»Keinen sehr wichtigen. Sicher, ihr alter Hund war gestorben, und sie konnte unbeschwerter auf Reisen gehen. Cecily gehörte, ich muss das leider sagen, zu jenen Menschen, die sich bereitwillig an Lebewesen aus dem Tierreich binden, ein bedauerlicher, aber in England weitverbreiteter Fehler. Wenn Sie den oberflächlichsten Grund wissen wollen: Sie fuhr zur Hochzeit meines Neffen. Aber ich glaube keine Sekunde, dass das mehr als ein Vorwand war. Sie wollte England wiedersehen, und zufällig ist sie dann dort gestorben.«

»Sie waren nicht auf der Hochzeit Ihres Neffen?«

»Selbstverständlich nicht. Ich habe ihm ein Geschenk geschickt, das allerdings etwas zu extravagant war, und bin weiter meinen Pflichten nachgegangen. Schließlich kann man nicht seinen Universitätsposten verlassen, um auf der anderen Seite des Atlantiks Hochzeiten zu feiern, auch nicht, wenn Familienmitglieder involviert sind. Außerdem hätte ich wie verrückt hin- und herfliegen müssen, und ich fliege nur, wenn es unbedingt nötig ist. Mein Ruf als egozentrischer Exzentriker hat sich inzwischen zufriedenstellend etabliert, und man hat mir verziehen. Die meisten Menschen machen einen Fehler, liebe Kate, wenn sie generös erscheinen wollen. Ein unkluges Ziel. Hält man Sie erst einmal für einen egoistischen Menschen, verzeiht man Ihnen nicht nur eine Lebensführung, die in erster Linie ihrer eigenen Zufriedenheit gilt und bei jedem anderen als monströs gelten würde. Ein zufälliger Anfall von Großzügigkeit gilt dann außerdem fünfmal so viel wie die jahrelange Nettigkeit einer armen selbstlosen Seele. Man muss den Menschen vorsichtig beibringen, was sie von einem erwarten dürfen.«

»Ich weiß nicht, ob Sie ein finsterer Zyniker sind oder mir nur eine Rolle vorspielen.«

»Das ist eine spitzfindige Unterscheidung, meine Liebe. Zyniker ist der Name, den der Sentimentale dem Realisten gibt.«

»Cecily hat sich demnach mit Absicht einen Realisten als Testamentsvollstrecker ausgesucht. Ich hätte einen Optimisten für geeigneter gehalten, um ihren Ruhm zu mehren.«

»Cecily war eine intelligente Frau und daher in diesen Dingen eine Fatalistin. Wer am eigenen Ruf oder dem anderer herumbastelt, führt einen Kampf gegen die Uhr. Wer dagegen auf das Urteil der Geschichte vertraut, gibt sich in die Obhut der Stille und der langsamen Gangart. Um genau zu sein: Ich war der Sohn ihrer besten Freundin und entsprach in literarischen Dingen eher ihren Vorstellungen als ihre eigenen Kinder. Sie hat ihnen den größten Teil ihres Geldes schon vor ihrem Tod gegeben, und von dem, was jetzt noch übrig ist, bekommen sie auch den größten Teil. Ich habe nur mit den Papieren zu tun und irgendwann mit ihrer Biografie.«

»Hat sie sich eine Biografie gewünscht?«

»Nicht direkt, aber wäre das nicht das Beste, angesichts all der hungrigen Wissenschaftler und Verlage, die heutzutage wie die Fliegen um einen Leichnam schwirren? Ich jedenfalls werde sie beschützen. Sie wusste, dass sie da auf mich zählen kann. Und ich werde die Biografie schreiben, die sie verdient hat.«

»Und was kommt dabei für Sie heraus, außer einer Menge Arbeit?«

»Also wirklich, Kate, ich bin nicht so bar aller normalen menschlichen Tugenden, wie Sie vielleicht denken mögen. Ich mache nur keinen großen Wirbel darum. Ich mochte Cecily so sehr, wie meine Mutter sie mochte. Sie müssen kein Ungeheuer aus mir machen.«

»Verzeihung. Aber Sie haben selbst gesagt, eine ihrer Lebensregeln sei die Vermeidung persönlicher Verantwortung.«

»Vermeiden, nein, das ist das falsche Wort. Das erinnert an Steuererklärung. Ich akzeptiere die Aufgaben, die wirklich meine sind. Jetzt sagen Sie sich: ›Wie gefühllos er ist!‹ Aber ich bin's nicht, verstehen Sie? Ich weigere mich nur, auf diese übliche gedankenlose Art vor Gefühlen überzuströmen. Haben Sie jemals erlebt, dass ich mich den Wünschen eines Freundes und Kollegen gegenüber unzugänglich gezeigt hätte?«

»Nein«, sagte Kate, »das habe ich nicht. Aber da ich eine ziemlich klare Vorstellung von Ihrer Persönlichkeit habe, waren meine Wünsche nie übermäßig groß.«

»Genau das meine ich. Aber gesetzt den Fall, ich wäre der einzige Mensch, der Ihnen helfen könnte – würden Sie dann nicht zu mir kommen, wie ich zu Ihnen gekommen bin? Und würden Sie nicht erwarten, dass ich Ihnen entgegenkomme – bereitwillig und freundlich?«

Kate starrte Max so lange an, dass sie, als ihr Blick auf die Straße zurückkehrte, das Steuer ziemlich heftig herumreißen musste, um wieder auf ihre Fahrbahn zu kommen. »Ja«, sagte sie. »Sie haben Recht, Max. Sie gehören zu den Menschen, denen ich vertraue, die ich respektiere und für die ich, was noch mehr ist, Zuneigung empfinde, obwohl ich nicht im Traum auf die Idee käme, mein Selbstmitleid an Ihrer Schulter auszuweinen. Ich sehe, worauf Sie hinauswollen. Es stimmt.«

Sie fuhren eine Zeit lang schweigend weiter. »Natürlich«, sagte Kate nach ein paar Meilen, »weiß ich noch immer nicht, was wir dort an der felsigen Küste von Maine oder in Cecilys Haus zu finden hoffen.«

»Wir hoffen, dort alles an seinem Platz zu finden und nichts verändert. Ich muss sichergehen, dass all ihre Papiere in Ordnung sind und so weit vorbereitet, dass sie fortgeschafft werden können, wenn ich auch noch nicht weiß, welcher berühmten Bibliothek ich sie verkaufen werde. Aber ein Besuch dort ist unbedingt nötig. Die

Nachbarn reden von Herumtreibern. Ich hoffe, dass es nicht so schlimm ist. Ihre Kinder sind gerade aus England zurück und haben mit ihren eigenen Angelegenheiten genug zu tun (ich möchte wetten, ihr Hochzeitsgeschenk war weniger extravagant als meines), und ihr Anwalt gibt dauernd telefonisch ermunternde Geräusche von sich. Ich wollte Sie, schon bevor ich wusste, dass ich Sie in Ihrer mysteriösen Fluchtburg aufstöbern muss, bitten, mitzukommen. Sie sind nicht nur eine gute Fahrerin, worauf ich gehofft hatte, sondern auch eine angenehme Gesellschaft. Man kann sich gut mit Ihnen unterhalten, und das wusste ich von vornherein. Ich habe vor, das Haus schnell, aber gründlich zu untersuchen. Dann möchte ich mit Ihnen gut essen und einen angenehmen Abend in dem Gasthaus verbringen. Morgen fahren wir ebenso angenehm zurück und berichten, dass alles in bester Ordnung ist. Übrigens, an wen sollte ich mich Ihrer Meinung nach wegen der Papiere wenden? An die Morgan- oder die Berg-Bibliothek? Oder an die von Yale, Harvard oder Wallingford? Ich persönlich neige zu Wallingford, aber in diesem Punkt bin ich, wie in allen anderen, durchaus aufgeschlossen. Wallingford ist berühmt für äußerste Diskretion, das spricht mich an.«

»Halten Sie sich fest«, sagte Kate. »Wir biegen hier ab. Jetzt müssen wir wahrscheinlich nach der Richtung fragen.«

»Ganz bestimmt. Ich bin selten hier gewesen, und das auch nicht in letzter Zeit. Ich konnte mir all die Feldwege mit den Toren, die jedes Mal geöffnet werden mussten, nie merken. Wir fragen am besten an der nächsten Tankstelle.«

Zwei

Die unbefestigten Straßen waren tatsächlich ein Problem. Sie führten teilweise durch Wälder, kreuzten sich und boten hin und wieder verlockende Ausblicke auf das Meer. Max und Kate hatten Glück gehabt, denn sie waren an der Tankstelle, an der sie gehalten hatten, um nach dem Weg zu fragen, auf einen Mechaniker getroffen, der sich auskannte. Max hatte sich, tüchtig wie er war, ein paar schnelle Notizen der komplizierten Schilderung gemacht.

»Sie werden schon merken, wenn Sie auf der richtigen Straße sind«, sagte der Tankwart. »Sie hat nämlich ein Eisentor installiert. Nicht dass sie das vor dem Tod bewahrt hätte«, fügte er philosophisch hinzu. »Sie müssen aussteigen, es öffnen, dann wieder aussteigen und es schließen, und dann … ja, dann fahren Sie immer weiter bis zum Haus.«

Sie waren den Notizen in Max' ordentlicher Handschrift gefolgt. Max öffnete das Tor, ließ Kate durchfahren, schloss es wieder und stieg für die letzten Meter noch einmal in den Wagen. »Die Tore sollten offenbar zufällig vorbeikommende Leute abhalten, die vor allem im Sommer auf der Suche nach dem Meer sind. So, da wären wir.«

Das Haus war wirklich eine Überraschung, vielleicht, dachte Kate, weil sie irgendwie eine Villa der Jahrhundertwende erwartet hatte, umgeben von englischen Rosenstöcken? Dieses Haus machte den Eindruck, als hätte sein Architekt es für einen Wettbewerb in Zukunftsarchitektur entworfen. Es war aus jenem gebleichten Holz gebaut, das aussah, als hätte es lange im Meer gelegen. Offensichtlich sollte das Gebäude am Rand des Meeres stehen und wirken wie vom Seewasser an Land getrieben. Als der Architekt dann, wie Kate vermutete, von seiner verrückten Auftraggeberin erfuhr, dass das Haus am Rand einer Wiese stehen sollte, hatte er seinen Entwurf nicht mehr verändert. Kate hatte sich nie so sehr für moderne Architektur begeistert, wie sie es eigentlich bei ihren sonst fortschrittlichen Ideen hätte tun sollen, aber dieses Haus war wie geschaffen für einen Standort direkt am Meer. Wie hatte sie annehmen können, dass Cecily sich einen zweistöckigen Bau mit breiter Freitreppe gewünscht hätte?

Im Innern war das Haus noch eindrucksvoller. Von der Seeseite fiel das Licht in das große Zimmer zu ebener Erde. Das Wasser prägte seinen Charakter, und das Haus schien Teil eines ozeanischen Reiches zu sein. Die erste Etage erstreckte sich nicht über das gesamte Haus. Hier oben hatte Cecily sich ihr Zimmer so eingerichtet, wie das wohl für ein englisches Herrenhaus typisch war. Der Schreibtisch, die Bücher, der Teppich, der Kamin und die Unordnung bildeten einen scharfen Kontrast zu den klaren Linien des Hauptraums unten. Also hatte sie solche Kontraste in ihrem Leben gemocht. Dieses Zimmer ging nicht aufs Meer hinaus, als müsste man den Blick abwenden, um zu schreiben. Über dem Kamin – es fiel beim Eintreten als Erstes ins Auge – hing das Porträt einer Frau: jung, blond und mit besonders liebenswertem Blick, wenn auch keine vollkommene Schönheit. Wer immer sie war, ihre wichtigste Eigenschaft war eindeutig ihre Vitalität – irgendwie erinnerte sie an eine skandinavische Königin oder an eine Amazone, schien aber zugleich darüber zu lachen, als genösse sie die Unvereinbarkeit zwischen ihrem Aussehen und ihrem Wesen. Auf dem Bild lachte sie nicht, aber das Gelächter war nicht weit, und wenn es hervorbräche, dann wäre es ein Lachen über sich selbst. Wer das wohl gemalt hat, dachte Kate als Erstes, und danach erst fragte sie sich, wen es wohl darstelle.

Sie fragte Max, der ihr langsam die Treppe hinauf gefolgt war und sich gründlich umschaute. »Keine Spuren von Einbrechern«, sagte er. »War offenbar ein Scherz. Aber ich bringe besser alle Papiere in Sicherheit, wenn wir schon hier sind. Das?«, fragte er, als ihm Kates Frage wieder einfiel. »Der Künstler ist berühmter als sein Modell, deshalb ist es heutzutage ein recht wertvolles Porträt.« Er nannte den Namen des Malers. »Natürlich war er noch ziemlich unbekannt, als er es malte. Sein

Modell? Sie hieß Whitmore. Dorothy Whitmore. Keine besonders eindrucksvolle Schriftstellerin; sie ist jung gestorben. Sie war zusammen mit Cecily in Oxford.«

»Aber ich habe von ihr gehört«, sagte Kate. »Tatsächlich hat eine von meinen …«

»Ich vergesse immer wieder«, sagte Max lächelnd, »dass britische Literatur des vergangenen und der ersten Hälfte dieses Jahrhunderts schließlich Ihr Spezialgebiet ist.«

»Einer ihrer Romane war ein großer Erfolg. Er ist sogar verfilmt worden.«

»Leider postum. Das arme Kind. In ihrem Testament vermachte sie alle Einnahmen aus ihren Werken dem Stipendienfonds ihres Oxford-College, und das Bild hinterließ sie meiner Mutter, die es dann Cecily vererbte.«

»War Ihre Mutter auch in Oxford?«

»O ja. Vor Ihnen steht der Sohn einer der ersten Frauen, die Oxford mit einem akademischen Grad verlassen haben. Gott sei Dank hat meine Mutter nicht besonders akademisch gewirkt. Man kann seiner Mutter nur dann eine Jugend als Blaustrumpf verzeihen, wenn sie gleichzeitig intelligent genug war, den jüngeren Sohn des jüngeren Sohnes eines Herzogs zu heiraten. Was sie, wie ich zu meiner Freude sagen darf, auch tat.«

»Max, Sie sind ein Snob – wie entzückend, und das heutzutage.«

»Kein Snob, meine Liebe, nur ein wählerischer

35

Mensch. Nicht wählerischer als so ein ungewaschener Revolutionär, der auch nur die Gesellschaft derer sucht, die so riechen wie er. Ihre Papiere bewahrte sie hier auf.«

»Hier« war ein nur auf Zweckmäßigkeit angelegter Raum mit feuerfesten Schränken. Max öffnete einen und gab den Blick frei auf Reihen von Ordnern, die, wie er Kate erklärte, die Korrespondenz eines langen Lebens enthielten, außerdem erste Entwürfe und Originalmanuskripte. All das hatte Cecily aufbewahrt, weil sie zu Recht glaubte, es repräsentiere ein seltenes Bild ihrer Zeit.

»Seltsam«, sagte Kate, »dass sie, obwohl sie so viel Wert auf ihren privaten Bereich legte, alles so sorgfältig aufgehoben hat – denken Sie an das Tor, das abgelegene Haus, all das. Man sollte meinen, ein Freudenfeuer auf dem Rasen à la Henry James oder Dickens hätte besser zu ihr gepasst.«

»Das stimmt«, sagte Max. »Tatsächlich habe ich früher auch alles versucht, sie davon zu überzeugen. Ihre Antwort war seltsam typisch. ›Hätte ich gewusst‹, sagte sie zu mir, als wir unten zusammensaßen, ›dass die Briefe anderer Leute derart zu einem Fetisch werden würden, hätte ich jeden Brief vernichtet, sowie ich ihn beantwortet hatte. Aber wenn ich sie jetzt vernichte, wäre die Folge, dass nur meine Hälfte der Korrespondenz erhalten bliebe. Ich will weder Dickens noch James, die ich beide so sehr verehre, irgendwelche finsteren Motive unterstellen, aber es muss für sie eine gewisse Befriedigung gewesen sein, unangenehme Vorwürfe in Briefform für immer den Blicken der Menschheit zu entziehen, vor allem, wenn man weiß, dass sie absolut grundlos waren.‹ Ich erinnere mich, wie sie dabei auf das Meer hinausschaute. ›Weißt du, Max‹, sagte sie, ›ich habe in einer Zeit großer Veränderungen gelebt. Der Erste Weltkrieg, die ersten akademischen Würden für Frauen in Oxford, die Jahre zwischen den Kriegen, als ich – unterschiedlich eng – mit Mitgliedern der Bloomsbury Group befreundet war, Schriftstellerinnen wie Rose Macaulay und Elizabeth Bowen, ganz zu schweigen von der gesamten Friedensbewegung. Lowes Dickinson, die Hoffnungen auf den Völkerbund … Ich muss zugeben, dass das alles eine Sammlung von historischen Dokumenten ist, unabhängig von der Rolle, die ich selbst dabei gespielt haben mag. Und ich behaupte keineswegs, dass ich unbedeutend wäre. Der Architekt hat mir also einen Raum für die Akten gebaut, und ich habe alles aufbewahrt. Vielleicht würdest du sie gern verbrennen, wenn ich tot bin, aber, Max, tu das nicht. Verkauf sie zu dem höchsten Preis, den du erzielen kannst, und lass die Kinder von dem Erlös ein Extra-Telefon einrichten. Dann brauchen sie keine Briefe zu schreiben, um Zeugnis von einer vergangenen Epoche abzulegen.‹«

»Werden die Papiere viel Geld bringen?«

»Wenigstens dreißigtausend. Mehr, wenn ich es geschickt anstelle und überzeugend wirke. Davon können ihre Kinder ein Leben lang ihre Telefonrechnungen bezahlen, egal wie irrwitzig die Telefongesellschaft ihre Gebühren anheben wird. Als Nächstes müssen wir natürlich einen Gutachter hierherholen. Die sind weiß Gott teuer genug, aber wenn man einen guten findet, dann gilt sein Wort so viel wie das des Heiligen Geistes. Hier gibt es bestimmt irgendwo einen Wein. Genehmigen wir uns ein Glas?«

Die Frage war, wie bei Max üblich, rein rhetorischer Natur, eine ebenso galante wie altmodische Floskel. Er ging die schmale Wendeltreppe hinunter, die in den großen, schönen Raum zurückführte. »Warten Sie unten, während ich den Wein hole?«

»Gibt es hier oben ein Klo?«

»Ihr Schlafzimmer und das Bad sind da drüben.«

»Wie schön«, sagte Kate. »Es macht mir Spaß, ein bisschen in ihr Leben hineinzuschnuppern.«

Cecilys Schlafzimmer war der nächtliche Zufluchtsort einer Schriftstellerin, einer Leserin, einer Denkerin. Man bemerkt auf den ersten Blick den Unterschied zwischen dem Schlafzimmer eines solchen Menschen und einem, dessen Bewohner es sich dekorativ hergerichtet hat. Ausladende Nachttische standen auf beiden Seiten des großen Bettes – Kate hatte den Verdacht, dass der alte Hund in den letzten Jahren das Bett mit ihr geteilt hatte. Es lagen noch immer Stapel von Büchern herum, dazwischen Papier und Stifte. Das Fenster ging nach Osten, und das, da war Kate sicher, mit Bedacht: So konnte das Morgenlicht hereinfluten und die Bewohnerin schon früh zu einem neuen Tag wecken. Da sie allein lebte, zog sie sich abends wohl früh zurück und konzentrierte ihre Lebenskräfte auf diesen einen Raum, wo ihr Geist sich Stärkung holte. Wenn man älter wird, schläft man weniger, und so hatte sie wahrscheinlich bis in die Nacht hinein gelesen, während der alte Hund an ihrer Seite schnarchte.

»Was für ein blühender Unsinn«, schnaufte Kate selbstironisch, während sie das Badezimmer betrat und die Tür hinter sich schloss. »Es kann genauso gut sein, dass sie sich erst um zwei Uhr morgens mit einer Flasche Gin ins Bett zurückgezogen, Kopfhörer aufgesetzt und Rockmusik gehört hat.« Aber die Stille strahlte eine Ordnung aus und eine Art zu leben, wie man sie für die Entfaltung der eigenen Kräfte braucht. Als Kate im Badezimmer fertig war, ging sie ins Studio zurück, setzte sich für einen Augenblick in Cecilys Sessel und betrachtete das Porträt. Cecilys Blick musste jedes Mal darauf gefallen sein, wenn sie aufblickte. Ist es nur Einbildung, dass einem diejenigen, die jung sterben, besonders vital erscheinen? Kate hatte einmal so etwas gehört. Vielleicht war es nur so wahr wie der alte Aberglaube, dass diejenigen, die früh sterben müssen, das spüren und daher mit doppelter Intensität und doppelter Freude leben. Eine romantische Theorie, im doppelten Sinn.

Die Akten in dem Zimmer nebenan würden für einen jungen, aufstrebenden Wissenschaftler, der sich einen Namen machen wollte, ein kleines Vermögen wert sein oder, genauer gesagt, für eine Bibliothek, die alles kaufen würde. Sie zog an einer der Metallschubladen und war überrascht, wie vorher bei Max, dass sie sich öffnete. Sie kam sich vor wie eine Schnüfflerin und schloss sie sofort wieder. Seltsam, dass sie nicht verschlossen war. Aber warum sollte sie eigentlich, wo Cecily doch allein gelebt hatte? Kate ging an dem Porträt von Dorothy Whitmore vorbei wieder nach draußen und dachte, hier ist ein ganzes Leben gelebt worden, das noch am Ende voller Arbeit und jener Abgeschiedenheit war, die man wahre Einsamkeit nennen kann. Kate spürte, wie sehr sie die ehemalige Besitzerin um dieses Haus am Meer beneidete, und überlegte einen Augenblick wirklich, ob es wohl zu kaufen wäre. Was ließ in den mittleren Jahren die Einsamkeit so attraktiv erscheinen? Ein englischer Dichter hatte es in einem Gedicht ausgedrückt, das Kate nach dem ersten Lesen nie wieder vergessen hatte:

»Hinter alldem der Wunsch, allein zu sein:
Auch wenn Einladungen den Himmel verdunkeln
Auch wenn wir ausgetretenen Pfaden des
Geschlechtlichen folgen

Auch wenn die Familie sich fotografieren lässt
unter dem Fahnenmast –
Hinter alldem der Wunsch, allein zu sein.«

Was soll's, sagte sich Kate, während sie, eine Hand am
Geländer, die Wendeltreppe hinunterkletterte. Meine
kleine Hütte muss reichen. Ohne die geistige Anregung
der Universität würdest du binnen einer Woche mit dir
selbst schnattern wie eine alte Gans, Kate Fansler.

»Die Akten sind ja gar nicht unter Verschluss«, sagte
sie zu Max, der mit einem Tablett aus der Küche kam.

»Ich weiß, und es bedrückt mich. Eine der Aufgaben,
bei denen ich Sie dringend um Ihre Hilfe bitten möchte,
ist die Suche nach einem Schlüssel. Es muss einen geben.
Wir können nicht alles unverschlossen lassen – einer der
Gründe, warum ich herkommen wollte. Zwar«, fügte er
hinzu und goss für Kate Weißwein in ein wunderschönes
Glas, »kann man die Akten ganz leicht per Knopfdruck
einschließen, aber man möchte doch sicher sein, ohne die
dramatische Hilfe eines Schweißbrenners wieder an sie
heranzukommen. Auf Cecilys Papiere«, schloss er seine
Rede und hob sein Glas, »und darauf, dass Sie mitge-
kommen sind und mir beistehen. Auf Ihr Wohl.«

Noch nie in seinem Leben war Max einem persönlichen Kompliment so nahe gekommen, und Kate registrierte das erfreut. Sie saßen eine Zeit lang da und
genossen den Wein und dieses besondere Nachmittags-

leuchten, bevor der Tag sich neigt. Durch das Fenster konnten sie auf das Meer hinausblicken, nicht dorthin, wo die Wellen an die Felsen brandeten, sondern weit zum Horizont hin, wo die See ruhig und glitzernd lag – Kate fand, so müsste der Optimist den Ozean sehen.

Max' Gedanken schienen in die gleiche Richtung zu gehen. »Man sollte hinausgehen und zuschauen, wie die Wellen sich an den Felsen brechen, um wieder zu den irdischen Dingen zurückzukommen«, sagte er und stellte sein Weinglas mit einer gewissen Entschlossenheit ab. »Wollen wir ein wenig spazieren gehen, bevor die Sonne untergeht?«

»Einer der Gründe, warum ich meine Wochenenden ohne Gäste verbringe«, sagte Kate, »ist die Tatsache, dass immer dann, wenn ich besonders faul bin, jemand auf die Idee kommt, irgendeine Strapaze auf die Tagesordnung zu setzen.«

»So habe ich das nicht gemeint«, sagte Max und griff nach der Weinflasche. »Sie waren ein Engel, weil Sie mit mir hierhergekommen sind. Niemand soll mir nachsagen können, ausgerechnet ich hätte jemanden zu körperlicher Anstrengung ermuntert. Das könnte meinen guten Ruf als verwöhntes Wesen in Gefahr bringen, und Sie machen sich keine Vorstellung, wie viele Jahre es mich gekostet hat, ihn zu etablieren.«

Kate lachte und stand auf. »Was Ihre Tugenden angeht, haben Sie bei mir noch immer einen sehr gefestigten Ruf«, sagte sie. »Und mehr als das. Wer, außer einem derart wählerischen Stadtmenschen wie Sie, würde um moralische Unterstützung bitten, wenn er ein Haus wie dieses besucht? Lassen Sie uns zum Meer hinabschlendern. Ist es eigentlich eine emotionale Belastung?«, fragte sie, als sie aus dem Haus traten. »Ich meine dieses Amt des literarischen Nachlassverwalters?«

»Wenn Sie schon so scharfsinnig danach fragen: Mehr, als ich geahnt hätte«, antwortete Max und blieb einen Moment auf der Veranda, oder wie immer man das heute nennt, stehen. »Ich habe Cecily bewundert, und für mich grenzt Bewunderung fast an Liebe, wie Sie sicher schon bemerkt haben. Sie nennen mich einen Snob, aber mir fällt es schwer, jemanden zu bewundern, den ich insgeheim verachte. Das ist, wenn Sie so wollen, meine Definition eines Liberalen.«

»Hinter dem Begriff ›liberal‹ muss irgendeine verborgene Kraft stecken, ebenso wie hinter dem Begriff des ›Guten‹. Jedenfalls veranlasst er gar zu viele Menschen, sich geringschätzig zu geben. Machen Sie sich nichts draus«, sagte Kate und richtete ihre Aufmerksamkeit auf den gemähten Pfad zum Meer. Wirklich eine gute Idee, vor allem, wenn sie an ihre wuchernde Wiese dachte. Aber hier – kluge Cecily – führte der Pfad von ihr zum Meer und offensichtlich nicht von anderswo zu ihr hin. Max, der ihrem Blick gefolgt war, missverstand ihre Gedanken.

»Es ist ungewöhnlich, dass jemand so viel Land in der

Nähe des Meeres besitzt«, sagte er. »Dieses Haus und das Grundstück sind wahrscheinlich Cecilys wertvollste Hinterlassenschaft an ihre Kinder. Sicher liegen andere Häuser entlang der Küste in Sichtweite, aber weil das Grundstück solche Ausmaße hat, liegt ihr Haus wunderbar einsam. Nehmen wir den Weg zum Meer, oder erkunden wir die Wälder hinter uns?«

»Oh, zum Meer natürlich«, sagte Kate, stieg vor ihm die Stufen der Veranda beziehungsweise ihrer modernen Variante hinab und betrat den Pfad. Er war nicht breit genug, dass zwei nebeneinandergehen konnten, und Kate ging voran. Der Weg bis zum Meer war nicht weit, und Kate war erschrocken darüber, wie abrupt das Land zu Ende war. Von dort war es ein Sprung hinunter auf die Felsen, obwohl man für unerschrockene Kletterer auch Stufen in den Stein geschlagen hatte.

»Klettern wir hinunter«, sagte Kate.

»Keine unüberlegten Schritte«, antwortete Max. »Einer von uns – zweifellos wäre ich das – könnte sich ein Bein brechen und Hilfe benötigen, und die herbeizuholen scheint mir von hier aus unmöglich. Der andere würde unsicher daneben auf einem Felsen stehen und zusehen, wie die Flut kommt – was unser sicheres Ende wäre. Mit welcher Gewalt die Wellen anbranden! Lassen Sie es uns von hier aus bewundern, wie sich das für eine Lady und einen Gentleman wie uns gehört. Was meinen Sie, haben wir jetzt Flut oder Ebbe?«

»Ebbe, würde ich sagen«, antwortete Kate. »Nicht dass ich irgendwas über die Gezeiten wüsste. Aber die Mulden dort zwischen den höheren Felsen stehen voll Wasser, und das muss von irgendwoher gekommen sein, denn jetzt schlägt keines hinein.«

»Vielleicht ist es Regenwasser.«

»Hören Sie, Max, ich steige hinunter. Schließlich gibt es ja Stufen, und die sind bestimmt nicht nur für potenzielle Selbstmörder in den Stein geschlagen worden. Ich würde mir gern ganz aus der Nähe ansehen, wie das Wasser gegen die Felsen brandet. Sie können mir ja zusehen, wenn Sie zu ängstlich sind, und sollte ich in Lebensgefahr geraten, können Sie Hilfe holen.«

»Aber ich kann nicht Auto fahren! Also wirklich, Kate!«

»Sie können anrufen. Das Beste an Ihnen ist, dass Sie nicht aus der Fassung zu bringen sind. Aber ein Junggeselle sollte nicht zur Glucke werden. Das verdirbt den Gesamteindruck. Glücklicherweise habe ich Hosen an und Schuhe mit Kreppsohlen, noch ein Beispiel für eine glückliche Fügung. Wenn ich weiß, dass ich Sie treffe, trage ich sonst nämlich immer sehr damenhafte Schuhe.«

Während Kate über die Felsen krabbelte, wurde ihr die Sinnlosigkeit dieser kleinen Szene bewusst. Das Ganze war tatsächlich völlig ungefährlich, es sei denn, sie rutschte aus und bräche sich ein Bein. Man musste nur in kurzen Sprüngen von einem Felsen zum anderen hüpfen. An einem der höhergelegenen Steine hielt Kate inne. Es war in der Tat eindrucksvoll, um nicht zu sagen: ein bisschen furchterregend, wie die Wellen sich an den Felsen brachen. Sie widerstand dem Impuls, wieder auf trockenen und festeren Boden zu springen. Aber sie wandte sich um, und da entdeckte sie gleich rechts neben sich in einer Mulde zwischen zwei Felsen etwas, das wie ein Bündel Kleider aussah.

Wie immer bei einem Schock, gab es ihr einen Schlag in den Magen. Der hatte die Katastrophe schon Sekunden früher registriert als ihr Bewusstsein. Kate riss sich zusammen und zwang sich, näher heranzuklettern. Sie drehte sich zu Max um und wunderte sich, dass sie ihn nicht sehen konnte. Sie sah nur Felsen. Als sie einen erreichte, der der Mulde näher lag, setzte Kate sich und wartete, dass ihr Puls zu rasen aufhörte. Dann sah sie hinunter. Es war eine Leiche, eine tote Frau, das Gesicht nach unten. Jedes Mal, wenn das Meer heranrollte, sprühte eine leichte Gischt darüber.

Als Antwort auf einen plötzlichen Adrenalinstoß, der uns Menschen angeblich ins Blut schießt und dafür sorgt, dass wir aus Überlebenstrieb entweder fliehen oder zur Gegenwehr übergehen, sprang Kate von Fels zu Fels auf und davon. Dann merkte sie, dass sie die Stufen nicht wiederfand. »Max«, rief sie, »Max.«

Max trat näher an den Rand und lugte hinab. »Alle Gelüste auf Abenteuer befriedigt?«, fragte er. »Hier können Sie nicht herauf. Die Stufen sind da drüben.« Er deutete nach links. Kate kletterte wieder über die Felsen und diesmal die Stufen hinauf.

»Max«, sagte sie. »Da unten liegt eine Leiche. Eine tote Frau.«

Falls Max eine witzige Erwiderung auf der Zunge gelegen hatte, so schluckte er sie beim Anblick ihres Gesichtsausdrucks herunter. »Sind Sie sicher?«

»Wir sollten Hilfe holen.«

»Wäre es nicht vernünftiger zu telefonieren?«

»Natürlich. Ich bin zu aufgeregt.«

»Nein, das sind Sie nicht. Das Telefon ist nämlich abgemeldet. Wir müssen laufen und Hilfe holen. Los.«

»Meinen Sie nicht«, sagte Kate, »Sie sollten besser hier warten, bis ich jemanden aufgetrieben habe, der uns helfen kann?«

»Warum denn das, um Himmels willen? Der Leiche wird schon keiner etwas tun. Vielleicht liegt sie schon seit Tagen dort. Oder seit Wochen.«

»Und wenn die Flut kommt?«

»Die Gezeiten kann ich nicht aufhalten, meine Liebe. Vielleicht sollte ich für Sie im Haus nach einem Whisky oder einem Brandy suchen.«

»Nein, ich muss fahren. Um Gottes willen, Max, beeilen Sie sich!«

Drei

Stunden später – oder Tage oder Wochen? Vielleicht waren es auch nur Minuten? – saßen Kate und Max auf dem Rücksitz eines Polizeiautos und wurden von Cecilys Haus zum Polizeirevier gebracht. Kates Wagen, den man nach Gott weiß was durchsucht hatte oder noch durchsuchen wollte, folgte ihnen; am Steuer saß ein junger Polizeibeamter. Man konnte natürlich auch mal auf die Uhr sehen. Kate tat es. Es waren vielleicht zwei Stunden vergangen, seit sie wie eine verdammte Bergziege die Felsen hinuntergeklettert war. Wäre sie doch oben am Ufer bei Max geblieben, wie man das von einer angesehenen Literaturprofessorin mittleren Alters erwarten konnte.

Kate und Max waren mit der Polizei an den Ort des Geschehens zurückgekehrt. Einige der Beamten hatten eine Wette abgeschlossen, ob man sie wegen eines schlechten Scherzes, der Rettung eines Verunglückten oder einer Halluzination gerufen hatte. Doch dann hatten sie tatsächlich eine Leiche gefunden, und würde es der Dame und dem Herrn etwas ausmachen, oben im Haus zu warten, bis die Leiche geborgen sei. Anschließend werde man sich gemeinsam und vorschriftsgemäß auf den Weg zum Polizeirevier machen. In der Wartezeit wurden sie von einem Polizisten ausgefragt, der jedoch mit keiner ihrer Antworten zufrieden schien. Max' Identität hatte sich noch leicht feststellen lassen, aber alles andere ergab zumindest für diesen kurz angebundenen, fantasielosen Kleinstadtpolizisten aus Maine keinen Sinn. Sie waren ganz spontan nach Maine gefahren? Sie waren nicht miteinander verwandt? Sie waren Freunde und Kollegen? Das konnten sie ihm nicht weismachen, sagte sein Benehmen. Sie hatten nichts im Schilde geführt, als sie herkamen? Sie hatten nur nachschauen und sich nach einem Schlüssel für die Akten umsehen wollen? Berichte über Landstreicher und Herumtreiber? Die Polizei hatte nichts davon gehört, und wenn sie nichts wusste, wer dann? Was für Nachbarn? Hatten sie den Schlüssel für die Akten denn gefunden? Ach, sie hatten beschlossen, einen Blick auf das Meer zu werfen und dann erst zu suchen? Hatten sie erwartet, das Meer werde den Schlüssel an Land spülen? Er hatte sie seinen Sarkasmus und seine Zweifel eher versteckt spüren lassen, als die Dinge beim Namen zu nennen, aber Kates Fantasie arbeitete auf vollen Touren und brauchte kaum mehr als eine hochgezogene Augenbraue, um loszulegen.

Währenddessen erging sich Max in einer Flut von Selbstbeschuldigungen. Er hätte nie hierherfahren, sie nie herbringen dürfen. Er, Max Reston, hatte einen spontanen Entschluss gefasst, und das waren nun die Folgen! Man könnte den Fall fast als eine Warnung nehmen.

Dass Max, dem Weitblick und Vernunft zur zweiten Natur geworden waren, sich wie einer dieser rebellischen Studenten aufgeführt haben sollte, fand er schrecklicher, als er in Worte fassen konnte. Dennoch sagte er es. Er war noch immer Max genug, um sich nicht nur in Reue zu suhlen, sondern zusammenzureißen und Kate zu beruhigen. Er versuchte, sie zu einem Brandy oder noch einem Glas von dem hervorragenden Weißwein zu überreden. Egal was der Polizist davon hält, hatte Max gesagt. Er hielt sie offenbar sowieso für üble Leute, würde aber noch rechtzeitig erfahren, mit wem er es zu tun hatte. Inzwischen konnte man nur sein Bestes tun, um sein Gleichgewicht wiederzuerlangen. Mit Max' Hilfe gelang das Kate einigermaßen.

Als sie im Polizeirevier angekommen waren, erhielt Kate die Erlaubnis, Reed anzurufen. Er riet ihr, der Polizei gegenüber seine Beziehungen zum Büro des Bezirksstaatsanwalts zu erwähnen, und bot ihr an, nach Maine zu kommen und sie auszulösen. Dann sprach er selbst mit einem Beamten des Reviers und erreichte, dass sie und Max zum Logan Airport in Boston fahren und von dort nach New York fliegen durften. Diese Lösung half, die Atmosphäre etwas zu entspannen. Die Polizei musste sich nun, egal ob widerwillig oder zufrieden, der Tatsache stellen, dass sie es weder mit Hippies zu tun hatte, noch auf ein Liebesnest gestoßen war und auch nicht auf eine Bande von Sodomiten mittleren Alters, sondern zwei sehr reputierliche Personen vor sich hatte, deren gutes Recht es war, sich aufzuhalten, wo sie sich aufgehalten hatten. Dabei hatten sie eine Leiche gefunden und diese der Polizei sofort und auf denkbar korrekte Weise gemeldet.

»Da ist nur noch eines«, verkündete der Chef des Polizeireviers, dessen Benehmen so herzlich geworden war, wie seine ausdruckslose Stimme und sein ausdrucksloses Gesicht das zuließen. »Bevor Sie uns verlassen, muss ich Sie bitten, sich die Leiche anzusehen. Das wird kein angenehmer Anblick sein, denn sie hat einige Zeit im Wasser gelegen, möglicherweise mehrere Tage. Genau werden wir das erst nach der Autopsie wissen. Aber falls einer von Ihnen die junge Frau kennt – vielleicht war es eine Freundin von Miss Hutchins?«, wandte er sich hoffnungsvoll an Max, »würde uns das ein gutes Stück weiterhelfen.«

»Jetzt können wir unsere gute Erziehung zeigen«, sagte Max leise zu Kate, als sie dem Chef in das Kellergeschoss des Gebäudes folgten. »Wir nehmen all unseren Mut zusammen, stehen die Sache zügig durch, zeigen nicht mehr Gefühle als absolut notwendig und agieren sie dann in unseren Träumen aus.«

»Woher sollten wir die Frau denn kennen?«, fragte Kate.

»Eine gute Frage.« Max blieb im Korridor stehen. »Sir«, rief er dem Mann zu, der vor ihm herging. »Natürlich besteht die Möglichkeit, dass ich in der Leiche eine Person erkenne, die in irgendeiner Verbindung zu Miss Hutchins steht, wenngleich das ziemlich unwahrscheinlich ist. Aber Miss Fansler wird in der Leiche auf keinen Fall jemanden erkennen können, denn sie ist vor dem heutigen Tag noch nie hier gewesen. Könnten wir ihr diese Tortur nicht ersparen?«

»Routine«, hieß die knappe Antwort.

Tatsächlich behandelten sie Max und Kate so rücksichtsvoll, wie es die Umstände erlaubten. Die Leiche wurde aus einer Art Schubfach gezogen, in der sie zugedeckt und kühl gehalten wurde. Das Laken wurde nur so weit weggezogen, dass das Gesicht sichtbar wurde, das, wie man ihnen erklärte, »in Ordnung gebracht« worden war. »Sie ist Anfang zwanzig«, sagte der Chef. »Das könnte helfen, sie irgendwo einzuordnen.«

Kate gab sich einen Ruck, und Max legte ihr beruhigend die Hand auf die Schulter. Kate würde sich immer an das Gefühl der Erleichterung erinnern, weil das Gesicht zwar schrecklich, aber doch nicht ganz so schrecklich aussah, wie sie befürchtet hatte. Sie erkannte es sofort. Dieses Erkennen ließ sie für einen Moment die Wirklichkeit ausblenden, bis ihr Verstand ihr sagte, dass die junge Frau da vor ihr tot war, und das schon seit einigen Tagen.

»Ich kenne sie«, sagte Kate. »Sie ist eine meiner Studentinnen. Höheres Semester. Ihr Name ist Marston, Geraldine Marston, von ihren Freunden Gerry genannt …«

»Sehr gut«, schoss der Polizist mit lauter Stimme dazwischen. Er hat recht, dachte Kate, ich habe angefangen zu schwatzen. »Gehen wir wieder hinauf. Boyd, besorgen Sie der Lady einen Brandy. Hier entlang, bitte.« Das Schubfach wurde wieder geschlossen, und der Polizist griff nach Kates Arm, führte sie hinauf und begleitete sie zu einem Sessel. »Trinken Sie das«, sagte er. Boyd muss ein schneller Junge sein, dachte Kate. Gerry Marston!

Schließlich wurde Max gebeten, am Ort des Geschehens zu bleiben, da er derzeit am ehesten eine Verfügung über das Haus hatte. Ein Polizist würde Kate zum Logan Airport fahren und ihrem Mann übergeben, der schon unterwegs nach Boston war. Dieser Polizist hielt einen Ehemann jetzt für den richtigen Trost, selbst für eine Frau, die offenbar keinen Wert darauf legte, seinen Namen zu tragen. Wenn er denn überhaupt ihr Ehemann war. Sie schwiegen während der Fahrt, Kate, weil sie fürchtete (wie es einer ihrer Kollegen einmal eher präzise als elegant ausgedrückt hatte), ihr würde sonst vor Angst der Mund überlaufen, und der Polizist, weil er – typisch für diese Gegend – ein Gespräch mit Fremden am liebsten vermied.

Erst als sie neben Reed im Flugzeug saß und einen Wodka Martini schlürfte, hatte Kate das Gefühl, sprechen zu können. Natürlich fing sie stattdessen an zu weinen, nicht laut, aber die Tränen liefen ihr über die Wangen. »Macht nichts«, sagte Reed und zog ein großes

Taschentuch hervor. »Weine nur. Nein, die Stewardess wird dich schon nicht für betrunken halten, nur für am Ende deiner Nerven. Vielleicht vermutet sie, ich hätte dir gerade von meiner Leidenschaft für eine andere Frau erzählt, und du versuchst gerade, mich zu überreden, dass ich unser glückliches Zuhause nicht zerstöre. So ist es besser. Ein schwaches Lächeln, aber immerhin ein Lächeln.«

»Ich denke dauernd an sie und erinnere mich. Ich hätte nie geglaubt, dass ich mich so genau an sie erinnern kann, in solchen Einzelheiten, und dass meine Gespräche mit ihr noch so lebendig sind. Das ist ohne Zweifel das, was uns die Dichter immer über das Leben sagen – wir nehmen es nie intensiv genug wahr, bis jemand ertrunken in einer Mulde zwischen den Felsen liegt. Zumindest pflegten die Dichter uns das zu sagen, bevor sie selbst Intensität und Syntax aufgegeben haben. Ich klinge wie einer dieser besonders konservativen Kongressabgeordneten aus dem Mittleren Westen. Aber was kann sie dort nur gewollt haben, Reed? Sie stammte aus dem Mittleren Westen. Hatte sie das überwältigende Bedürfnis, einmal das Meer zu sehen? Gewiss hat sie Cecily nicht beraubt. Ich meine nicht ihr Silber, sondern ihre Papiere und so weiter. So ein Mensch war sie, glaube ich, nicht. Und warum hätte sie auf den Felsen herumklettern sollen? Aber man könnte genauso fragen: Warum habe ich es getan? Könnte es sein, dass man ihre Leiche dort hinuntergeworfen hat?«

»Wir sollten nicht spekulieren, bevor wir nicht die Ergebnisse der Autopsie kennen. Stimmt es, dass Max sie nicht gekannt hat?«

»Ja. Warum, um Himmels willen, sollte er auch?«

»Na ja, sie war an der Universität. Er könnte ihr auf dem Campus begegnet sein.«

»Ich bin sicher, Max hat niemals eine Person zur Kenntnis genommen, die ihm nicht in aller Form vorgestellt worden ist, und schon gar nicht eine von Tausenden Studentinnen, die dort herumschwärmen. Sie war ein nettes Mädchen, Reed – was für eine altmodische Phrase. Ein altmodisches nettes Mädchen. Sie hatte nebenher einen Job, um weiterstudieren zu können, obwohl sie eine Art Stipendium für ihr Schulgeld hatte. Sie hatte arme Eltern – die übliche herzzerreißende Geschichte. Ich hoffe zu Gott, dass sie nicht das einzige Kind war, aber ich habe das dumpfe Gefühl, sie war es. Reed, wieso kommt man bloß auf den Gedanken, es wäre leichter zu ertragen, wenn sie es nicht war? Kannst du mir das sagen?«

»An dieser Nachricht wird nichts leicht zu ertragen sein«, sagte Reed. »Jemand ist jetzt gerade auf dem Weg, sie zu überbringen, Meilen von hier entfernt, sogar in einer anderen Zeitzone. Kate, du musst dich jetzt zusammenreißen und begreifen, wie absolut ungewöhnlich deine ganze Geschichte ist. Ich kann der Polizei von Maine nicht verdenken, dass sie dich und Max in finsterster und ruchloser Sündhaftigkeit vermutete. Wie auch nicht, unter diesen Umständen? Als Max mir erzählte, dass er dich aufstöbern wollte, habe ich wohl kaum zugehört. Umso schlimmer. Ich hätte ihm erzählen sollen, dass du gerade in Minneapolis eine Rede vor einer Gruppe von homosexuellen Aktivisten hältst. Das hätte ihn bestimmt abgeschreckt.«

»Vermutlich hat Max die Konsequenzen aus dem Tod Cecilys befürchtet. Schließlich betrachtet man die Entscheidung, nicht zu heiraten oder sich in das Leben eines anderen Menschen zu drängen, als eine Art Versicherung gegen derartige Dinge. Ich finde es rührend, dass Max an die Hand genommen werden wollte, und das von der unmütterlichsten Frau im weiten Umkreis.«

Reed griff nach der zweiten kleinen Flasche Wodka Martini, die ihnen die Fluggesellschaft kredenzt hatte. Er füllte Kates Glas und rührte um. »Dir ist doch klar, mein Liebling, warum vielleicht gerade du es sein musstest, die Max bei dieser rührenden Mission begleitete? Weil du für ihn die Leiche identifizieren und so jeden Verdacht hübsch in eine andere Richtung lenken konntest.«

Kate spülte diese Feststellung mit dem ersten Schluck ihres zweiten Martini hinunter. Dann schüttelte sie den Kopf. »Viel zu schlau«, sagte sie. »Wenn ich dich recht verstehe, dann unterstellst du, dass Max, nachdem er die Leiche in die Mulde geworfen hat, wollte, dass eine Person sie identifiziert, auf die ein Verdacht fallen könnte.

Aber, Reed, wenn er für die Leiche verantwortlich wäre, was nach Lage der Dinge lächerlich ist, dann hätte er doch jede Verbindung mit ihr vermieden. Außerdem, was hätte es ihm nützen können, mich dorthin zu schleppen, um die Leiche zu identifizieren. Egal wann das Mädchen gestorben ist, ich war nicht in der Nähe von Maine und könnte das auch beweisen. Aber weißt du, es gibt da eine Verbindung, zwar nicht zwischen Max und Gerry, aber zwischen Gerry und dem Haus. Natürlich. Dieses Porträt! Sie schrieb an ihrer Dissertation über Dorothy Whitmore und wollte sich vielleicht das Gemälde ansehen. Ein außergewöhnliches Porträt. Deswegen war sie dort, Reed. Das muss es gewesen sein. Das oder weil sie auf der Suche nach Papieren der Whitmore war, obwohl sie mir überhaupt nicht wie eine Schnüfflerin vorgekommen ist.«

»Da hast du zweifellos recht. Und in einem weniger angeheiterten Moment musst du mir von Dorothy Whitmore, Cecily Hutchins und der Geschichte der englischen Romanschriftstellerinnen des vergangenen Jahrhunderts erzählen. Inzwischen könnte es sein, dass, falls deine Vermutung richtig ist, sie jemand entdeckt hat, der selbst hinter dem Silber her war. Der könnte sie auf die Felsen gelockt oder geschubst und dort getötet haben. Die Polizei wird diesen Strauchdieb finden müssen. Jedenfalls steht fest, dass er ein ziemlich energischer Mensch gewesen sein muss.«

»Oder ein verführerischer.«

»Hast du nicht gesagt, dass sie ein nettes Mädchen war, altmodisch und so weiter?«

»Genau deswegen hätte er verführerisch sein müssen, auf eine ganz subtile Art«, sagte Kate. Sie fühlte sich ein bisschen besser. Aber der Schmerz über Gerrys Tod war immer noch da und würde nie ganz verschwinden.

In den folgenden Wochen kam die Polizei von Maine offenbar zu der gleichen Schlussfolgerung wie Reed und Kate im Flugzeug. Sie machten sich auf die Suche nach diesem Herumtreiber, und dabei half ihnen die Todeszeit, die die medizinischen Sachverständigen erstaunlicherweise schon nach ein oder zwei Tagen festgestellt hatten. Das Mädchen war ertrunken, nachdem es einen Schlag auf den Kopf erhalten hatte oder, wahrscheinlicher, nachdem es ausgerutscht und mit dem Kopf gegen einen Felsen geschlagen war. Sie war, und das stellte die Expertenmeinung so eindeutig fest, wie Expertenmeinungen das eben tun müssen, nicht weniger als drei und nicht mehr als fünf Tage tot, als man ihre Leiche fand. Starke Flut und raue See hatten den Körper gegen die Felsen geschleudert, als er in dem kleinen Tümpel lag, aber diese Verletzungen wurden als nach dem Tod erlittene identifiziert. Sie war bei guter Gesundheit gewesen – litt jedenfalls an nichts, was eine andere Todesursache nahegelegt hätte. Und, ja, natürlich, es war durchaus möglich, dass sie allein und durch einen Unfall gestorben war. Sicher wäre es dumm gewesen, auf diese Felsen hinauszuklettern, wenn niemand wusste, was sie vorhatte, oder sie vielleicht vermissen konnte. Aber wenn sie das getan hatte, so war es sehr wohl möglich, dass sie ausgerutscht, mit dem Kopf aufgeschlagen, in den Tümpel gestürzt und ertrunken war. Alles in allem eine unbefriedigende Theorie, aber da es kein erkennbares Motiv gab, schien es sinnlos, einen Mord zu vermuten. Ein unglücklicher Zufall. Schilder, die Besucher vor der Küste warnen sollten, wurden vorgeschlagen, aber die Bewohner hielten dagegen, dass die Küste Privatbesitz war und dass Eindringlinge – das wurde natürlich nicht laut ausgesprochen – es nicht anders verdienten.

Und damit war es offenbar abgetan. Der Landstreicher wurde nicht gefunden, obwohl alle eindringlich befragt wurden, die solch eine Person gesehen haben könnten. Niemand hatte irgendwen gesehen. Woher hatte Maximillian Reston überhaupt von einem Herumtreiber gehört? Auch diese Frage klärte sich auf ganz unschuldige Weise. Eine alte Dame, eine Nachbarin und Freundin Cecilys, hatte bei ihrem nachmittäglichen Verdauungsspaziergang – der sie immer an Cecilys Haus vorbeiführte und den sie auch nach Cecilys Tod beibehielt – einen Mann gesehen. Nein, sie konnte ihn nicht näher beschreiben. Aber sie hatte sich verpflichtet gefühlt, Max davon zu berichten. Sie war Ende siebzig und bei guter Gesundheit, aber ebenso allein und exzentrisch (die Polizei gebrauchte inoffiziell ein anderes Wort) wie Cecily. Max reagierte auf diese Warnung, weil er ein schlechtes Gewissen wegen der Papiere hatte. Da die alte Dame auch mit Cecilys Anwalt in Verbindung stand, einem alteingesessenen Einwohner der Stadt, den sie gut kannte, hatte sich der Druck auf Max, sich der Sache anzunehmen, noch verstärkt. Es passte alles nahtlos zusammen, und der Fall schien sich nach und nach aufzulösen.

Was nun Kate Fansler betraf, so befand sie sich zur Todeszeit ganz zweifelsfrei anderswo, wo immer das auch gewesen sein mochte. Die Tatsache, dass sie sich bereitgefunden hatte, einen Mann nach Maine zu begleiten und mit ihm dort die Nacht in einem Gasthaus zu verbringen, stand auf einem anderen Blatt. Die Polizei bedauerte das, wenn auch hinter vorgehaltener Hand. Diese Dame wäre eine so wunderbare Lösung gewesen. Doch während all der Tage und Stunden, die als Todeszeit von Geraldine Marston infrage kamen, hatte Kate Fansler in der Gesellschaft verschiedener Leute Reden gehalten. Und die Nächte hatte sie mit ihrem sogar in Maine Respekt einflößenden Mann verbracht, was dieser auch beschwören wollte. Zu allem Überfluss hatte sich herausgestellt, dass Kate Fansler eine ziemlich berühmte Englisch-Professorin an einer berühmten Universität war und über weitreichende Verbindungen verfügte.

An dem Punkt ruhte der Fall mehrere Monate lang. Erst Ende März wurde der Gedanke an Geraldine Marston für Kate wieder mehr als ein dumpfer, ständiger Schmerz und eine traurige Erinnerung.

Vier

Der Aufzug führte direkt in die Turnhalle. Er spie seine Fahrgäste in einen Raum, der sich, hätte Dante ihn vorausahnen können, in seinem Werk sicher als einer der Höllenkreise niedergeschlagen hätte. Zu seinem Glück und dem der mittelalterlichen Literatur hatte er zu früh gelebt, um sich eine Vorstellung von der Atmosphäre einer Turnhalle in einer Knabenschule im letzten Drittel des 20. Jahrhunderts zu machen. Kate Fanslers Erfahrungen hatten offenbar nicht ausgereicht, um sie gegen einen solchen Überfall auf ihre Sinne zu wappnen. Also blieb sie stehen und versuchte, so viel Gleichmut zurückzugewinnen, wie die Szene zuließ. Das war nicht viel. Der Geruch von fünfundzwanzig oder mehr jungen Leibern männlichen Geschlechts, die unbarmherzig ihren athletischen Übungen nachgingen, schien zunächst über das hinauszugehen, was ein erwachsener Mensch ertragen konnte. Aber Kate wusste aus Erfahrung, dass die Wahrnehmung mit der Zeit nachlassen würde, da die Geruchsnerven glücklicherweise allmählich abstumpften. Der Lärm, der hauptsächlich einer Lautsprecheranlage mit dem neuesten Rocksound zuzuschreiben war, bewegte sich einige Dezibel oberhalb der menschlichen

Schmerzgrenze. Er würde verebben, aber nicht, wie man hätte annehmen können, wegen zunehmender Taubheit der Zuschauer, sondern wegen des beginnenden Spiels würden die Lautsprecher glücklicherweise abgeschaltet werden. »Aber wozu dieser entsetzliche Krach, diese ohrenbetäubende Kakophonie?«, hatte Kate ihren Neffen Leo gefragt.

»Er gefällt uns.« Leo hatte sich mittlerweile an die Neigung seiner Tante zu ausladenden Ausdrucksweisen gewöhnt. »Außerdem«, kam er ihr im Interesse der Wahrheit entgegen, »macht er die Mannschaft heiß.«

»Mein Gott«, hatte Kate geantwortet. Sie konnte sich auch kürzer ausdrücken, wenn sie geschockt war.

Der Krach aus den Lautsprechern hatte den sonstigen Lärm aus der Turnhalle nicht vollständig überdeckt – die Schreie der Jungen, die vom Sopran bis zum Bass reichten, aber in Ton und Inhalt bemerkenswert gleich waren; die Glocken und die altertümlichen Autohupen, die nach jedem Korb mal für die eigene Mannschaft, mal für die gegnerische dem Erfolg zu Ehren tröten würden.

Nachdem Kate sich an Geruch und Lärm gewöhnt hatte, wandte sie sich dem nächsten notwendigen Kraftakt zu: zwischen stur dasitzenden jungen Männerleibern zu einem Sitz auf der Haupttribüne hinaufzuklettern, von wo aus sie das Spiel verfolgen konnte. Natürlich ein Sitz ohne Lehne, mit wenig Fußraum und keinem Platz für den Mantel und andere Kleidungsstücke. Kate hatte gelernt, sich zu beschränken und nur Hosenanzüge zu tragen, wenn sie die Turnhalle aufsuchte. Einen Abend lang hilflos an ihren Röcken herumzuzupfen, hatte ihr gereicht.

»Hi, Kate!« John Crackthornes tiefer Stimme gelang es irgendwie, sich vernehmlich zu machen. Er klopfte auf einen Platz neben sich. Kate erkannte ihn und winkte heftig – kleinere Gesten wären einfach untergegangen. Zwischen den ungerührt Dahockenden versuchte sie sich einen Weg zu bahnen.

»He, ihr da, Alderman, Watson, Levy, lasst die Lady bitte durch.« Crackthorne begleitete seine Kommandos mit ein paar gut platzierten Tritten und Stößen. Die so angesprochenen athletischen Unholde übernahmen plötzlich die Rolle höflicher Jugendlicher, sie standen auf, enthüllten so Krawatten und Blazer – ein Versprechen auf ein zivilisiertes Verhalten in der Zukunft – und ließen Kate durch.

»Wunderbar, Sie zu sehen«, sagte Crackthorne. »Sie sind dabei, eine der treuesten Anhängerinnen unseres Teams zu werden. Machen Sie das zum Vergnügen oder um Ihren Neffen zu unterstützen? Ein reines Vergnügen kann es ja kaum sein, also rede ich auch gar nicht davon.«

»Leo scheint sich wirklich zu freuen, wenn ich komme«, antwortete Kate. »Natürlich bittet er mich nie darum, und er nimmt mich auch nicht zur Kenntnis, wenn ich hier bin. Aber er verkündet immer, wann das Spiel stattfindet, und ich habe beobachtet, dass alle anderen Spieler treue Eltern haben, die mit rührender Regelmäßigkeit dabei sind. Wenn ich Leo frage, ob ich kommen soll, sagt er immer: ›Wenn du Lust hast, ist es okay‹, was in der Übersetzung heißt: Ich hätte dich gerne da, aber ich hätte lieber das Gefühl, dass du trotz meiner Einwände gekommen bist. Natürlich kann diese Übersetzung, wie das bei Übersetzungen oft passiert, durch die vorgefasste Meinung des Übersetzers verzerrt sein. Warum sind denn Sie ein so treuer Zuschauer?«

»Alle fünf Jungen sind in meiner Englisch-Klasse, und durch mein Kommen gewinne ich ein gewisses moralisches Übergewicht gegenüber dem Basketball-Trainer. Er hat versucht, sich zu rächen, indem er zu meinem Englisch-Unterricht kommt, aber das klappte wegen seiner Trainingstermine nicht. Das eine Mal, als er kam, ist er eingeschlafen. Das passiert den Jungen leider auch häufig nach zu langem Basketball-Training – aber Sie wollen sicher nicht weiter von unseren langweiligen Schulquerelen hören. Wenn wir heute Abend gewinnen, bleiben wir, wenn alles gut geht, eine Saison lang ohne Niederlage, und das ist etwas, was die Jungen und ich teilweise bedauern. Warum ist nie jemand darauf gekommen, dass Gott, wenn er denn existiert, so umfassend wie regelmäßig auf der falschen, also auf der Gewinnerseite, steht? Wir hätten lieber ehrenvoll verlieren und stattdessen für unsere Schule Ruhm durch ein überwältigendes Orchesterkonzert oder eine Theatergruppe ernten sollen. Aber das Leben ist nicht so.«

Jeder, der sie beobachtete, würde sicher eine sehr intime Beziehung vermuten, schmunzelte Kate. Lange Übung hatte Kate und Crackthorne gelehrt, dass man tatsächlich Worte wechseln konnte, wenn man den Mund dem Ohr des anderen so näherte, als wollte man es küssen. Besuchern vom Mars – die allerdings, wenn sie schlau genug waren, zur Erde zu finden, sicher auch klug genug wären, die Turnhalle zu meiden – würde es jedenfalls so vorkommen, als bereitete es Kate und Crackthorne großes Vergnügen, sich gegenseitig ausdauernd die Ohren abzuküssen.

»Aha«, sagte Kate. Inzwischen konnte sie nämlich die Zeichen deuten. Die Teams verließen das Spielfeld – entweder zu letzten Instruktionen im Umkleideraum oder, wie Kate eher vermutete, um ihnen Gelegenheit zu einem neuen Auftritt in ihren ansehnlichen Trainingsanzügen zu geben. Kate hatte von Leo gehört, dass für Schulmannschaften keine Uniform zu teuer war, obwohl man den Chemielehrer hatte murren hören über die Knappheit an Bunsenbrennern und auch die Bibliothek, so elegant sie ausgestattet war, noch ein paar vernünftige Titel in ihren Regalen hätte gebrauchen können.

Kate war unter Leos unermüdlicher Anleitung, größtenteils während der Fernsehübertragung von Spielen gegen die Knicks, zu einem regelrechten Basketball-Fan geworden. Zu ihrem eigenen und Leos Bedauern konnte sie aber nie erkennen, wann jemand ein Körperfoul beging, und sie neigte stets dazu, die falschen Mitglieder in einem Team zu bewundern. Ihr größter Fehler aus der Sicht Leos war es, dass sie unbeirrt war in ihrer Abneigung gegen Spieler vom Typ Wilt Chamberlain, d. h. wenn sie größer als zwei Meter zehn waren. Sie beharrte darauf, dass in diesem Spiel nur höchstens ein Meter achtzig große Männer zugelassen sein dürften, und egal wie wortgewaltig Leo sie von Eleganz und Talent dieser größeren Männer zu überzeugen suchte, Kate blieb dabei, dass sie durch ihre Größe einen unfairen Vorteil hätten. Aber Leo verzieh ihr diese Ausrutscher, denn sie behielt sowohl ihr Interesse am Basketball als auch ihr Wissen um ihre Unwissenheit. Ältere Herrschaften, die so taten, als verstünden sie das Spiel, obwohl sie keine Ahnung hatten, waren den Jungen nämlich ein Gräuel. Ähnlich war es, wenn Leo etwas über ein literarisches Werk für eine Prüfung wissen wollte, deren drohender Termin immer mit seiner ersten Lektüre des behandelten Buches zusammenfiel. Dann marschierte er in Kates Zimmer und sagte: »Wie wäre es mit ein paar erhellenden Bemerkungen über ›Prufrock‹?« Kate bewunderte diesen Austausch notwendiger Informationen, der dadurch möglich wurde, dass sie immer Leo die Gelegenheit gab, das Gespräch zu eröffnen. Gespräche, deren

Charakter eine Eröffnung aus entgegengesetzter Richtung erforderte, überließ Kate – eher feige – sehr gerne Reed. Das System funktionierte überraschend gut.

Weil Leos Eltern nicht bereit waren, ihm irgendwelche Eigeninitiative zuzugestehen, war Leo ein für allemal unfähig, mit ihnen auszukommen oder auch nur im selben Haus zu wohnen. Ob es nun daran lag, dass er der mittlere von drei Söhnen war oder dass die Persönlichkeiten zu verschieden oder dass, wie Kate fand, ihr Bruder ein engstirniger Wichtigtuer und ihre Schwägerin eine gut gekleidete und schick frisierte Klatschbase ohne jeden Verstand waren, Leo hatte jedenfalls die Flucht ergreifen müssen. Er hatte schon einmal quasi auf Kates Türschwelle gesessen und einen Sommer lang bei ihr gewohnt. Nun absolvierte er sein letztes Jahr an der Highschool und wohnte wieder bei ihr. Reed hatte sich mit dem Versuch einverstanden erklärt, und es funktionierte, ohne dass sich Kate oder Reed dabei über die Gründe etwas vormachten. Erstens verfügten sie über eine große Wohnung. Zweitens hatten sie eine fähige Haushaltshilfe. Drittens gelang es ihnen, Leos Aktivitäten gegenüber eine Gleichgültigkeit zu demonstrieren, die ihn – das ist die Perversion der Pubertät – dazu herausforderte, von sich aus darüber zu sprechen und so ein gewisses Maß an Führung zu ermöglichen. Viertens, und das war das Wichtigste, wollte Leo einfach bei Kate und Reed bleiben, denn die Alternativen dazu, ein Leben bei den

Eltern oder ein Internat, waren undenkbar beziehungsweise nicht erstrebenswert.

Natürlich war es wieder einmal an Kate hängen geblieben, das angekratzte Ego ihres Bruders aufzupäppeln.
Mit seinem ältesten Sohn hatte er sich über den Vietnam-
krieg zerstritten. Seinem zweiten Sohn, Leo, hatte er sich
entfremdet. Und nun unterstellte er Kate, die – wenig
fraulich – keinen eigenen Nachwuchs besaß, bereits ein
Auge auf den Dritten, Ted, geworfen zu haben, der in die
achte Klasse ging. Aber Kate hatte ihn überzeugen können, dass es für viele junge Leute wie Leo besser sei, wenn
sie nicht zu Hause lebten, sondern auswärts, was gewiss
stimmte. Ted aber, der dritte Sohn und schon jetzt fähig,
seinem Vater ein zu üppiges Taschengeld abzuschwatzen,
hing mit seinen dreizehn Jahren noch zu sehr am süßen
Leben, als dass Kate ihm Unterschlupf gewähren wollte,
wenn er zu ihr käme. Bei den Basketballspielen versuchte
Kate manchmal, sich ihren Bruder und ihre Schwägerin
als Zuschauer vorzustellen, aber jedes Mal erlitt ihre
Fantasie Schiffbruch. »Einige Menschen«, hatte sie zu
Reed gesagt, »sind einfach geborene Tanten und Onkel.
Eine ebenso wertvolle wie unterschätzte Rolle.«

»Aber diese Rolle wäre einfacher«, hatte Reed geantwortet, »wenn du dich an einen chaotischen Neffen von
einem Meter siebzig hättest halten können oder noch
besser: an eine Nichte. Man kann Basketball nämlich
auch leid werden.«

»Es fasziniert mich«, hatte Kate gesagt. Und Leo unterhielt sich mit Reed gern über andere Dinge. So waren alle zufrieden.

Mit großem Schlachtgeschrei, barmherzig begleitet vom gleichzeitigen Abschwellen der Rockmusik, kamen die Mannschaften zurück. Die Spieler schälten sich aus ihrer warmen und schmückenden Verpackung, und der Lautsprecher verkündete einen nach dem anderen die Namen der Spieler. Der jeweils Genannte trat einen schnellen Schritt nach vorn, blieb stehen und wich allen Blicken aus. Als beide Mannschaften in Reih und Glied standen, gaben sich die Kapitäne die Hand – Kate fühlte sich beim Anblick dieser widerwillig vollführten Geste daran erinnert, dass das Händeschütteln angeblich Überbleibsel der Untersuchung des Ärmels des Gegenübers auf verborgene Waffen war. Dann gingen die Teams in Stellung.

An dieser Stelle begannen Kate und Crackthorne gewöhnlich, die Augen auf das Spielfeld gerichtet, ein Gespräch über Literatur, oder sie schwätzten über Schule und Universität. Einmal hatte Kate ein Spiel ohne Mr Crackthorne angesehen und es fast langweilig gefunden. Das hatte sie Leo natürlich nicht merken lassen. Crackthorne war vor einigen Jahren Kates Student gewesen und hatte alle Hürden auf dem Weg zum Doktortitel genommen, bis auf die Dissertation selbst, die sich auf eine Weise, die Kate nur allzu gut kannte, über die

Jahre hinzuziehen schien. Um seinen Lebensunterhalt zu verdienen, hatte er als Englischlehrer am St. Anthony's angefangen. In diesem Jahr allerdings klang es, als beabsichtige er, im Laufe des kommenden Sommers seine Arbeit über die überlebenden englischen Schriftsteller aus der Zeit des Ersten Weltkrieges tatsächlich zu vollenden. Kate war überzeugt, dass diese Untersuchung erstklassig sein würde.

Das sagte sie ihm auch, während sie aus einem Augenwinkel zusah, wie der Ballführer des einen Teams den Ball mit der einen Hand über den Platz dribbelte und mit der anderen Hand mögliche Spielzüge andeutete. Besonderes Vergnügen machte ihr die Analogie zwischen dem Ballführer eines Basketball-Teams und ihrer eigenen Arbeit in den Seminaren, eine Analogie, für die Leo nur ein Schnaufen übrighatte. Er hielt Kate ohnedies für allzu analogieanfällig.

»Es macht mich ganz trübsinnig«, sagte Crackthorne. »Es ist, als versuchte man, ein Kissen in einen zu kleinen Bezug zu stopfen. Überall quillt es heraus. Natürlich kannten diese englischen Typen sich alle untereinander, sodass man ständig einer neuen Spur folgt, die zu neuen Wundern führt. Und was ich bis dahin geschrieben habe, kommt mir unsäglich ermüdend vor.«

»Das ist unvermeidlich«, sagte Kate. »Es liegt daran, dass Ihnen alles, was Sie zusammengetragen haben, so vertraut ist und Sie deswegen annehmen, es müsse für alle anderen langweilig und vertraut sein. Aber das ist es nicht. Schneiden Sie dem Kissen eine Ecke ab, stopfen Sie die Federn dorthin, wo noch Platz im Bezug ist, nähen Sie die Nähte so ordentlich zusammen wie möglich, und denken Sie erst dann über andere wunderbare Wege nach, die sich Ihnen eröffnen könnten. Toller Wurf! Großartig, Leo! Sie wissen bestimmt, was ich meine, auch wenn Basketball einen ausgesprochen schädlichen Einfluss auf meine Syntax und meine Vergleiche hat.«

Kate wurde durch einen Blick auf die elektrische Anzeigetafel klar, dass das erste Viertel zu Ende ging und die Chancen des St.-Anthony's-Teams, die Saison ohne Niederlage zu beenden, gut standen. Als der Pausenpfiff ertönte, wandte Crackthorne sich zu Kate und verwickelte sie in eine Diskussion über Aldous Huxley, der, wie ihm jetzt auffiel, in seiner Jugend für einen amerikanischen Trainer ein interessanter Kandidat gewesen wäre, hätte er ein scharfes Auge und zugleich das Pech gehabt, in Amerika geboren zu sein. Einen Augenblick lang versuchte Kate sich vorzustellen, wie Huxley hin- und hergerissen wäre zwischen Basketball und der Niederschrift von *Crome Yellow*. Sie erzählte es Crackthorne.

»Diese Engländer«, sagte er, ein Auge auf dem Spielfeld, wo das zweite Viertel begann. »In verrückten Momenten versuche ich mir vorzustellen, wie der Trainer wohl Lytton Strachey das Zusammenspiel beibringt. Strachey gehörte zu denen, die diesen ganzen Unsinn hätten auseinanderpflücken können. Für den Trainer sind natürlich alle modernen englischen Schriftsteller meiner Epoche nichts als Schwule. Ich habe ihm gesagt, dass er sie wohl eher für Schufte hält, aber Schufte sind für ihn die Leute, die die Nixon-Regierung für Spezialaufgaben angestellt hatte. Um auf Huxley zurückzukommen, haben Sie gehört, wie ...«

In der Halbzeit brüllte erneut die Rockmusik los, und die Teams verschwanden. Kate und Crackthorne gingen nach unten, um in relativer Ruhe eine Zigarette zu rauchen. St. Anthony's führte mit 34 Punkten, was für den Rest des Abends einen gewissen Spannungsabfall bedeutete. Aber Leo hatte sie gewarnt, weil die Knicks oft im letzten Viertel doch noch gewonnen hatten. An Fahnenflucht war also nicht zu denken.

Auf dem Rückweg ins Inferno wurden beide von Mr Kunstler, dem Trainerassistenten, aufgehalten, der für die Nachwuchsmannschaft verantwortlich war und außerdem für die Leseförderung. Mit dem unvermeidlichen Überschwang eines Menschen, der solch eine Karriere plant, begrüßte er Crackthorne und lobte dabei wortreich die Künste seiner Eggheads auf dem Spielfeld. Als er Kate vorgestellt wurde, brach er bei der Nennung ihres Namens in kleine Jubelschreie aus.

»Wie stolz Sie auf Ihren Sohn sein müssen, Mrs Fansler. Manchmal ist er für die Trainer ein harter Brocken, aber ich sage immer, er ist ein guter Junge, und man merkt ihm die liebevolle mütterliche Fürsorge an. Man kann stets …«

»Kunstler, alter Junge …«, setzte Crackthorne an.

»Ich weiß, es ist nicht mehr modern, Mütterlichkeit zu preisen«, fuhr Kunstler fort und hob mahnend eine Hand, »aber man kann immer die Jungen ausmachen, die wahre mütterliche Zuneigung erlebt haben. Einige unserer Jungen …«

»Kunstler, alter Knabe, halt den Rand. Das hier ist *Miss* Fansler, Leos Tante, und sie ist nie Mutter gewesen. Wenn ich du wäre, würde ich meine Theorien über Mütterlichkeit nehmen und …«

»In Ordnung, in Ordnung«, antwortete Kunstler mit imponierender Kaltblütigkeit, »ein feiner Junge, auch wenn seine Mutter tot ist. Sie haben voller Edelmut ihren Platz eingenommen.« Da es darauf, außer einem höflichen Kopfnicken, keine vernünftige Antwort gab, nickte Kate höflich und erlaubte Crackthorne, sie ziemlich abrupt in den Aufzug zu führen; Kunstler war einige Schritte hinter ihnen zurückgeblieben, als sich die Tür zu schließen begann. Zweifellos war er noch ganz in Gedanken versunken über mütterliche Hingabe.

Doch gerade als die Aufzugtür zuschnappen wollte, schob sich ein Arm dazwischen und ließ sie wieder aufgehen. Sechs außergewöhnlich große und laute Burschen ergriffen Besitz von dem Raum, wie eine Armee, die in ein Land einmarschiert und alle anderen Menschen, Beschäftigungen und Lebensformen herabsetzt. In Kate stieg ein Groll gegen diese jungen, auf der Schwelle zum Erwachsenenalter stehenden Männer hoch, den sie auch nach Jahren intellektuellen Reifens und Vervollkommnens noch nicht unter Kontrolle gebracht hatte. Sie spielten sich auf, ihre Selbstbezogenheit war grenzenlos, ihre Arroganz greifbar. Auch wenn Crackthorne vielleicht nicht Kates instinktive Reaktion teilte, so bedauerte er doch, wie sich im geschlossenen Klima des Aufzugs eine machohafte Gleichgültigkeit gegenüber allem ausbreitete, was nicht jung und männlich war.

»Ricardo«, schnappte Crackthorne. »Könnten wir wenigstens so tun, als nähmen wir auf andere Rücksicht? Das hier ist ein Aufzug und keine Kneipe.« In dem Moment öffnete sich die Tür zur Turnhalle, zu Krach, Rockmusik und männlichem Schweiß. Aber Kate begab sich dankbar aus der komprimierten in die verdünnte Atmosphäre der Adoleszenz zurück. Crackthorne folgte ihr, nachdem er den Invasoren noch ein paar Worte gesagt hatte. Jetzt erst registrierte ihr Bewusstsein den Namen, den er im Aufzug ausgestoßen hatte. »Ricardo?«, fragte sie.

Crackthorne ging vor ihr die Tribüne hinauf, suchte und fand in den Reihen der Jungen Stellen, wohin sie den Fuß setzen konnte.

»Chet Ricardo«, sagte er, als sie wieder saßen. »Einer von der coolen Sorte. Sie wissen: Frauen, Drogen und allgemeine Glätte, und das alles mit fünfzehn. Im letzten Jahr entpuppen sie sich dann als nicht besonders gescheit, dafür waren sie zu früh in Höchstform. Leo gehört zum Glück nicht zu ihnen.«

»Irgendeine Beziehung zu dem Maler Ricardo?«

»Aber natürlich. Ich hätte merken müssen, warum Sie nachfragten. Er ist sein Enkel und damit auch ein Enkel der berühmten Cecily Hutchins, die wohl für Sie und mich mehr von Bedeutung ist. Der Papa ist leider ein uninteressanter Geschäftsmann: Die Gene halten sich bis zur vierten Generation zurück. So sieht es jedenfalls aus.«

»Komisch, dass Leo ihn nie erwähnt hat.«

»Meine liebe gnädige Frau, es sind immer die Eltern und nicht die Schüler, die sagen: ›Ich war ja so überrascht, als unser Sonnyboy sein Jahrbuch nach Hause brachte: Darin gab es wenigstens *zehn* Jungen, von denen ich noch nie gehört hatte.‹«

Nicht zum ersten Mal sinnierte Kate über die seltsamen Verhaltensweisen der jungen Leute. Während der Adoleszenz nahm die Suche nach Identität viele, größtenteils schreckliche Formen an. »Wissen Sie«, brüllte sie Crackthorne ins Ohr, »ich glaube, wir dürfen dieses Spiel als gewonnen und unsere Pflicht gegenüber den jungen Sportlern als erfüllt betrachten. Ich sehe, dass sie Leo und seine Freunde herausnehmen und das Auswechselteam aufs Feld schicken. Darf ich Sie in der relativen Stille einer Bar für Singles zu einem Drink einladen? Etwas anderes hat die Nachbarschaft hier nicht zu bieten.«

»Nein«, sagte er. »Ich bleibe bis zum Schluss und werde ein paar ermutigende Worte für die Auswechselmannschaft bereithalten, denn die wird jetzt über ihre eigenen Füße stolpern und die große Chance verpassen, von der sie geträumt hat. Die Jungs brauchen Trost, wenn sie herausfinden, wie wenig das Hoffen aufs Spiel und das Spiel selbst miteinander zu tun haben.«

»Ich habe den Verdacht, Sie sind der geborene Lehrer«, sagte Kate, »das ist heutzutage offenbar seltener als ein guter Glasbläser und unendlich viel wünschenswerter. Alsdann, bis zu unserem nächsten Sieg.«

Später am Abend klopfte Kate an die Tür des Arbeitszimmers ihres Mannes. Auf sein »Herein« steckte sie den Kopf durch die Tür. »Beschäftigt?«, fragte sie.

»Ich sehne mich nach Ablenkung. Wir haben Ende März, und meine Gedanken wandern unvermeidlich in Richtung Steuererklärung. Trotzdem sage ich mir, ich könnte morgen überfahren werden, und dann wäre es doch schade, wenn ich zu früh damit angefangen hätte.«

»Wenn du dich schon überfahren lässt, ist es viel leichter für mich, wenn deine finanziellen Angelegenheiten geregelt sind.«

»Fühlloses Weib. Worum geht es, Kate? Ich dachte,

du müsstest eine Rede schreiben, die mindestens vierzig Minuten lang ist und am Ende sogar noch Zeit für ein paar Fragen lässt.«

»Ich habe über einen Klassenkameraden von Leo nachgedacht, dem ich heute begegnet bin. Es war eine einseitige Begegnung, wenn man die Berührung zwischen dem Panzer und dem Weizen, der ihn plattwalzt, überhaupt so nennen kann. Darf ich mich da in dieses technische Lederding aus Schweden lümmeln?«

»Lümmle dich.« Reed lehnte sich in seinem Drehsessel zurück und legte die Füße auf eine offene Schreibtischschublade. Kate fiel wieder angenehm auf, dass zwischen Hose und Socken keine Haut zu sehen war.

»Ich muss immer noch an diesen Tag mit Max denken«, sagte Kate.

»Hat dich der Panzer daran erinnert? Kate, ich wollte dich schon lange fragen: Hast du je daran gedacht, ein weibliches Basketball-Team zu trainieren? Du müsstest inzwischen verdammt qualifiziert sein und könntest ihnen sagen, wie man dribbelt, ohne auf den Ball zu sehen. Das ist doch wirklich nicht anders als Englisch unterrichten.«

»Reed, ich liebe dich. Wann wird sich einer von uns angebunden fühlen und um sein Leben rennen?«

»Niemals, wenn es nach mir geht. Ich nicht, weil angebunden sein genau das Gefühl ist, das ich erleben möchte. Und du nicht, weil ich dir so viel Bewegungsfreiheit zu geben vorhabe, dass du mich vermissen und nach mir suchen wirst.«

»Was ich gerade tue. Wunderbarer Mann – und das Haus im Wald hat geholfen. Reed, ich bin der glücklichste Mensch der Welt, und von Zeit zu Zeit habe ich das Gefühl, alles ist nur eine Scharade, und sowie ich aufhöre, kommt der Schmerz.«

»Es ist schwer, in einer miserablen Welt glücklich, sicher und beliebt zu sein. Was hatte es denn mit dem Jungen im Aufzug auf sich?«

»Er kam mir vor wie Nemesis oder das Schicksal oder vielleicht einfach mein beunruhigtes Gewissen. Ich meine nicht den Jungen selbst, obgleich auch der schon schlimm genug war. Ich meine Cecily Hutchins und Dorothy Whitmore und Gerry Marston. Ich frage mich, wo jetzt ihr Porträt wohl ist und ob Max die Papiere an Wallingford verkauft hat.«

»Warum verabredest du dich nicht mit ihm zum Lunch im Cos Club und fragst ihn?«

»Reed, habe ich dir heute schon gesagt, dass ich dich liebe?«

»Zweimal«, sagte Reed, beugte sich über den Schreibtisch und streckte seine Hand aus.

ZWEITER TEIL

April

Fünf

Es wurde dann doch fast Ende April, ehe Max und Kate sich zum Lunch treffen konnten. Max war offensichtlich stark mit Cecilys Nachlass beschäftigte. Kate wuchsen die Vortragsverpflichtungen (die sie in den ruhigeren Herbstmonaten eingegangen war) fast über den Kopf. Außerdem stapelten sich unkorrigierte Fahnen, ungelesene Manuskripte und unbeantwortete Briefe auf ihrem Schreibtisch. An der Universität blühten die Krisen, die ebenso zum April gehören wie Narzissen und Forsythien: der Etat des nächsten Jahres, das nächste Vorlesungsverzeichnis, das künftige Lehrerkollegium, die Dissertationen dieses Jahres, Examina, Zusammenbrüche. Und inmitten all dessen mussten Reed und Kate noch ihren Pflichten als Ersatzeltern nachkommen, denn das waren sie schließlich für Leo. Der setzte gerade zum großen Sprung aufs College an und wartete auf den Lohn für alle seine Mühen – auf die Briefe, die jetzt von den Colleges verschickt wurden und in denen stand, wer wo angenommen worden war. Kate und Reed waren nicht sonderlich überrascht, dass Leo Harvard geschafft hatte, schließlich hatte seine männliche Verwandtschaft dort immer schon studiert. Umso überraschter waren sie allerdings, als er verkündete, dass er nicht nach Harvard wollte, sondern nach Swarthmore. Leos Vater ließ von sich hören. Kate ging murrend in die Fraunces Tavern zu einem Lunch mit ihrem Bruder. Er weigerte sich zu akzeptieren, dass Söhne selbstständige Entscheidungen fällen, und schimpfte mit seiner Schwester, die offensichtlich an alldem schuld war. Kate ertränkte ihren Widerwillen in kühlem Weißwein, von dem sie eine große Flasche bestellt hatte, und dachte, soll er es besser an mir auslassen als an Leo.

Als sie das hinter sich hatte, kehrte Kate an ihren vollgepackten Schreibtisch zurück. Doch wie sich bald herausstellte, war Leo nicht nur mit der Wahl seines eigenen College beschäftigt, sondern auch mit der all seiner Schulfreunde (abgesehen von den zehn, von denen man laut Crackthorne ohnehin noch nie gehört hatte). Es zeigte sich, dass Ricardo nicht mehr dazugehörte.

»*Der* hat Harvard geschafft«, berichtete Leo angewidert.

»Er hat sehr berühmte Großeltern.«

Leos Antwort darauf war ein kurzer Fluch, dessen Wiederholung eine Woche lang jedes Gespräch zwischen ihnen unmöglich machen würde; das versprach ihm Kate. Aber Leo war ernstlich verstört.

»Der Kerl ist einfach widerlich. Das weiß jeder. Frank hat ihm gesagt, er käme auf gar keinen Fall nach Harvard. Er hat in seinem Leben nie gearbeitet.«

Frank war Studienberater an seiner Schule und so erfahren im Umgang mit den Zulassungsstellen der Colleges, dass er schon Wochen vor dem 15. April wusste, wo jeder Junge angenommen werden würde. Kate hatte das Gefühl, dass er seine Fähigkeiten vergeudete: Im Büro einer Stiftung oder bei der Regierung wären sie sicher besser zur Entfaltung gekommen. Aber für so eine Schule war es das Wichtigste, dass ihre Absolventen in die richtigen Colleges aufgenommen wurden. Im Kollegium und in der Verwaltung mochte es Schwachstellen geben, doch die starken Persönlichkeiten waren da, wo man sie brauchte. Kate hatte Frank mehr als einmal getroffen und bewunderte ihn, wie sie jeden bewunderte, der seine Arbeit gut machte. Außerdem wusste sie, dass Frank, auch wenn er an den Techniken der Madison Avenue festhielt, nicht log. Er wusste, dass eine Lüge gegenüber einem College Jahre später als Rohrkrepierer zurückkommen würde. Wenn er dieses Jahr zu den Yale-Leuten sagte: »Ihr müsst zehn Jungen nehmen, sie sind alle erstklassig«, dann glaubten sie ihm, weil er ihnen im Jahr davor geraten hatte, von diesem absolut schwachen Jahrgang keinen Einzigen zu nehmen. Seine Einschätzung von Ricardos Chancen in Harvard sollte man also nicht gering achten. Dennoch fand sie Leos Widerwillen übertrieben.

»Wer weiß, wie Harvard zu seinen Entscheidungen kommt?«, sagte sie. »Was kümmert dich das?«

Worauf Leo nicht mehr darüber sprach. Kate fragte sich, ob sie das Thema lieber nicht hätte abwürgen sollen. Ihrer Ansicht nach sollten Gespräche mit jungen Leuten ihnen die Chance geben, ihre Meinung zu äußern, wenn sie dies wollten. Sie hätte Leo nicht abblocken dürfen. Tatsache war, dass sie diese ganze College-Geschichte einfach leid war, und sie merkte, als sie ihren Stift beiseitelegte und stattdessen über Leos Schule nachdachte, dass sie von dem ganzen Laden schlicht nichts mehr hören wollte. Sie hatte den Basketball-Spielen zugeschaut und von Leo deutliche Signale bekommen, die sie jetzt erst zu realisieren begann, und dabei hatte sie es den größten Teil des Jahres über versäumt, bewusst versäumt, ihre Abneigung gegen St. Anthony's auf den Punkt zu bringen. St. Anthony's war ganz anders als das Theban, das Kate selbst besucht hatte und wo sie vor Kurzem ein Seminar gehalten hatte. St. Anthony's unterschied sich – ein besserer Vergleich fiel ihr nicht ein, lag ihr aber auf der Zunge – vom Theban wie der Jetset von den Bewohnern der Back Bay.

Natürlich war der Jetset das Problem. Die schicken Leute, die »beautiful people«. Geld und das Im-Mittelpunkt-Stehen. Der Reichtum von Leos Freunden und das Leben, das sie führten, hatten Kate schon immer den Atem verschlagen. Am Theban war das protzige Geldausgeben so unmöglich wie das Zulassen rassistischer Vorurteile. Einer von Leos Freunden war extra zum Autorennen nach Indianapolis geflogen; ein anderer hatte schon vor der Abschlussprüfung, quasi als Vorleistung, ein tolles, teures Auto geschenkt bekommen. War das der Unterschied zwischen Mädchen- und Knabenschulen?

Kate glaubte das nicht. St. Anthony's hatte vor zehn Jahren nach einer Phase, in der es als besonders angesehenes, zurückhaltendes Institut galt, einen neuen Leiter angestellt, der seine Aufgabe eindeutig darin sah, die richtigen Leute mit dem großen Geld anzulocken, den Stiftungsfonds aufzustocken und das alte Gebäude durch einen Anbau zu erweitern. Das war ihm auch gelungen. St. Anthony's zog nicht nur die Kinder prominenter Politiker und Schauspieler an, sondern auch die Reichen und die spendablen Neureichen, die es sich gern etwas kosten ließen, ihre Kinder mit den Kindern von Mächtigen und berühmten Schauspielern auf dieselbe Schule zu schicken. Dieser Direktor war gut in gesellschaftlichen und finanziellen Fragen, hatte aber nie unterrichtet. Seine einzigen Fähigkeiten betrafen Geld und Kontakte, und sein Ego erforderte es, dass die Leute aus der Schulverwaltung ihm unterlegen waren. Kate konnte sich der Erkenntnis nicht mehr verschließen, dass Leo und seine Freunde unter anderem deswegen so unerträglich waren, weil sie wussten, dass sie klüger waren und bessere Wertvorstellungen hatten als diejenigen, die ihre Schule leiteten.

»Gut«, tröstete sich Kate, »ich habe die Schule nicht

ausgesucht, und in sechs Wochen hat Leo sie hinter sich. Was kann da noch passieren?« Sie fragte sich, ob Max den Ricardo-Sprössling wohl kannte. Er würde ihn vielleicht etwas weniger emotional beurteilen als Leo. Sie setzte diesen Punkt auf die Tagesordnung für den Lunch mit Max. Wie so oft, kehrten auch jetzt ihre Gedanken zu Gerry Marston zurück, die, das fiel ihr jetzt auf, in den Klippen nahe dem Haus von Ricardos Großmutter den Tod gefunden hatte. Seltsamer Zufall.

Eine weitere Verbindung zwischen der Max- und der Leo-Frage, wie sie es für sich nannte, ergab sich an dem Tag, an dem Kate mit Max zum Lunch verabredet war: Vom Essen im Cosmopolitan Club musste sie nämlich in den Central Park, wo Leo Baseball spielte. Reed hatte spöttische Kommentare abgegeben.

»Mir fällt Lord Randolph Churchill ein«, hatte er gesagt. »Als der einmal in seinem Club irgendeinem Langweiler in die Klauen geriet, läutete er und sagte zum Kellner: ›Macht es Ihnen etwas aus, sich das Ende der Geschichte anzuhören?‹ Und verließ den Raum.«

»Was willst du damit sagen?«, hatte Kate gefragt.

»Ich will damit sagen: Wenn Leo ein Publikum braucht, dann ruf doch eine ältere Dame an, die nichts zu tun hat, und frage sie: Würde es Ihnen etwas ausmachen, sich dieses Spiel anzusehen? Und du gehst wieder an die Arbeit.«

»Vielleicht könntest *du* versuchen zu kommen«,

hatte Kate geantwortet. »Baseball magst du ja lieber als Basketball.«

»Aber nur so, wie ich lieber erschossen würde als gehängt. Wer hätte gedacht, dass du mal eine solche Begeisterung für männliche Sportarten entwickeln würdest ...«

»Ich hasse Football«, war Kate ihm ins Wort gefallen.

»Wenn Leo sich dafür entschieden hätte, wärst du auch dahin gegangen, oder etwa nicht?«

»Wahrscheinlich«, hatte sie zugegeben. »Dem Himmel sei Dank für die kleinen Dinge. Nebenbei gesagt, Ricardo spielt beim Baseball den Shortstop.«

»Wer ist Ricardo?«

»Erinnere mich, dass ich dir bei Gelegenheit von ihm erzähle«, hatte Kate gesagt und war in den Cos Club verschwunden.

In der gemütlichen Lounge nahm sie zuerst mit Max einen Drink. Max ließ sich nieder mit dem glücklichen Gesichtsausdruck, den er stets zeigte, wenn er von dem umgeben war, was er Zivilisation nannte. Die hübsche Kellnerin in ihrer Uniform nahm die Bestellung entgegen. Der Cos Club könnte mir schon gefallen, dachte Kate, denn hier bin ich oft die Jüngste, während ich anderswo immer zu den Ältesten gehöre.

»Und wie geht es Ihnen, Kate?«, fragte Max, der offenbar ihre Gedanken las. »Noch nicht wie ich dabei, alt und wunderlich zu werden?«

»Mir geht es gut«, sagte Kate und riss sich zusammen. »Abgesehen von einer bohrenden Neugier, was die Hutchins-Papiere angeht. Was ist denn nun aus den Papieren, dem Porträt und dem Haus geworden?«

»Es sieht so aus, als wollten Sie darauf wirklich eine Antwort und hätten sich auf eine selbst für meine Verhältnisse außergewöhnlich lange Rede von mir vorbereitet. Cecilys Hinterlassenschaften, die literarischen und die anderen, haben nämlich ihre abenteuerlichen Seiten.«

»Sie meinen doch nicht auch ihre sterblichen Überreste, oder?«

»Warum nicht? Es stellte sich heraus, dass sie auf dem nahe gelegenen Stadtfriedhof in Maine beerdigt werden wollte. Sie hatte selbstverständlich eine Gruft gekauft, als Ricardo starb. Also musste ihr Leichnam überführt und neben ihm bestattet werden. Ihre Kinder, der als Testamentsvollstrecker eingesetzte Anwalt und ich wussten, dass jeglicher Aufwand das Letzte war, was Cecily gewünscht hätte. Sie hatte erwartet, zu Hause im Bett zu sterben und nicht in England. Aber da nun genau das passiert war, hätte sie zweifellos ohne großes Trara bei ihrer englischen Verwandtschaft beigesetzt werden wollen. Aber ein Testament ist ein Testament, also kam Cecily mit dem Flugzeug nach Boston und von dort mit dem Leichenwagen zu ihrer Gruft. Wir fuhren alle hinterher, aber erst Tage später, nachdem der Flughafen den Leichnam freigegeben hatte. Zollbeamte sind offenbar äußerst misstrauisch, wenn es um Leichen geht. Aber wie dem auch sei, Cecily liegt nun sicher unter der Erde. Mit ihren anderen Hinterlassenschaften ging es nicht weniger kompliziert zu. Wollen Sie das wirklich alles hören?«

»Aber sicher. Wollen wir hineingehen und essen? Ich habe einen Tisch am Fenster reservieren lassen.«

»Aufmerksam wie immer«, sagte Max, als sie Platz genommen hatten. »Cecily hat einmal hier in der Bibliothek einen Vortrag gehalten. Vor Jahren. Einer ihrer seltenen öffentlichen Auftritte, bevor sie so berühmt wurde. Erinnern Sie mich, dass ich Ihnen einmal davon erzähle. Also, der langen Rede kurzer Sinn, wie ein besonders langatmiger Freund von mir immer zu sagen pflegte, ich habe die Papiere für eine hübsche Summe an Wallingford verkauft. Eine hübsche Summe. Ihre Kinder haben sich bei mir bedankt, und das mit gutem Grund. Sie haben nach dem Porträt gefragt. Das überquerte mehr oder weniger zur gleichen Zeit wie Cecily den Ozean, allerdings in der Gegenrichtung. Sie hat es der Tate Gallery vermacht. Es hätte ohne Zweifel ebenfalls einen hübschen Preis erzielt, wenn Sotheby's es versteigert hätte. Aber der Anwalt ersparte den Erben jedes unziemliche Bedauern, indem er ihnen vorrechnete, dass die Steuer auf ein so großes Erbe wie das ihre und die für das Porträt sie ruinieren würde. Diese Schenkung an die Tate Gallery war wohl auch mit ein paar kleinen Steuerschwindeleien verbunden, aber davon verstehe ich nichts und will es auch nicht. Für so etwas nimmt man sich einen Anwalt, wie man einen Klempner holt, wenn man sich an den Rohren nicht die Finger schmutzig machen will. Allerdings sind Klempner schwerer zu finden als Anwälte, aber das müssen wir wohl nicht vertiefen. Dorothy Whitmore hängt nun in London und wird, wie ich gehört habe, täglich von Hunderten von Besuchern betrachtet. Das Haus ist für eine stattliche Summe verkauft worden, und die ganze Angelegenheit hat sich ohne Komplikationen regeln lassen. Leider haben die Kinder angefangen, sich in meinen Teil des Geschäfts einzumischen, und Ärger gemacht. Sie haben Cecily im Grunde nicht verstanden, deswegen hatte sie ja auch mich als Verwalter ihres literarischen Nachlasses eingesetzt. Das haben sowohl der Anwalt als auch ich nachdrücklich und mehr als einmal hervorgehoben, aber das Problem war, dass die Kinder eine andere Bibliothek bevorzugten. Die reine Gier. Nicht vonseiten der anderen Bibliothek, die trifft kein Vorwurf, aber die Kinder. Ah, zum Glück ist der Schweinebraten so gut wie eh und je.«

»Weiter«, sagte Kate. »Hören Sie nicht auf, wenn es gerade spannend wird. Ich weiß, es ist unfein, Sie zum Lunch einzuladen und dann nicht in Ruhe essen zu lassen, aber ich möchte einfach alles wissen.«

»Und ich will Ihnen auch gern alles erzählen, das wissen Sie. Sie könnten vielleicht ab und zu eine Bemerkung machen, damit ich wieder einen Happen nehmen kann.

Verstehen Sie, die Frage war, ob man Cecilys wachsenden Ruhm gleich zu Geld machen sollte. Er hatte ja einen ordentlichen Schub durch das bekommen, was als *women's lib* zu bezeichnen ich nachdrücklich ablehne.«

»Das habe ich erwartet«, sagte Kate. »All diese Schriftstellerinnen, die man jahrelang ignoriert oder vergessen hatte, werden plötzlich wiederentdeckt. Ich persönlich bin froh darüber. Abgesehen von allem anderen bieten sie neue und aufregende Dissertationsthemen. Über Tennysons späte Metaphorik und die Lesedramen von Swinburne gibt es wirklich genügend Abhandlungen. Und Sie meinen, Cecily hätte sich gewünscht, vor neugierigen Blicken bewahrt zu bleiben?«

»Nein, eigentlich nicht. Hätte sie gewollt, dass ihre Papiere unter Verschluss bleiben, dann hätte sie das gesagt. Wäre es nach mir gegangen, hätte ich natürlich liebend gern alles versiegelt. Ich hätte die Sachen auch verbrannt, wenn nötig – darüber sprachen wir ja schon. Aber als Verwalter ihres literarischen Nachlasses hatte ich mich an ihre Wünsche zu halten, die dahin gehen, die Papiere auszuwerten und schließlich zu veröffentlichen – aber nicht übereilt oder schlampig ediert.«

»Sicher gäbe es keinen Verlag, der eine schlampige Edition zuließe.«

»Gewiss nicht. Trotzdem, weil so viele Leute eilig ein Werk nach dem anderen herausbringen, ist nicht nur die Gefahr, sondern sogar die Wahrscheinlichkeit von Fehlern gegeben. Cecilys Wunsch wäre gewesen, dass man meine Biografie abwartete und vielleicht das Erscheinen ihrer von mir herausgegebenen Briefe.«

»Das heißt, Sie arbeiten tatsächlich an einer Biografie? Max, wie aufregend!«

»Wenn Sie es so direkt ansprechen: Wer wäre dazu besser qualifiziert als ich?«

»Sind ihre Kinder einverstanden?«

»Sie zweifeln wohl nicht an meiner Eignung. Zumindest sagen sie es mir nicht ins Gesicht. Aber sie wollen, dass Cecilys Bücher alle mit schmissigen Einleitungen neu herausgegeben werden. Sie wollen alles, was ihnen mehr Tantiemen bringt. Ich erkläre ihnen, dass sie schon rechtzeitig ihre Tantiemen kriegen werden, aber sie befürchten, die Nachfrage nach ihrem Werk werde nachlassen. Ich werfe ihnen vor, sie hätten wenig Vertrauen in das Werk ihrer Mutter, und sie werfen mir vor, ich wollte alles für mich behalten. Ich muss wohl nicht extra betonen, dass die Geschichte durch das nebulöse Geschäft eines literarischen Testamentsvollstreckers noch schwieriger wird. Aber Cecilys letzter Wille war von absoluter Eindeutigkeit, und die Papiere sind nach Wallingford gegangen. Ich habe die Universität um Urlaub gebeten, und Wallingford bietet mir Arbeitsmöglichkeiten. Oh, wie schön, Karamellcreme.«

»Natürlich denke ich jetzt an Gerry Marston«, sagte Kate. »Angenommen, sie wollte für eine Arbeit über

Dorothy Whitmore einen Blick in die Papiere werfen. Hätten Sie es ihr erlaubt?«

»Schon möglich. Aber ich würde lieber alles unter Kontrolle halten, bis die Biografie und eine anständige Ausgabe der Briefe fertig sind. Vielleicht werden die Manuskripte geeigneten Wissenschaftlern zugänglich gemacht, aber nicht alle Papiere. Ich weiß, das klingt kleinlich und egoistisch, aber glauben Sie mir, meine Liebe, das ist die einzige Methode, so etwas anzupacken. Sehen Sie sich die James-Erben an. Die haben Leon Edel die volle Verfügungsgewalt gegeben, bis er die Biografie beendet hatte, und es nie bereut. Andere Wissenschaftler haben das zweifellos bedauert, aber welche Entscheidung hat jemals alle glücklich gemacht?«

»Ich finde es schon seltsam«, sagte Kate und sah sich im Cosmopolitan Club um. »Hier sitzen wir in einem Frauenclub, unterhalten uns über eine Schriftstellerin, deren Werk sicher gerade durch die Frauenbewegung mehr Aufmerksamkeit findet, und Sie haben ihre Schriften an einen verknöcherten Männerclub verkauft, der Frauen nur zu gelegentlichen Abendveranstaltungen und auf spezielle Einladung zulässt.«

»Die Ausstellungshalle und die Bibliothek sind weiblichen Wissenschaftlern zugänglich, die Vorlesungen und die Mitgliedschaft dagegen nicht. Sie *müssen* Frauen ins Gebäude lassen; sie sind eine gemeinnützige Einrichtung.«

Max lehnte sich einen Augenblick zurück. »Wissen Sie, ich bin nicht so unempfindlich, wie Sie denken. Cecily hat mich gekannt und ausgesucht, weil sie nicht nur Diskretion wollte, sondern, verzeihen Sie mir den Ausdruck, auch jemand mit Mumm. Die einfache Fähigkeit, Nein zu sagen und dabei zu bleiben, vor allem gegenüber aufgebrachten jungen Menschen, scheint mir eine vergessene oder zumindest verkümmerte Tugend zu sein. Cecily hat sich auf mein hartes Herz und mein festes Auftreten verlassen. Was nicht bedeutet, dass ich es niemandem erlauben würde, einen Blick in die Papiere zu werfen – wenn zum Beispiel Sie mich persönlich darum bitten würden. Aber es ist besser, am Anfang den Ruf absoluter Kompromisslosigkeit zu haben. Sie denken auch – das ist ja ganz natürlich – an das unglückliche Kind, das zwischen den Felsen ums Leben kam. Sie können sich nicht von dem schrecklichen Gedanken losmachen, dass ich vielleicht irgendwie ihren Tod gewünscht haben könnte, um ihr keine Papiere zeigen zu müssen, die mit Dorothy Whitmore zu tun haben. Sie ist für Sie, liebe Kate, ohne Zweifel zu einer Märtyrerin der Wissenschaft geworden, genau die Sorte, der ich mit allen Mitteln das Wasser abzugraben versuche. Aber ich würde Sie gern höflich daran erinnern, dass meine Leidenschaft für Zivilisation und Kultur im eigentlichen Sinne des Wortes mich jede Art von gewaltsamer Lösung eines Problems verabscheuen lässt. Ich kann mir nicht vorstellen, wessen Sie mich verdächtigen, aber sollten wir Ihre grässlichen Gedanken nicht mal offen aufs Tapet bringen?«

»Es tut mir Leid, Max. Selbstverständlich hege ich keinen Verdacht, aber ein gewisses Unbehagen. Irgendwie hat Ihre Einstellung zu den Unterlagen für mich indirekt mit dem Tod des Mädchens zu tun.«

»Das überrascht mich nicht. Es wäre vielmehr überraschend, wenn es anders wäre. Aber erlauben Sie mir die Bemerkung, Sie anbetungswürdig weibliches und deshalb zwar brillantes, aber zutiefst irrationales Wesen, dass sie weder von meiner Rolle als literarischer Testamentsvollstrecker wusste noch davon, dass ich irgendetwas mit den Papieren zu tun hatte. Zwischen uns gab es keinerlei Verbindung. Während sie dort was auch immer unternahm, war ich an Ihrer und meiner Universität fleißig, wie das meine Art ist.«

»Sie beschämen mich, Max. Aber ich bin froh, dass es jetzt heraus ist. Es war kein wirklicher Verdacht, das müssen Sie mir glauben. Eher ein unbehagliches Gefühl. Übrigens, waren Cecilys Kinder in England in der Woche, in der Gerry starb?«

»Ja, das waren sie, wenn Sie schon darauf bestehen, alle möglichen Verdächtigen aufs Korn zu nehmen. Liebe Kate, ich hoffe, Sie haben nicht noch mehr ermüdende Nachforschungsmethoden von Ihrem Mann übernommen. Ich hatte gehofft, er würde Sie in dieser Beziehung nicht noch bestärken. Die Kinder sind mit Cecily geblieben, um alte Freunde zu besuchen.«

»Wir reden immer von den Kindern. Sie müssen so alt sein wie ich.«

»Das sind sie, meine Liebe. Kein Platz für Galanterien. Lassen Sie mich die Daten in meinem Kopf ordnen.«

»Trinken wir in der Lounge einen Kaffee?«

»Ein blendender Vorschlag.« Während sie sich erhoben und Max Kate den Stuhl zurückzog, gingen ihm offensichtlich Zahlen durch den Kopf. »Vielleicht war ich doch zu galant«, sagte er, als Kate den Kaffee bestellt hatte, »aber ich weiß nicht, wann Sie geboren sind, und habe auch nicht vor, Sie danach zu fragen. Cecilys Kinder sind Anfang der Dreißigerjahre geboren. Roger ist der Älteste, dann kommen Thad und Claudia. Sie haben alle ebenfalls Kinder, aber vielleicht ersparen Sie mir die Statistik.«

»Genau das kann ich leider nicht«, sagte Kate. »Ich bin gerade einem dieser Kinder begegnet. Ein Junge aus der Klasse meines Neffen in St. Anthony's macht zurzeit seinen Abschluss und wird nach Harvard gehen.«

»Tatsächlich? Na ja, Harvard hatte früher ein höheres Niveau. Die Jugend verändert sich, und es ist eine Weile her, seit ich ihn das letzte Mal gesehen habe. Er ist Rogers Sohn. Ich kann nicht behaupten, dass mir jemals viel an Roger gelegen hätte. Er hat eine reiche Frau aus einer Bankiersfamilie geheiratet und in der Bank gearbeitet. Offenbar war seine Reaktion auf das Leben in einem Künstlerhaushalt, so bürgerlich wie möglich zu werden. Nicht schwer zu verstehen, wage ich zu sagen. Er hat seine Kinder allzu sehr verwöhnt. Sie treten, wie er auch, ein wenig zu großspurig auf.«

»Ich mache mich jetzt auf den Weg, um ihm bei einem Baseballspiel im Central Park zuzuschauen. Haben Sie Lust mitzukommen?«

»Kate, ich mache mir Sorgen um Ihre unsterbliche Seele, von Ihrer geistigen Gesundheit ganz zu schweigen.«

»Ich weiß, aber Leo möchte, dass ich komme, der Himmel weiß, warum. Warum sind Sie so erstaunt, dass Rogers Sohn nach Harvard geht?«

»Schlicht gesagt, ich dachte, man hätte dort einen besseren Geschmack. Er gehört ja nicht gerade zu denen, die vor den Zulassungsausschüssen ihre zweimal siebenhundert Punkte machen oder sonst irgendein Talent aufzuweisen haben. Und ein so guter Sportler ist er wohl auch nicht. Könnte er ihr Vorzeige-›Wasp‹ sein?«

»Soviel ich weiß, ist Harvard so männerbestimmt, protestantisch und elitebewusst wie eh und *je*. Daran kann es also nicht liegen. Wer war der Neffe, zu dessen Hochzeit Cecily und die Kinder gefahren sind und Sie nicht?«

»Ach, das ist Familiengeschichte und einfacher und genauer zu erklären. Meine Mutter und Cecily waren immer eng befreundet, das habe ich Ihnen ja schon erzählt. Seit Oxford schon. Natürlich hielten sie immer

Kontakt, wie später auch ihre Kinder. Meine Schwester Muriel hat einen Engländer geheiratet, und der ist wiederum Leiter eines College in Cambridge. Es war ihr Sohn, zu dessen Hochzeit man aus der Ferne anreiste.«

»Und Sie, der einzige lebende Onkel, haben gefehlt.«

»Ich bin nicht der einzige lebende Onkel. Ich habe einen Bruder namens Herbert. Er ist wie ich nach Amerika gegangen und ebenfalls Wissenschaftler geworden, aber dieses Jahr verbringt er zum Teil in Oxford. Also war unser Neffe nicht vollkommen onkellos.«

»Verzeihen Sie mir meine hitzigen und unausgegorenen Gedanken, Max.«

»Da gibt es nichts zu verzeihen, meine Liebe. Mehr noch, ich lade Sie ein, jederzeit nach Wallingford zu kommen und sich alles anzusehen. Kann ich Ihnen noch mehr entgegenkommen? Ich werde dem Bibliothekar, einem entzückenden jungen Mann namens Sparrow, mitteilen, dass man Sie unter keinen Umständen wegen Ihres Geschlechts oder anderer Gründe aussperren darf. Vielleicht können ein Blick in die Papiere und die Kisten, in denen sie lagern, allzu hitzige Vorstellungen ein wenig beruhigen.«

»Gut«, sagte Kate. »Ich werde das Angebot annehmen. Aber mich beschäftigt noch eine andere Frage, Max. Warum waren Sie so ängstlich, allein nach Maine zu fahren, als dieser Landstreicher oder was auch immer gesichtet worden war?«

»Geister, meine Liebe. Ich habe nie an der Existenz von Geistern gezweifelt, an ihrem allzu dramatischen physischen Auftreten allerdings schon. Irgendwie wollte ich nicht in dieses Haus zurückkehren, ohne gleichzeitig mit jemandem über meine Eindrücke reden zu können. Ich wollte über Cecily sprechen, mich auf den Gutachter vorbereiten. Er kam dann auch, was ich Ihnen nicht erzählt habe, und war sichtlich beeindruckt. Er brauchte drei Tage für die Schätzung und übertraf alle unsere Erwartungen. Aber am ersten Tag braucht auch der eingefleischteste Junggeselle, wie das Klischee es nennt, jemanden, der ihn ein wenig an der Hand nimmt. Normalerweise sind dann immer Frauen in der Nähe, die regelrecht darauf brennen, einem zu helfen. Ich machte mich durch Wiesen und Weiden auf die Suche nach Ihnen, weil ich glaubte, Sie seien diejenige, mit der ich über Cecily reden konnte. Das hört sich alles sehr verschwommen an, fürchte ich, und nicht gerade beruhigend. Wäre das mit diesem verflixten Mädchen nicht passiert – verzeihen Sie mir, meine Liebe, aber ich kannte sie nicht und kann mich kaum für ihr Ableben an Cecilys Felsenküste begeistern –, dann wäre unsere ganze Reise wohl eine menschliche und erhellende Erfahrung gewesen.«

»Also«, sagte Kate, »wenn ich jetzt ein Glas hätte, würde ich es erheben und einen Toast auf Sie und die Biografie ausbringen.«

Sechs

Als Kate ein wenig später im Central Park in der heißen Sonne saß, wünschte sie sich ein Glas, aber nur gegen den Durst und nicht, weil es etwas zu feiern gegeben hätte. Es gab zwar einen Verkaufswagen, der das junge Volk mit Coca-Cola oder einer Imitation dessen versorgte, aber Kate hatte schon vor langer Zeit beschlossen, dass selbst drei wasserlose Wochen in der Wüste Cola kaum zu einer Verlockung machen könnten. St. Anthony's spielte gegen eine katholische Privatschule. Es war offensichtlich, dass Baseball ihnen nicht lag. St. Anthony's spielte mit einer Art finsterer Überlegenheit, fand Kate. Dass man mit den Spikes an den Schuhen auf den Baseman zurutschen durfte, hatte sie schon gehört, und es war ihr ein Gräuel. Dass man den Werfer verhöhnen durfte, um ihn aus dem Konzept zu bringen, und Gegenspieler anrempelte, nur um sie zu verletzen, stieß sie noch mehr ab. Das sagte sie dann auch Leo, als er sich zu ihr auf die Zuschauerbank setzte. Seine Mannschaft war gerade am Schlag, und man hatte Leo ausgewechselt, weil St. Anthony's schon haushoch führte.

»Verdammt noch mal«, sagte Leo. »So ist das Spiel eben. Beim Frühjahrstraining haben die Texas Rangers die Yankees mit *bean balls* bombardiert. Das hat ganz schön gekracht.«

»*Bean balls?*«

»Also wirklich, Kate, liest du denn keine Zeitung? Der Werfer zielt auf den Gegner und versucht, die besten Spieler zu treffen. Billy Martins Idee.«

»Das ist doch nicht dein Ernst.«

»Natürlich gefällt das der anderen Mannschaft nicht.«

»Natürlich. Nehme ich jedenfalls an. Aber Leo, was ist nur aus dieser alten Vorstellung geworden, dass es gar nicht darauf ankommt, ob man gewinnt oder verliert, sondern nur, dass man spielt, so gut man kann.«

»Viktorianisch, oder?«

»Ja, dumm von mir. Wie Joseph Kennedy zu seinen Söhnen gesagt hat: ›In den Ring mit euch und gewinnt!‹ Und wie Vince Lombardi zu Nixon oder sonst wem gesagt hat: ›Gewinnen ist nicht wichtig, gewinnen ist einfach alles.‹ Über den Zusammenhang mit Watergate möchte ich mich nicht auslassen. Bist du sicher, dass du hier neben deiner alternden Tante sitzen willst? Leo, stimmt etwas nicht?«

»Manche Schulen zögern beim Heimspiel den Schlussgong hinaus. Bei uns hat es das noch nie gegeben.«

»Offenbar stellt ihr euch alle für den Friedensnobelpreis an. Als ich jung war, habe ich mir geschworen, dass ich im Alter niemals frage: Was soll nur aus dieser Welt noch werden? Nimm bitte zur Kenntnis, dass ich das auch jetzt nicht tue. Leo, ist wirklich alles in Ordnung? Du sitzt doch sonst nicht neben mir, sondern auf der Bank.« Das war eine feine Unterscheidung, denn die »Bank« am Spielfeldrand und die Zuschauerbank jenseits des Zauns, auf der Kate saß, waren identisch.

»Wirklich, Kate, du brauchst nicht so tun, als spräche ein junger Mann nie mit einer älteren Frau. Als einige meiner Freunde hörten, dass du Professorin bist, wollten sie dich gern kennenlernen. Natürlich würden sie noch lieber Reed treffen und was über die Arbeit eines Bezirksstaatsanwalts erfahren.«

»Hast du ihm schon einmal so ein Treffen vorgeschlagen?«

»Nein, so was muss sich zufällig ergeben. Bis später.«

Kate sah, wie er sich zu seiner Mannschaft setzte. Was war da nicht in Ordnung?, fragte sie sich. Er hat sich gerade für Swarthmore und gegen Harvard entschieden, und das war ja kaum ein Grund, bedrückt zu sein. Ich werde anscheinend schrullig – zweifellos der Preis für den Umgang mit jungen Leuten. In dem Augenblick rief der Trainer: »Okay, Ricardo, das wär's. Ab unter die Dusche.«

Letzteres sollte wohl – mitten im Central Park – eine witzige Bemerkung sein. »Gutes Spiel«, sagte der Trainer. »Genau, Mann«, echote das Team. Kate beobachtete Ricardo, wie er zurück zur Bank schlenderte (stolzierte, schlurfte, gockelte, alles zugleich). Sie versuchte,

in seiner Haltung irgendwo den Maler aus Europa wie-
derzuentdecken und die Schriftstellerin von unendlicher
Sensibilität. Sie sah, wie er sich neben Leo setzte und der
ihn begrüßte, kurz danach aber aufstand. Kate rief sich
streng zur Ordnung: Das hatte sicher nichts zu bedeuten.
Leo schien nach einem Schlagstock zu suchen. Als sie
seinen Blick auffing, winkte sie ihm »Auf Wiedersehen«
und schlenderte durch den Park nach Hause.

Daheim wandte sie sich ihrer angesammelten Korrespondenz zu – angesammelt in dem Sinne, wie sich Staub
unter dem Bett ansammelt. Lunch und Baseball mussten
mit Stunden an der Schreibmaschine bezahlt werden. Es
schien unfassbar, dass eine einfache Literaturprofessorin
(im Gegensatz zu einer berühmten Schriftstellerin wie
Cecily zum Beispiel) derart viel Post bekam. Reed hatte
ihr auf seine praktische Art geraten, sie einfach nicht zur
Kenntnis zu nehmen, eine Sekretärin einzustellen, ein
Diktafon zu benutzen. Kate gefiel keiner der Vorschläge.
Sie nahm nicht einmal die Sekretärinnen im Büro in Anspruch, sondern tippte ihre Briefe selbst und hoffte, dass
auch am Ende eines langen Arbeitstages Syntax, Rechtschreibung und Verstand noch ausreichten.

Die Nationale Stiftung für die Menschlichkeit, Sti-
pendienabteilung für Jugendliche, fragte an, ob sie als
Gutachterin für sie tätig werden wolle, und hatte dem
jungen Mann, um den es ging, vorgeschlagen, ihr zu
schreiben. Sein Brief begann mit »Kate« und endete

»Ihr Freund Andy«, obwohl sie bis zu diesem Moment natürlich noch nie von ihm gehört hatte. Es kostete sie große Mühe, sich in ihrer Antwort nicht von diesem ihr fremden, aber kaum weniger noblen Verhaltenskodex beeinflussen zu lassen. Als sie seinen Antrag las, wurde ihr klar, dass sie als Gutachterin nicht infrage kam, sie glaubte aber, jemanden zu kennen, der dafür geeignet war. Das hieß: einen Brief an diese Person, einen an den jungen Mann und einen an die Stiftung nebst großzügiger Verteilung von Durchschlägen an alle.

In elf Briefen baten Studenten und Ehemalige um Empfehlungsschreiben. Schuldbewusst legte Kate sie zur Seite und schwor sich, eine halbe Stunde früher aufzustehen und alles zu erledigen, wenn sie ausgeruht war. Verleger baten um ihre Meinung zu bestimmten Büchern (»Selbstverständlich werden wir Ihnen ein kleines Honorar zukommen lassen«). Ankündigungen von Versammlungen zu jedem erdenklichen Thema (entweder war sie so begehrt, oder die vielen anderen Dekane hatten zu viel zu tun, fast immer Letzteres) erforderten keine schriftliche Antwort. Sie zerriss ein paar Verlagsankündigungen über Englisch-Handbücher für Erstsemester (es hatte eben auch seinen Vorteil, zu den Älteren zu gehören) und legte die Verlagskataloge mit Neuerscheinungen beiseite für später. Dann stieß sie auf einen Brief aus England. Wer um alles in der Welt …, wunderte sich Kate, aber nur kurz. »Liebe Kate«, begann der Brief,

»was Du hier bekommst, ist ein Lebenszeichen von Deiner alten Freundin Phyllis. Eigentlich gibt es mich nicht mehr, denn Oxford hat keinen Platz für Frauen, weder als Studentin noch als Lehrerin. Wenn ich daran denke, dass ich mal über zu viel Arbeit geklagt habe … Sollte ich das je wieder tun, darfst Du mir mit meiner Erlaubnis drei kräftige Ohrfeigen versetzen. Hugh ist natürlich rundum zufrieden. Um die Frauen macht sich in Oxford niemand Gedanken. Man erwartet von ihnen, dass sie guten Tee kochen, die Kinder im Griff haben und sich um die Wäsche kümmern. Was für ein Leben, sogar ohne Kinder. Worauf ich hinauswill: Wenn in Deiner Seele noch ein kleiner Rest Nächstenliebe ist, dann komm nach Semesterende ein paar Wochen nach Oxford und rede mit mir. Ich sehne mich nach Gesprächen mit einem vernünftigen menschlichen Wesen, vor allem mit einem, das eine kritische Haltung zu Amerika hat – Du weißt, Nixon, die Ölkrise, Bürgerrechte. Ich will Dir gern die Kosten ersetzen, solltest Du nicht mehr so wohlhabend sein und es Dir nicht leisten können. Du kannst auch gern bei mir wohnen, aber das würde ich Dir, offen gesagt, nicht raten. Wenn Du kommst (Du siehst, ich sage ›wenn‹ und nicht ›falls‹, rechne also bereits mit Dir) und das Haus siehst, wirst Du meinen scheinbaren Mangel an Gastfreundschaft verstehen. Ich lasse Dir im besten Hotel am Ort ein Zimmer reservieren, sobald Du mir sagst, dass Du kommst und wann. Wärst Du ein Mann, könnte ich Dir irgendeine Einladung besorgen, vielleicht sogar ins All Souls, aber als Frau musst Du in einem Hotel hausen. Schreib gleich, dass Du kommst. Das wird mir Hoffnung für die nächsten Wochen schenken und einen Grund weiterzuleben. Ich kann Hugh nicht einfach verlassen und nach Hause fahren oder auf Reisen gehen, weil das aller Welt beweisen würde, dass ich nichts weiter bin als eine unter Zwangsvorstellungen leidende Verrückte und unfähig, ein Jahr lang wie eine ordentliche Ehefrau an der Seite meines Mannes auszuhalten. Das haben alle übrigens schon seit Langem vermutet. Und zu Recht, verdammt noch mal.«

Reed erschien in der Tür und störte Kate aus ihrem Tagtraum von Oxford auf und ihren Gedanken, die sich um die Wiederentdeckung von Cecily Hutchins und Dorothy Whitmore drehten. Sie hatte sich in dem, was von dem Oxford ihrer Jugend noch übrig geblieben war, zumindest ihren Geistern nachjagen sehen.

»Einen Drink? Oder brütest du gerade über einem Redeschluss und magst nicht gedrängt werden?«

»Ein Drink wäre mir sehr recht und dazu ein kleines Gespräch. Ich hoffe, du hattest einen angenehmen Tag. Ich will dich nämlich nicht danach fragen, sondern dir von meinem erzählen.«

»War gewiss interessanter als meiner, selbst wenn du nur Leo beim Baseball zugeschaut hast. Aber ich vermute, es kommt noch mehr.«

»Viel mehr«, sagte Kate, als Reed das Tablett mit den Gläsern und Flaschen ins Wohnzimmer getragen und sie sich gesetzt hatten. »Zunächst einmal habe ich einen Brief bekommen. Von Phyllis, die vor Langeweile verrückt wird und das Leben als Ehefrau in Oxford nicht aushält. Sie möchte, dass ich sie besuche, wenn mein Semester im Mai vorüber ist. Hast du etwas dagegen?«

»Ich habe es gewusst: Phyllis' Entschluss, sich ein ganzes Jahr auf diese Weise aus dem Verkehr zu ziehen, war Irrsinn. Wenn ich mich recht erinnere, haben wir beide sie wiederholt und immer nachdrücklicher davor gewarnt, sich in Oxford einzumauern, weil sie dann einfach als eigenständiger Mensch zu existieren aufhört. Anscheinend ist genau das passiert.«

»Und doch glaube ich, ich verstehe Phyllis sehr gut«, sagte Kate und nahm einen Martini. »Das ist auch der Grund, warum ich sie für eine oder zwei Wochen besuchen möchte, falls du keine leidenschaftlichen Einwände hast. Sie war in erster Linie gar nicht auf einen Ortswechsel oder einen längeren Urlaub aus. Sie war einfach seit Jahren in die Idee vernarrt, einmal nach Oxford zu kommen. Genau wie ich. Irgendwie erwartet man immer, in Oxford den Tag bei geheimnisvollen Dinners mit Figuren wie aus einem Roman von Michael Innes zu beenden. Natürlich ist es völlig anders. Aber wenn jemand käme und mich auch heute noch zum Dinner an die hohe Tafel der Oxford-Professoren einladen würde, ich wäre schnell wie der Blitz – quer über den Atlantik. Wahrscheinlich ist es Phyllis genauso gegangen. Sie konnte sich nicht vorstellen, dass sie in Oxford nur immer als Hughs Frau unter Menschen käme, und auch das nur selten. Lehrer in Oxford behandeln ihre Frauen, wie die meisten Amerikaner ihre Geliebten behandeln – als eine Art peinlicher Notwendigkeit. Und doch, obwohl ich das alles weiß: Hätte ich einen Wunsch frei, dann würde ich gern eine Zeit lang in einem Oxford-College an der hohen Tafel dinieren, ein Schwätzchen im Senior Common Room führen und einen Portwein im Gemeinschaftsraum trinken.«

»Du bist unheilbar romantisch«, sagte Reed, »und du kannst Portwein nicht ausstehen. Aber ich finde nichts Schlechtes dabei, seine Träume zu leben, und sei es nur, um festzustellen, dass nie ein Fünkchen Wirklichkeit an ihnen war. Ich hoffe jedoch, Kate, ich hoffe ganz ernsthaft, dass du nun nicht nach Oxford gehst, um wie verrückt dieser Schriftstellerin nachzujagen, über die deine Studentin ihre Arbeit schreiben wollte. Oh, mein Gott, ich sehe schon, genau das hast du vor. Du wirst ohne Zweifel herausfinden, dass sie ihre ganze Oxford-Laufbahn über zweitklassige Poesie geschrieben, auf Partys herumgestanden und Reden gehalten hat und dann mit einem drittklassigen Abschluss entlassen worden ist, nachdem sie bei der mündlichen Prüfung mit den Professoren geflirtet hat.«

»Also«, sagte Kate mit einfältigem Gesicht, »ich wäre von mir aus nie auf solch einen Gedanken gekommen. Aber mir ging durch den Kopf, dass ich, wenn ich schon hinfahre und Phyllis helfe, sich der englischen Wirklichkeit zu stellen, den Dingen auf den Grund gehen könnte, soll heißen, dem Somerville College, wo Cecily Hutchins und Dorothy Whitmore und Max' Mutter vor mehr als einem halben Jahrhundert ihr letztes Trinity-Semester hinter sich brachten. Weißt du, Reed, sie sind unter den Blicken der zwölf römischen Kaiser mit dem Rad die Broad Street entlanggefahren, sie haben die Karpfen im Teich an der Christ Church gefüttert und unter den großen Blutbuchen im Wadham-Garten gesessen. Irgendwie möchte ich gern auf ihren Spuren wandeln.«

»O Gott«, sagte Reed, »und das nach einem einzigen Martini. Ein wirklich schlimmer Fall. Kann es sein, dass Anfälle von Anglophilie wie eine Vergiftung immer schlimmer werden?«

Welche Antwort Kate auf der Zunge lag, wird man nie erfahren, denn in dem Augenblick kam Leo ins Wohnzimmer. Er ließ sich sofort, wie gewohnt, in einen Ohrensessel fallen und streckte sich darin aus, als wäre es ein Sofa. Es sah aus, als posierte jemand schmerzgeplagt für eine Statue von Michelangelo, und Leos Gesichtsausdruck verstärkte das noch. Gewöhnlich ließ sich Leo weder um diese Zeit noch auf diese Art daheim sehen. Vor dem Essen (wenn er denn da war) pflegte er zu schlafen, zu telefonieren oder eine Coke zu trinken und damit die Kalorien auf ihre süßeste und todbringende Form zu sich zu nehmen. Alkohol trank er, wenn überhaupt, nicht vor den Mahlzeiten und auch nicht in Gegenwart von Kate und Reed.

Energisch verbot sich Kate die Frage, ob irgendetwas nicht in Ordnung sei. Leos Erscheinen sprach für sein Bedürfnis nach einem Gespräch, und eine direkte Frage hätte alles kaputtgemacht. Es herrschte ein langes Schweigen, nur unterbrochen vom Geklapper der Eiswürfel in Reeds Cocktail-Shaker.

»Ist es nicht illegal, jemanden im Umkleideraum abzuhören?«, fragte Leo schließlich.

Reed verschüttete eine ordentliche Portion Martini, was bewies, dass ihn die Frage ebenso überraschte wie Kate. »Illegal? Natürlich ist es illegal. Gleichzeitig ist es heutzutage so selbstverständlich wie Mord und Bestechung. Als Beweismittel vor Gericht ist es wertlos.«

»Was meinst du damit, dass es selbstverständlich ist?«, fragte Kate.

»Manchmal möchte ich dich am liebsten mein ahnungsloses Rotkäppchen nennen«, sagte Reed. »Jeder Geschäftsmann hat ein Diktafon, das er mit einem Griff ans Telefon anschließen kann. Eigentlich darf er es nicht einschalten, ohne dem Gesprächspartner Bescheid zu sagen, aber er sagt sich, dass er doch nur eine Abschrift für die Akten braucht. Soviel ich weiß, ist es nicht ungewöhnlich, Leute, mit denen du gerade über eine Fusion verhandelst, mit einem verwanzten Firmenflugzeug nach Hause zu fliegen. Gibt es eine bessere Methode herauszufinden, wie die Chancen stehen? Oder man verwanzt die Herrentoilette. Vermutlich heutzutage auch die Damentoilette. Du hast doch von Watergate gehört, oder?«

»Aber jeder im Weißen Haus wusste Bescheid.«

»Jeder, der im Oval Office irgendeinen faulen Zauber ausheckte. Aber was ist mit den Burschen am anderen Ende der Leitung? Mit den Staatsoberhäuptern auf Besuch? Mag ja sein, dass sie es gewohnt sind.«

»Kommt man dafür nicht ins Gefängnis?«, fragte Leo. »Das habe ich ihnen jedenfalls gesagt.«

»Leo«, sagte Reed, »ich habe das unangenehme Gefühl, wir sollten das Gespräch über Wanzen in Umkleideräumen und die damit zusammenhängenden gesetzlichen Aspekte hintanstellen und zur Sache kommen. Hast du vor, einen Umkleideraum zu verwanzen?«

»Ich bin dagegen«, sagte Leo.

»Wie um Himmels willen willst du das bewerkstelligen?«, fragte Kate.

»Also, Kate, ich denke, das ist im Augenblick kaum das Thema.«

»Du hörst dich an wie ein Vater im Film«, sagte Kate. »Ehrlich, Leo, natürlich bin ich entsetzt, aber auch furchtbar neugierig.«

»Viele Jungs interessieren sich mächtig für Elektronik. Es gibt jede Menge Überwachungssysteme. Das Pentagon hat Massen davon.«

»Die Frage ist nicht so sehr, warum du Swarthmore Harvard vorgezogen hast, sondern wie du überhaupt so weit gekommen bist, bei dieser Klarheit deiner Gedanken und Ausführungen. Egal, du kannst es mir ein andermal erklären, wenn wir uns unterhalten, bevor du als Werfer wieder aufs Spielfeld musst.«

»Harvard und Swarthmore, das ist genau der Punkt. Harvard jedenfalls. Ach, Scheiße.«

Kate sah Leo an und merkte, dass er, wäre er zehn oder auch nur acht Jahre jünger gewesen, jetzt angefangen hätte zu weinen; aber weil das in unserer Kultur ja undenkbar ist, hielt er seine geballten Fäuste gegen die Oberschenkel gepresst. Sein Körper schwankte vor und zurück in dem Sessel, um dessen Beine und Bezug sich Kate keine Sorgen zu machen beschloss. Ihre Mutter, dachte sie mit einer gewissen Befriedigung, hätte sich zuallererst Sorgen um den Sessel gemacht.

»Leo«, sagte Reed, »hat diese Geschichte einen Anfang, oder bist du noch dabei, verstreute Informationen zu sammeln und in einen Zusammenhang zu bringen? Du weißt, du kannst es uns erzählen und dann vergessen, dass du es getan hast. Oder du kannst dir selbst Fragen stellen, dich mit ihnen in die Ecke setzen und auf ihnen herumkauen. Aber wenn du mit uns darüber reden willst, und ich habe eher diesen Eindruck, können wir dann versuchen, die einzelnen Punkte in eine gewisse Reihenfolge zu bringen, eine vernünftige, logische oder zeitliche, egal, welche du bevorzugst?«

Zum ersten Mal lächelte Leo. »Reed, du redest schon wie Kate. Ist das immer so bei verheirateten Leuten?«

»Leider nicht«, sagte Reed. »Kate redet einfach mehr wie Kate und kein bisschen wie ich.«

»Also dann«, sagte Leo, »ihr wisst doch Bescheid über College Boards?«

Reed und Kate starrten ihn an. Wenn es je eine rhetorische Frage gegeben hatte, dann diese. Vielleicht gibt es ja irgendwo Eltern eines jungen College-Aspiranten, die tatsächlich *nichts* über solche Kommissionen wissen, aber dann muss man wohl vermuten, dass ihre Beziehungen zu dem Sprössling eher gegen null tendieren. College Boards sind für die Zulassungsstelle eines College das, was eine wissenschaftliche Prüfungskommission für die Aufnahme in Oxford und Cambridge ist. Man kann es auch mit Geld oder sportlichen Leistungen oder einer Kombination aus beiden schaffen, aber der sicherste Weg sind viele Punkte bei den College Boards. Natürlich wird das kein College zugeben, dennoch ist es so. Ein Student, der in Mathematik und sprachlichem Ausdruck bei siebenhundert liegt – achthundert Punkte sind Spitze –, ist ein ernsthafter Kandidat für jede Zulassungskommission an jedem College. Hinzu kommt noch eine Reihe anderer Faktoren. Wo unter Studenten mit weniger Punkten ausgewählt werden muss, spielen andere Kriterien eine größere Rolle. Wenn aber ein Student zwar gute Empfehlungen mitbringt, brauchbare Zensuren oder ein gewisses Maß an erkennbarem Talent, vor dem Board jedoch nur fünfhundert Punkte schafft, dann sind seine Aussichten, von einem der bedeutenderen Colleges genommen zu werden, nicht gut.

Kate hatte zu diesen Tests ihre eigene Meinung und war geneigt, sie gefragt oder ungefragt zum Besten zu geben. Ihrer Meinung nach war mit ihnen etwas faul. An der medizinischen Fakultät gingen beispielsweise Leute nach den genannten Kriterien vor, und Kate fand die Ergebnisse katastrophal. Egal was die medizinischen Hochschulen behaupteten, sie tendierten dazu, Studenten mit guten Noten in organischer Chemie zu nehmen, die obendrein hohe Punktbewertungen von den Boards hatten. Das erklärte zum Teil – für Kate zum größten Teil – die Art von Ärzten und medizinischer Versorgung, mit denen dieses Land geschlagen war. Doch daran konnte sie nichts ändern, und so versuchte sie, sich nicht weiter damit zu beschäftigen.

»Ja«, sagte Reed und sah, wie Kates Gedanken vertrautes Territorium durchquerten. »Wir wissen über College Boards Bescheid. Und was weiter?«

»Ich habe diesen November keine SATs gemacht, aber ein paar Kumpel …«

»Was hast du gemacht?«

»Das sind Leistungsnachweise zu speziellen Themen. Das tut hier nichts zur Sache.« Leos Stimme hatte den Ton angenommen, den Jugendliche immer dann anschlagen, wenn sie ihren Eltern oder Erwachsenen, die sie wie Eltern behandeln, eine Sache nicht zum ersten Mal erklären. Dass sie selbst häufig Erklärungen verlangen und diese oft wiederholt haben wollen, fällt ihnen natürlich nicht auf. Adoleszenz ist nicht das Alter für solche Gedanken. Man kann nicht zuvorkommend sein und gleichzeitig in einer Identitätskrise stecken. Das, dachte Kate, ist der beste Grund, Manieren zu lernen, wenn man noch jung ist. Sie fing ihre abschweifenden Gedanken wieder ein. »Ja«, sagte sie, »ich erinnere mich jetzt: Du hast keine SATs mehr gemacht, weil du beim ersten Mal so gut warst.«

»Klar. Und offen gesagt: Warum soll ich das Risiko eingehen?«

»Sicher eine kluge Entscheidung. Wer hat dann welche gemacht? Ich meine«, fügte sie hastig hinzu, bevor es blöd klang und sie sich sofort einen Verweis einhandelte, »wer musste denn das Risiko eingehen?«

»Zehn Kumpel. Ihre Namen spielen keine Rolle«, sagte Leo düster. »Aber einer von ihnen war Ricardo.«

»Aha, und offenbar war er in der zweiten Runde viel besser.« Kate war klar, dass Reed zu hoffen anfing, das Ganze laufe auf einen schlichten Fall von jugendlichem Groll hinaus.

»Viel besser.« Leo sagte es mit solchem Sarkasmus, dass sich seine Lippen verzerrten, ein Effekt, den Kate noch nie an ihm bemerkt hatte. »Er bekam 760 beim sprachlichen Test und 420 in Mathe.«

»Na ja, mit 420 schafft er Harvard wohl kaum, oder?« Kate sagte es mit einem Gefühl, wie sie es oft hatte, wenn Leo ihr erklärte, warum ein Catcher kein Linkshänder sein konnte. Anders Reed.

»Mit anderen Worten«, sagte Reed, »jemand hat den Test für ihn geschrieben, war aber klug genug, keine allzu hohe Punktzahl in Mathe zu machen.«

»Genau. Wenn du selbst in Mathematik Spitze bist, ist es natürlich ein bisschen schwer, zu entscheiden, wie viele Fehler man absichtlich einbaut, und … Also hat der Bursche, der die Prüfung für ihn geschrieben und die Fehler hineingebaut hat, die Sache ein bisschen vermasselt. Aber mit den 760 aus dem Aufsatz und all seinen anderen sogenannten Qualifikationen ist der andere dann doch in Harvard gelandet. Ich finde, das stinkt.«

»Leo«, sagte Kate und stellte ihren Drink ab. Sie war plötzlich völlig nüchtern. »Da gibt es doch bestimmt eine Aufsicht, sicher schaut da doch jemand …«

»Sicher … Scheiß drauf!« Kate beschloss, unter den gegebenen Umständen Leos Ausdrucksweise einfach zu ignorieren, die stets proportional zu seiner Erregung obszöner zu werden pflegte.

»Wie haben sie es denn angestellt?«

»Sieh mal, da ist ein Raum voller Jungs aus den verschiedensten Schulen der Stadt, die den Test machen. Du unterschreibst mit deinem Namen und füllst ein Formular aus. Der eine muss also so schreiben lernen wie der andere. Wer soll das herauskriegen? Das ist nur eine Art zu schwindeln. Einfacher ist das bei den Leistungsnachweisen. Du sagst, du willst vier Fächer: Geschichte, Mathe, Französisch, Chemie. Dann konzentrierst du dich die ganzen vier Stunden nur auf ein Fach, streichst die Punkte für die anderen, was erlaubt ist, und hattest so vier Stunden für einen Test, für den andere Leute nur eine Stunde kriegen. Ich kenne einen Typ, der das gemacht hat, und jemand hat es herausbekommen, aber das College Board hat nichts unternommen. Sie können es sich nicht leisten. Sie haben ein Monopol und wollen nicht, dass es Wirbel gibt.«

»Leo«, sagte Kate. »Wollen wir mal gerade die Schwindelmethoden bei den Tests beiseitelassen, obwohl ich später darauf zurückkommen will und dann sicher hysterisch werde. Im Moment sind wir bei den SATs. Du sagst, dass einer sie für einen anderen schreiben und man das nicht verhindern kann. Werden diese Tests denn nicht überwacht?«

»Nein. Natürlich hat der erste Bursche die Unterschrift des zweiten gefälscht und ist an seine Stelle getreten.«

»Ist Harvard denn nicht misstrauisch geworden angesichts der plötzlich gestiegenen Punktezahl dieses Jungen, den wir vielleicht mal Ricardo nennen?«

»Eigentlich nicht. Manchmal passiert so etwas eben. Außerdem hat Ricardo zur gleichen Zeit angefangen, seine schreibende Großmutter ins Spiel zu bringen, und er ist ein ziemlich gewiefter Kerl – er redet so, als wäre er selbst gerade dabei, einen großartigen Roman zu schreiben. Er ist gut in Englisch, und die Englischlehrer mögen ihn und wissen nicht, was für ein beschissener Typ er ist. Von seiner Großmutter haben natürlich alle gehört. Sowie Harvard diese neue SAT-Punkteliste hatte, war alles okay.«

»Kann es sein, dass ich in meinem eigenen Wohnzimmer dahinterkomme, warum es unter den Anwälten so viele Schurken und Dummköpfe gibt?«, sagte Reed. »Kann man sich etwa auch bei den Tests für die juristische Fakultät ›vertreten‹ lassen?«

»Langsam, Reed«, sagte Leo. »Das habe ich mich natürlich auch gefragt. Aber da nehmen sie deine Fingerabdrücke. Keine Chance.«

»Weißt du was?«, sagte Kate. »Leo mag feixen, wenn er will, aber ich kann mir nicht vorstellen, dass so etwas am Theban passiert.«

Zu ihrer Überraschung stimmte ihr Leo zu, wenn er auch sonst ihre Reden über die Vorzüge des Theban nicht mehr hören konnte. »Das genau ist es, was wir kapiert haben. Einige von uns«, fügte er düster hinzu. »Die ganze

Schule war von Anfang an ein einziger PR-Trip – Erfolg war das Einzige, was zählte, glatt durchkommen, gute Zensuren, cool bleiben. So was musste ja passieren.«

»Da kommen mir doch so einige Fragen«, sagte Reed. »Um mit der unwichtigsten anzufangen: Wer ist beziehungsweise war Ricardos Großmutter?«

»Cecily Hutchins«, sagte Kate.

»Großer Gott. Das hätte ich mir wohl denken können. Wer sonst in Anbetracht der Familie Fansler?«

»Ich verstehe wirklich nicht, was du mit dieser Bemerkung meinst«, sagte Kate.

»Ich auch nicht«, stimmte Reed ihr zu. »Langsam begreife ich, wenn wir einmal den Anfang unseres Gesprächs beiseitelassen, Leo, dann hat die ganze Sache mit der elektronischen Überwachung von Umkleideräumen zu tun. Wir kommen darauf so sicher zurück wie MacArthur auf die Philippinen. Aber was geht dir nun so auf den Keks, wenn du mir den Ausdruck verzeihst? Dass jemand gemogelt hat, dass das System nicht funktioniert, dass Jungen, die du lieber magst, nicht auf das College gehen können, das sie sich gewünscht haben, weil sie ehrlich waren? Worum geht es eigentlich?«

»Wenn du anfängst, wie ein in die Jahre gekommener Rockstar zu reden, weigere ich mich, die Unterhaltung fortzusetzen«, sagte Kate, »oder zuzulassen, dass du sie fortsetzt. Obszönitäten bin ich bereit zu überhören, aber ein bestimmter Jargon ist verboten. Absolut verboten.«

»Gott im Himmel«, sagte Leo. »So ein Scheiß.«

»Glaubst du, du solltest etwas unternehmen?«, fragte Reed.

»Ich weiß, du meinst, ich sollte nicht«, sagte Leo. »Alle meinen, niemand sollte etwas unternehmen. Einer hat behauptet, das sei an allen Vorbereitungsschulen so üblich. Aber es ist nicht richtig, dass Finlay mich angelogen hat.«

»Finlay?«

»Der Kerl, der den Test geschrieben hat. Er ist ein Genie.«

»Wenn er solch ein Genie ist, hätte er dann nicht darauf kommen können, dass das eine verdammt blöde Geschichte war?« Keine Frage, Reed war außer sich. Kate glaubte langsam zu begreifen, warum.

»Ich hätte euch keine Namen sagen sollen.«

»Das haben wir doch schon geklärt. Es erleichtert die Sache enorm, denn ich hatte schon angefangen, die beiden Burschen – und wer was tat und was nicht – durcheinanderzuwerfen. Wie hat Finlay dich denn belogen?«

»Ricardo hat mir erzählt, dass Finlay für ihn den Test gemacht hat. Er hat damit geprahlt. Ich habe Finlay gefragt, und er hat gesagt, er war es nicht. Er hat gelogen.«

»Komisch, aber laut Jimmy Breslin war das der Grund, warum in der Watergate-Geschichte am Ende die Guten gesiegt haben. Sie hatten was dagegen, belogen zu werden«, bemerkte Kate.

Leo war zwar ein Bewunderer von Jimmy Breslin, ignorierte aber den Einwand.

»Natürlich sagen die meisten Kumpel, dass man sich nicht einmischen soll«, sagte er. »Aber Ricardo und Finlay haben es getan, oder etwa nicht? Jungs, die ich mag, haben Harvard nicht geschafft. Und die beiden prahlen damit herum. Aber der wirkliche Hammer ist, dass die Schule Bescheid weiß und verdammt noch mal nichts unternimmt.« Leo lehnte sich erleichtert zurück. Jetzt war die Hauptsache heraus.

»Woher weißt du, dass die Schule es weiß?«

»Weil einer es dem Direktor erzählt hat. Das weiß ich.« Es war offensichtlich, dass Leo nicht alle Verschwiegenheit aufzugeben bereit war. »Also hat er Finlay und Ricardo kommen lassen, und die haben geleugnet. Aber er weiß, dass es wahr ist. Er hat nur Angst, dass Finlays Vater, dem Wyoming gehört oder so, ihm die Hölle heißmacht. Und er will jeden Wirbel vermeiden. So eine Geschichte ist nicht gut für das Image der Schule.«

»Aber die Tatsache, dass die ganze Abschlussklasse Bescheid weiß und hier ähnliche Verhaltensweisen wie in Watergate vorliegen, macht ihm nichts aus. Darum geht es dir doch?«, sagte Kate.

»Könnten wir Watergate nicht außen vor lassen?«, sagte Reed. »Ich weiß, du hast Recht. Es ist ein Watergate im Kleinen. Ich ziehe meine Frage zurück. Ich nehme an, Leo, du weißt, wie – verdammt – fast alle

Eltern in Amerika reagieren würden, wenn du ihnen mit der Geschichte kämst. Sie würden sagen, wie schrecklich sie es fänden, und dir als ihrem Kind raten, sich da nicht einzumischen. Weil am Ende immer du der Dumme bist. Rechtschaffenheit ist eine sehr unpopuläre Einstellung. Wir haben nichts dagegen, wenn andere Leute die Dreckarbeit für uns machen, aber wir behalten uns das Recht vor, sie als moralische Schweinehunde zu bezeichnen, wenn sie es tun. Deswegen war es auch nur Nixons irrwitzige Torheit, die die Politiker dazu gezwungen hat, etwas gegen ihn zu unternehmen. Ich weiß, ich weiß, wir diskutieren hier nicht über Watergate.«

»Ich weiß einfach nicht, was ich machen soll«, grummelte Leo. »Es kotzt mich nur an, und viele andere auch. Na gut, einige andere.«

Reed sah ihn an. »Irgendetwas ist dir eingefallen. Was?«

»Es war wirklich nicht meine Idee. Ein paar aus meiner Klasse meinten, wir sollten es wenigstens dem Lehrerkollegium gegenüber erwähnen. Ihnen die Möglichkeit bieten, es zu erfahren. Und es ein bisschen herumzuerzählen. Die Sache nicht einfach in Vergessenheit geraten lassen. Finlay und Ricardo werden uns wahrscheinlich umbringen«, setzte er hinzu. »Entweder das, oder sie stecken mir heimlich Heroin in die Tasche und rufen die Bullen.«

Reed und Kate starrten ihn an. In ein paar Monaten

wurde er achtzehn. Ein Teil von ihm war schon erwachsen, wusste um die Risiken, schätzte die Kosten ein und entschied, was die Wahrheit und das Gesetz ihm wert waren. Ein anderer Teil war noch Kind und machte sich, wie er das ausgedrückt hätte, in die Hosen vor Angst.

Kate sprach als Erste. »Der größte Fehler wäre in diesem Fall Überheblichkeit, Rechthaberei oder so.«

Reed sagte: »Wenn ich dich richtig verstehe, wollen die meisten anderen es auf sich beruhen lassen.«

»Genau. Sie sagen, man soll sich nicht in das Leben anderer einmischen. Aber wo hört das auf? Ich meine, wir mogeln alle, das gebe ich ja zu, aber es muss doch eine Grenze geben.«

»Warum zum Teufel können die solche Tests nicht besser überwachen?«, fragte Kate.

»Könnten wir noch einmal auf diese Geschichte mit den Wanzen zurückkommen, Leo?«, fragte Reed. »Passt die hier irgendwie hinein?«

»Ich könnte ins Gefängnis kommen«, sagte er düster.

»Du und die anderen Jungs. Aber hinter was wart ihr denn her mit eurer Elektronik?«

»Die beiden sind so raffinierte Lügner. Sie geben damit an und leugnen trotzdem ganz überzeugend alles ab. Und Finlay hat mich angelogen, einen seiner engsten Freunde.«

»Vom Direktor ganz zu schweigen.«

»Genau. Also …«

»Also wolltet ihr es auf Band haben. Ich nehme an, ihr wolltet sie im Umkleideraum damit prahlen lassen. Ein hervorragender Ort für Angebereien, das kann ich bestätigen.«

»Das war der Plan der anderen, Reed«, sagte Leo. »Sie meinten, selbst wenn wir über die Wanzen nicht reden dürften, würden wir dann zumindest *wissen*. Ich bin dagegen, wir wissen ja sowieso Bescheid. Das ist nicht der Punkt. Die Frage ist, ob wir an der Schule dagegen etwas unternehmen.«

»Kannst du dich erinnern«, fragte Reed Kate, »wann wir das letzte Mal drei Martinis getrunken haben?«

»Das kann ich. Die Umstände sind in keiner Weise auf diesen Fall übertragbar.«

»Ihr meint also im Unterschied zu all den anderen Eltern, ich soll tun, was ich für richtig halte, wenn ich es wirklich will?«, sagte Leo.

Reed mixte die Drinks, bevor er antwortete. »Ich werde nie ein Vater sein, Leo, außer so, wie dir gegenüber, und ich habe keinerlei Recht, mich auf Elternpflichten zu berufen. Ich tue es trotzdem. Eltern sind in den Augen ihrer Kinder entweder die Stimme des Gesetzes und der Vernunft und halten sich an die Konventionen, oder sie sind gar nichts. Da ich hier als Vater auftrete, werde ich in diesem Sinne sprechen. Aber erwarte keinen Ruhm. Die meisten Menschen, die sich für das Gesetz starkmachen, erwarten Dank dafür. Doch sie werden nur angespuckt. Man kann nur dann für das Recht kämpfen, wenn man es für so wichtig hält, dass man keine andere Möglichkeit sieht. Möchte mich jemand als Redner für Diplomfeiern engagieren? Mein Honorar ist niedrig und mein Vortragsstil üppig.«

»Ich frage mich, was Cecily Hutchins wohl von alldem gehalten hätte«, sagte Kate. Aber eigentlich fragte sie sich, was Gerry Marston wohl davon gehalten hätte. Oder Max.

Nach einem Dinner, bei dem die ganze St.-Anthony's-Geschichte noch einmal durchgekaut wurde – denn erst wenn Fragen gestellt und viele Aspekte erörtert worden sind, kann man Entscheidungen fällen –, und nachdem Leo sich zurückgezogen hatte, wanderten auch Reeds Gedanken zu Max.

»Hast du irgendetwas Weltbewegendes oder zumindest Tröstliches erfahren, heute Mittag beim Lunch? Du bist ja noch gar nicht dazu gekommen, mir davon zu erzählen.«

»Max hat mich beruhigt, so gut er konnte, und ich bin geneigt, andere Gefühle meiner überhitzten Fantasie zuzuschreiben – eine Diagnose, der du, wie ich weiß, im Prinzip zustimmst, wenn nicht sowieso. Ich weiß noch immer nicht, was das Mädchen dort gewollt hat. Ich weiß nur, dass sie mutig und abenteuerlustig war. Aber warum ist sie auf die Felsen hinausgeklettert? Dabei gebe ich mir dann zur Antwort, ich bin – eine Frau mittleren

Alters und angeblich ganz vernünftig – auch hinausgeklettert. Und so drehe ich mich im Kreis, lieber Reed, wie das meine Gewohnheit ist. Möchtest du dich einreihen?«

»England wird eine Erholung für dich sein. Wann geht dein Semester zu Ende?«

»In der ersten Maiwoche, wenn ich ganz niederträchtig bin und am Ende der Vorlesungen gleich davonsause, statt zu warten, dass man mich in irgendeinen Ausschuss schleppt oder zu einer Prüfung oder so. Aber meinst du denn, ich sollte fahren? Und Leo mit dieser ganzen Geschichte allein lassen?«

»Also wirklich, Kate! Jetzt überkommen dich aber alle weiblichen Schuldgefühle. Du bist nicht seine Mutter, und außerdem: Was kannst du für ihn tun? Bis Anfang Mai wird die ganze Angelegenheit in einer anderen Phase sein, wenn nicht sowieso völlig verändert. Mütterliche Frauen opfern sich immer für ihre Kinder auf, um dann festzustellen, dass ihre Kinder sie gar nicht so sehr brauchten. Leo ist schließlich fast achtzehn.«

»Reed, du bist ein scharfsinniger Mensch, wenn ich das auch selten erwähne. Mir ist vor Kurzem genau das aufgefallen, was du meinst. Weibliches Schuldgefühl. Ich kenne eine Professorin, eine sehr bedeutende, die für den Rest des Semesters all ihre Kurse abgesagt hat, weil ihr Mann einen Herzanfall hatte. Na ja, es war verdammt beunruhigend, und ich habe mit ihr gefühlt. Aber in einer Ecke meines Innern habe ich mich immer wieder gefragt: Hätte er seine Kurse auch abgesagt, wenn sie einen Herzanfall gehabt hätte? Die Antwort lautete natürlich nein. Er wäre auch besorgt gewesen und hätte alte Vorlesungstexte genommen, um möglichst viel Zeit für sie zu haben, aber er hätte begriffen, dass eine Absage seiner Veranstaltungen überhaupt nichts gebracht hätte. Die Professorin dagegen machte sich Sorgen darum, wie herzlos es wirken würde, wenn sie ihrer Arbeit nachging wie immer. Sehr unfraulich.«

»Stimmt genau. Fahr nach England. Und denk daran, du kannst, wenn es sein muss, in zehn Stunden zurück sein. Würdest du zögern, nach St. Louis zu fahren?«

»Allerdings. Was könnte einen denn nach St. Louis ziehen?«

»Aha, das klingt wieder mehr nach dir selbst. Erzähl mir von Max.« Und als Kate ihm alles erzählt hatte, meinte er, es gebe keinen besseren Ort, um jemandes Papiere aufzubewahren, als Wallingford, auch wenn man dort ein bisschen an altmodischen Traditionen hänge. Warum rief Kate nicht einfach den Burschen an, der für Cecilys Papiere verantwortlich war, und plauderte ein wenig mit ihm über dies und das?

Sieben

Als Kate zwei Tage später Mr Sparrow, den Bibliothekar von Wallingford, zum Lunch traf, entpuppte sich dieser, wie nicht anders zu erwarten, als eleganter und zudem, eher unerwartet, junger Mann. Erwartungsgemäß verfügte er über Witz und Manieren und, eher verblüffend, über liberale Ansichten. Kurzum, er war, in Anbetracht der Umstände, ein Phänomen und eine angenehme Überraschung. »Sie können sich nicht vorstellen«, sagte er zu Kate, deren Einladung zum Lunch er bereitwillig und eher geschmeichelt als schüchtern angenommen hatte, »wie sehr ich Cecily Hutchins schon seit Jahren bewundert habe. Ich hatte so sehr gehofft, mit dem Angebot der anderen Bibliothek mithalten zu können – ich kann Ihnen gar nicht sagen, wie sehr. Nicht, dass es zu einer Auktion der Papiere gekommen wäre – so etwas ist in New Yorks feiner Bücherwelt nicht üblich. Doch die Erben wollten Geld, und Mr Reston wollte uns, und so war klar: Konnten wir das Geld auftreiben, dann hatten wir gewonnen. Wie Sie sich sicher denken können, träume ich von einem unveröffentlichten Roman, den wir wohl kaum finden werden. Was ich allerdings gefunden habe und Ihnen gleich zeigen werde, ist ein autobiografisches Fragment. Köstlich. Es ist nur eine Skizze, hat aber eine wunderbare Ausstrahlung. Meiner Meinung nach müsste es eines der ersten Stücke sein, die publiziert werden. Mr Reston ist damit einverstanden.«

»Hat er Sie nicht gebeten, ihn Max zu nennen?«

»Nein, das hat er nicht, und das ist auch gut so. Mit prominenten Namen Eindruck schinden und sich nach kurzer Bekanntschaft beim Vornamen nennen, sind zwei Unarten, die in Wallingford zum Glück Missfallen erregen. Ich hasse es, Anthony oder, noch schlimmer, Tony gerufen zu werden, und das von Leuten, die ich kaum kenne – vor allem, weil mich niemand, der mich wirklich kennt, jemals so nennt. Man nennt mich Tate, wegen meiner Jugendbegeisterung für dieses Museum, das ich eines Sommers mit meiner Familie in London besucht habe.«

»Damit ist das geklärt. Wir bleiben auf alle Fälle bei der förmlichen Anrede. Kate – Tate, das klingt zu sehr nach einem Kinderreim.«

»Mich erinnert es eher an Limericks.«

»Aber die Hutchins ist für mich immer nur ›Cecily‹«, sagte Kate. »Dabei ist sie alt, berühmt und tot.«

»So geht es mir auch. Man kann einfach nicht anders, wenn man mehr als zwanzig Jahre eine enge Beziehung zu ihr hat. Elf Jahre war ich, als ich das erste Buch von ihr las. Es war der Roman einer Familie, die ihren Sommer bei Freunden in Frankreich verbringt. Lauter Mädchen und nur ein einziger elf Jahre alter Junge. Das war natürlich ich. Doch bevor ich das Buch ausgelesen hatte, war ich auch jede andere Figur darin. Das Großartige an Cecily ist, dass ihr letzter Roman auch ihr bester ist – nicht gerade der Normalfall, wenn jemand dreiundsiebzig ist. Kein Wunder, dass sie immer berühmter wurde.«

»Ein bisschen geholfen hat dabei wohl auch das aktuelle Interesse an Schriftstellerinnen.«

»Na ja, wir konnten in Amerika schließlich nicht auf ewig den männlichen Helden auf Großwildjagd anbeten. Haben Sie Erbarmen.«

»Ich hatte eine Studentin«, sagte Kate und vermied es, konkreter von dem toten Mädchen zu sprechen, »die an dieser Generation in Oxford sehr interessiert war, und vor allem am Somerville College. Ich hatte gehofft, Max würde mir erlauben, Cecilys Papiere nach Belegen über diese Jahre durchzuforsten. Zusammen mit den Unterlagen, die wir haben, von Vera Brittain und anderen, könnte daraus eine faszinierende Studie werden. Meinen Sie nicht?«

»Doch, aber ich bin nicht sicher, ob auch Mr Reston dieser Meinung ist. Zweifellos scheut er davor zurück, weil auch seine Mutter zu dieser Generation gehört hat. Oder vielleicht meint er, das Interesse solle ihren Romanen gelten. Das wäre auch meine Meinung.«

»Also«, sagte Kate, »da ich Promotionen betreue, muss man mir schon ein gewisses berufliches Interesse an Literaturgeschichte zugestehen. Eine Arbeit über die Frauen der Kriegsgeneration in Oxford wäre sicher begrüßenswerter als eine weitere Analyse der *Middlemarch*-Gesellschaft. Wissen Sie etwas über Dorothy Whitmore?«

»Komisch, dass Sie mich das fragen. Ich hatte gelesen, dass ihr Bild in die Tate Gallery käme, und die Leute im Gotham Book Mart angerufen und nach Büchern von ihr gefragt. Sie verkaufen hin und wieder den einzigen lieferbaren Titel von ihr, *North Country Wind*. Es ist ihr populärstes Buch, erschien erst nach ihrem Tod und wurde verfilmt.«

»Mr Sparrow, wie wäre es, wenn ich Ihnen jetzt gleich in Ihre Höhle folgen würde? Dürfte ich einen Blick hineinwerfen?«

»Es wäre mir eine Ehre und ein Vergnügen. Von allen Promotionsproblemen und Oxford-Generationen mal abgesehen, Professor Fansler: Reston wird eine fantastische Biografie schreiben. Er gehört zu jenen Wissenschaftlern und Schriftstellern, die – wie soll ich das taktvoll und mit dem gebotenen Respekt ausdrücken? – sich im Gespräch immer etwas von oben herab anhören, aber fähig sind, die Gedanken und das Leben desjenigen, über den sie schreiben, transparent zu machen. Wenn er sich die richtige Figur vornimmt – und zu Cecily fühlt er sich ja wirklich hingezogen –, dürfte er bei seiner englischen Erziehung und seinen amerikanischen Erfahrungen weit fähiger als wir sein, sie zu verstehen. Wissen Sie, warum sie nach Amerika gekommen ist?«

»Ricardo zog nach Amerika, und wohin Ricardo ging, ging auch Cecily. Wissen Sie etwas über Ricardo?«, fragte Kate, als sie mit Sparrow auf die Straße trat.

»Ein bisschen. Er war Maler, und die Museen und reichen Sammler hatten ihn geholt, ähnlich wie Roger Fry – nur dass er blieb. Erst in späteren Jahren, als er das Malen aufgegeben hatte, zogen sie an die Küste von Maine zurück. Er war deutlich älter als Cecily und starb vor ihr, obwohl er ein hohes Alter erreichte. Cecily konnte wohl überall schreiben. Gewiss sind sie immer wieder mal nach England gefahren. Seltsamerweise ist keines ihrer Kinder auch nur im Geringsten künstlerisch veranlagt. Die Tochter kann nicht einmal aquarellieren.«

»Vielleicht fühlte sich Cecily deswegen so zu Max hingezogen. Mit Eltern und Kindern ist das so eine Sache; das ist mir oft aufgefallen. Vor allem, wenn beide Elternteile sehr dynamische und begabte Menschen sind, scheinen die Kinder das Mittelmaß regelrecht anzustreben. Jedenfalls gelingt ihnen das.«

Inzwischen waren sie am Haupteingang von Wallingford angekommen, einem Gebäude, das den Namen seines Erbauers und Besitzers trug. Es war innen wie außen als Symbol geplant worden. An der Tür begrüßte Sparrow einen weißhaarigen Farbigen, der aussah, wie einem Südstaatenfilm der späten Dreißigerjahre entstiegen und seitdem keine Minute mehr gealtert. »Dieser Status bedeutet, dass wir nichts ändern dürfen, nicht einmal die Farbe des Anstrichs, ohne unseren Rausschmiss zu riskieren. Eine äußerst lästige Sache und teuer dazu, aber zumindest bewahrt sie uns vor irgendwelchen wilden Spekulanten, die hier in Wallingford die Macht an sich reißen könnten«, meinte er und komplimentierte Kate im zweiten Stock, wo sich die Bibliothek befand, aus dem Aufzug. »Nicht dass das sehr wahrscheinlich wäre. Kurzum, es ist ein Segen, wie so häufig, wenn es um Symbole geht. Aber wir hoffen, wir gewinnen dabei ein bisschen mehr, als wir verlieren. Hier warten die Kisten auf uns, aufregend und unausgepackt.«

Die Bibliothek von Wallingford war dem Raum des Herzogs Humfrey in Oxfords Bodleian-Bibliothek nachempfunden und wirkte wunderbar einladend. Aber sie durchquerten sie, ohne nach rechts und links zu sehen, und gingen zu einem kleineren Raum am anderen Ende. Dort stand, sauber gestapelt, eine erstaunliche Anzahl Pappkartons. »Jeder ist für sich geordnet«, sagte Sparrow, »die Korrespondenz mehr oder weniger alphabetisch, Manuskripte, Arbeitsjournale. Alles von Anfang an gesammelt. Als sie nach Amerika ging, hat sie offensichtlich alle frühen Sachen mitgenommen, der Himmel weiß, warum. Heute sind wir froh, dass sie es getan hat. Unter uns gesagt, der Gutachter war vor Bewunderung völlig aus dem Häuschen.«

»Wenn alles so gut geordnet ist«, sagte Kate, »müssten die Briefe an und von Dorothy Whitmore im letzten Karton sein. Ich nehme kaum an, dass sich am Ende des Alphabets die Korrespondenz plötzlich häuft, weil eine Menge ihrer Briefpartner mit Y oder Z beginnen.«

»Ich höre immer nur Whitmore. Wieso eigentlich? Und ich dachte, Sie lechzten danach, mein autobiografisches Fragment zu sehen.«

»Das tue ich ja«, sagte Kate. »Ich lechze. Wirklich, ich möchte mich hinsetzen, so tun, als säße ich in der Bodleian, und es sofort von Anfang bis Ende durchlesen, wenn Sie erlauben. Darf ich einen Blick auf die Briefe an Sie-wissen-schon-wen werfen?«

»Eigentlich nein. Aber weil Sie es sind, lasse ich Sie einen Blick darauf werfen, damit Sie sehen können, wie ordentlich alle damit umgegangen sind – von Cecily über den lieben, sorgfältigen Max, den Gutachter und die Packer bis zu uns wunderbaren Wesen, natürlich. Das hier sind die Whitmore-Briefe – es sind nicht besonders viele, schließlich waren sie während ihrer Jugend meist zusammen und haben sich deswegen nicht geschrieben.«

»Was passierte, als Cecily nach Amerika ging?«

»Die arme Whitmore starb bald darauf. Sie war erst achtunddreißig oder so. Hodgkinsche Krankheit. Offenbar haben sie sich geschrieben, wenn sie getrennt waren, aber man merkt, dass das nicht oft der Fall war. Wir haben auch Cecilys Briefe, die man ihr nach dem Tod von Dorothy Whitmore zurückgegeben hat. Vielleicht ein Dutzend von jeder.«

»Ich werde mich bald Ihnen zu Füßen werfen und Sie bitten, sie mir anschauen zu dürfen. Ich wüsste gern, was sie für die Studentin, die ich erwähnte, für eine Bedeutung gehabt hätten. Aber jetzt werde ich mich über die Autobiografie hermachen, wenn ich darf.«

»Sicher. Vielleicht können Sie mich in meiner Meinung bestärken, dass es ein seltenes Stück ist und wert, publiziert zu werden. Ich lasse Sie damit allein.«

Kate war allein in dem stillen Raum mit etwas, was eindeutig der Entwurf einer Autobiografie war. Aber wie Sparrow gesagt hatte, schien hinter den bloßen Fakten der Sinn dessen unterzugehen, was das Leben für Cecily bedeutet hatte, von den frühesten Tagen bis zu den letzten. Es gab keine einzige überraschende Feststellung, trotzdem übertrug sich das Gefühl von enormer Leidenschaft hinter ihren klaren und bestimmten Worten. Kate dachte an Eliots Verse:

»Und für was die Toten keine Worte haben, solange sie leben,
Das können sie dir erzählen, wenn sie tot sind: Die Sprache
Der Toten hat Feuerzungen über die Sprache der Lebenden hinaus.«

Die Gefühle, die der Text auslöste, hatten sicher damit zu tun, dass die Frau, die das geschrieben hatte, nun tot war. Kate las das Fragment zu Ende und blätterte noch einmal zum Anfang zurück, auf der Suche nach einer Erklärung für ihren Eindruck. Die Stationen in Cecilys Leben waren deutlich genug.

Sie war 1900 geboren als Tochter eines nicht mehr ganz jungen außerordentlichen Professors an einer walisischen Universität, der, nachdem seine erste Frau gestorben war, wieder geheiratet hatte – eine Studentin, glänzend begabt und von diesem eigentümlichen Liebreiz, den man anscheinend nicht beschreiben kann, ohne auf den Vergleich mit einem wilden, verschreckten Fohlen zurückzugreifen. Die Söhne aus Hutchins erster Ehe waren erwachsen, schon aus dem Haus und der jungen Frau dankbar, dass sie ihnen Gewissen und Leben erleichterte und ihren Vater aus der schmerzlichen Einsamkeit befreite. Cecily war das einzige Kind aus dieser Verbindung, und beide behandelten sie, als wäre sie ein Zauberwesen, das sich, wenn man es rau behandelte, womöglich in Luft auflösen könnte. Sie war – und blieb auch später – zart, schlank bis an die Grenze zur Zerbrechlichkeit. Gleichzeitig besaß sie eine besondere Vitalität. Sie bewegte sich gern, liebte vor allem Wandern und Schwimmen, was sie bis zuletzt beibehielt. Wenn sie nicht, wie das bei Einzelkindern fast unvermeidlich ist, mit Erwachsenen zusammen war, waren zwei Jungen aus der Nachbarschaft ihre Kindheitsgefährten. Beiden fehlte ein männlicher Ausschließlichkeitsanspruch, was mit ihrer exzessiven Wildheit wunderbar harmonierte. Sie lernte früh, ihre Abenteuer für sich zu behalten und im Gartenhaus ein paar alte Kleider parat zu haben. Was immer sie ihren Eltern und deren Kreisen zuliebe an damenhaften Verhaltensweisen angenommen hatte – für sie selbst gab es nie einen Zweifel, dass Junge zu sein der bessere Part war. Als sie, nachdem ihre Nachbarn ins Internat gekommen waren, erkennen musste, dass ihr bei aller Verkleidungs- oder Überredungskunst keine Karriere in der Navy offenstand – was, hätte sie die freie Wahl gehabt, die ideale Existenzform für sie gewesen wäre –, wurde sie nervös, eine Leseratte und eine widerwillige Teilnehmerin an den Teegesellschaften ihrer Mutter.

Glücklicherweise wurde zu dieser Zeit ihre Tante Mary auf sie aufmerksam – die Schwester ihrer Mutter –, die zusammen mit Harriet Weaver und Rebecca West für *The New Freewoman* gearbeitet hatte. Das Blatt wurde bald in *The Egoist* umgetauft. Tante Mary kannte Ezra Pound, Richard Aldington und H. D. und ihre Gruppe. Sie hatte frühzeitig beschlossen, ihr Leben der Arbeit in einem Krankenhaus zu widmen, das nur Ärztinnen beschäftigte, nur Frauen aufnahm und zu Anfang des Jahrhunderts eröffnet worden war. Tante Mary bot an, Cecily in Oxford unterzubringen. Dort blühte Cecily auf, weil sie die herrliche Entdeckung machte, dass es Menschen auf der Welt gab, die die gleichen Interessen hatten wie man selbst und die sich nicht darum kümmerten, was »man« dachte. Später sollte Forster diese Entdeckung für Cambridge reklamieren. Die Jahre in Oxford, gleich nach dem Krieg, waren für sie der Wendepunkt. Danach waren Freundschaften und geistige Anregung möglich. Kaum aus Oxford zurück, etablierte sie sich als modische und gelehrte Romanautorin. Ihre funkelnden Romane – als »schneidend« von denen empfunden, die eher sentimentale oder konventionelle Formen liebten – wurden bekannt dafür, dass in ihrem Mittelpunkt stets eine Frau stand, eine Frau von enormer Nüchternheit, deren Erfahrungen aus physischer Kraft und ausgeprägter Vernunft erwuchsen, und beide umgab – mit dem nötigen Witz – die Leidenschaft. Ihre ärztliche Tante schenkte ihr eine winzige Wohnung, und dort lebte sie, mitten in London; es war ein Leben voller Partys, kluger Gespräche und sprühendem Geist. Sie war die geschätzte Begleiterin aller, die in Englands literarischem Leben eine Rolle spielten, und auf eine wunderbare und absurde Weise glücklich. Ihre Nüchternheit bewahrte sie vor doktrinärem Kommunismus, ihre Vernunft vor dem Faschismus und ihr Witz vor religiöser Bekehrung, die für die Humanisten und Bloomsbury-Anhänger ihres Bekanntenkreises unvermeidlich schien. Dieses Leben – und die winzige Wohnung – teilte sie mit Dorothy Whitmore.

Gegen Ende der Zwanzigerjahre begegnete sie dann Ferdinand Ricardo, verliebte sich leidenschaftlich und heiratete ihn – wie eine Frau in einem Traum. Ricardo war bereits ein berühmter Maler, dessen Vergangenheit irgendwo in Europa und dessen Zukunft in Amerika lag. Bald nach ihrer Hochzeit wurde sein Name irgendwie einfach »Ricardo«, so wie Colette eben »Colette« wurde. Über die Abenteuer, die sie nach der Übersiedlung nach Amerika erlebten, hatte sie nichts aufgeschrieben, vielleicht weil Cecilys Inneres, ihr Geist, daran nicht teilgenommen hatte. Auf der Suche nach Einsamkeit baute Cecily schließlich das Haus am Meer und wohnte dort mit Ricardo, der inzwischen alt und sesshaft geworden war. Irgendwann in diesen späten Jahren kehrte dann der Geist zurück.

Nach Ricardos Tod schrieb sie *A Lonely Place*. Nach dieser Einsamkeit hatte Cecily gesucht, aber sie hatte erfahren, dass man sie unter ihrem herberen Namen erobern musste, und das war das Alleingelassenwerden. Mit einer Ironie, die typisch für die Vereinigten Staaten ist, berührte Cecily Hutchins in der Schilderung ihres täglichen Kampfs mit dem Alleinsein als Witwe und Schriftstellerin so eindeutig den Nerv ihrer Leser, dass ihr genau dieses Alleinsein und seine Schwester, die Einsamkeit, wieder in Gefahr gerieten. *A Lonely Place* machte sie berühmt, aber es war ein Ruhm, den sie nicht mochte (wenn er auch nach Kates Ansicht den Verkauf von Max' Biografie fördern würde), und brachte ihr Geld, das sie nicht besonders nötig hatte. Leichten Herzens widerstand sie den angebotenen Fernsehauftritten und den riesigen Summen für Kolumnen in Frauenmagazinen. Sie widerstand auch – allerdings weniger leicht, wie Kate vermutete – der Versuchung, sich für ihr neues Werk Ermutigung bei ihren Kritikern, Freunden und Verlegern zu holen. Allein schrieb sie im Alter von dreiundsiebzig Jahren ihren besten Roman und erlebte noch seinen Erfolg – ein Privileg, dachte Kate, das Dorothy Whitmore versagt geblieben war.

Das Ganze war eine Geschichte über den Erfolg und sollte auch ein Erfolg werden. Die Form war fast klassisch – wie der frühen die späte Einsamkeit folgte, beide aufgezwungen, beide begrüßt. Kate lehnte sich in ihrem Holzstuhl zurück und überlegte, dass dieses Manuskript heute aus einem anderen Grund ein Erfolg werden könnte. Cecily war das Porträt einer Frau gelungen, deren Leben bei aller Häuslichkeit nie wirklich häuslich gewesen war. Ihre Kinder schienen sie nicht zu längeren Erörterungen oder Kommentaren anzuregen. Ihre Leidenschaft für Ricardo, ihre Heirat, wurde zum Zentrum ihres Lebens, weil aus ihr eine Beziehung entstand, die trotz Absonderung und Unabhängigkeit gedeihen konnte. Insgesamt ein ziemlich modernes Dokument.

Kate legte das Manuskript sorgfältig in die Mappe

zurück, sammelte ihre Habseligkeiten zusammen und machte sich auf die Suche nach Sparrow. Sie fand ihn in seinem Büro, wo er über den Korrekturen für Programm und Pläne einer Ausstellung hockte.

»Ich habe mir die Whitmore-Briefe angesehen, weil Sie so fasziniert von ihnen zu sein schienen«, sagte er zu Kate. »Sie sind nicht besonders interessant. Es scheint eine dieser Beziehungen gewesen zu sein, wo viel miteinander geredet wurde, aber wenn sie getrennt waren, haben sie nichtssagende Nachrichten ausgetauscht. Das kommt recht häufig vor.«

»Oder genau umgekehrt«, sagte Kate. »Ich habe eine Freundin – wir waren zusammen auf dem College –, mit der ich einen wirklich aufregenden Briefwechsel führe. Aber jedes Mal, wenn wir uns treffen, reden wir nur über ihre Kinder und meine Vorlesungen. Ich möchte mich für den schönen Tag bedanken, Mr Sparrow.«

»Und ich bedanke mich für den guten Lunch. Wir sehen uns hoffentlich bald wieder.« Er begleitete Kate zum Aufzug, so als könnte man sich bei einer Dame nicht sicher sein, dass sie die nötige Kraft aufbringt, den Knopf neben der Fahrstuhltür zu drücken. Vielleicht war aber auch der Grund – Kate hatte das auch in anderen Männerclubs bemerkt –, dass Clubmitglieder die vage Vorstellung fürchteten, eine unbegleitete Frau könne schlicht verloren gehen und tagelang verschwunden bleiben, um dann plötzlich wieder aufzutauchen und die Männer im

Club zu erschrecken. Am Fahrstuhl angekommen, traute Sparrow ihr nun immerhin zu, dass sie sicher ins Erdgeschoss finden würde, wo ein anderer Schwarzer, ebenso alt und ebenso altmodisch wie der erste, sie zur Tür begleitete.

Es tut der Seele wohl, dachte Kate und winkte nach einem Taxi, wenn man ab und zu einmal einen Ausflug in eine würdevollere Aura unternimmt.

DRITTER TEIL

Mai

Acht

Die erste Maiwoche und mit ihr die letzten Vorlesungen: Kate hatte Phyllis geschrieben und sich für den 8. Mai angekündigt. Im Mai ging es – wie jedes Jahr – in der akademischen Welt deutlich hektischer zu als im April, März oder Februar. Die Universität wurde von Papier überschwemmt: Seminararbeiten, Magisterarbeiten, Dissertationskapitel sprossen hervor wie die Osterglocken. Oder meinte sie Tulpen? Kates botanische Vergleiche waren immer etwas nebulös. Alles, was Kate wirklich über Osterglocken wusste – von Wordsworths eher hysterischer Bewunderung für sie einmal abgesehen –, war, dass sie blühten, bevor die Schwalben kamen. Nur, *wann* die Schwalben sich heimwagten, war so die Frage ... Und so geht es mir mit allen anderen Dingen auch, dachte Kate trübsinnig.

»Der einzige Vorteil in meinem Leben«, hatte sie kürzlich zu Reed gesagt, »ist, dass es so viele verschiedene Probleme birgt und ich mich keinem lange genug widmen kann, um darüber zum Katatoniker zu werden.« Das Problem mit erfolgreichen Geschäftsleuten war beispielsweise, dass sie einfach immer bei ein und derselben Sache blieben und ihre Konzentration niemals auf andere

Dinge lenkten. Gewiss liebten auch sie Erholung und Entspannung, aber nur, um Geschäftssorgen zu vergessen, und nicht als eine gleichwertige Alternative. Ist es das, was mir an Geschäftsleuten schon immer missfallen hat?, fragte sich Kate. Oder ist dieses Vorurteil nur eine mürrische Reaktion auf meine unmögliche Verwandtschaft?

Das brachte sie natürlich auf Leo. In wenigen Minuten musste sie zu einer Ausschusssitzung. Vor zehn Minuten hatte sie einen Kurs beendet. Jetzt saß sie in ihrem Büro und legte schuldbewusst den Hörer neben das Telefon. Sie wollte einen Augenblick nachdenken. Über Leo, über Gerry Marston. Über England.

»Sein Problem ist«, hatte Leo einmal über jemanden gesagt, »dass er mit sich selbst nicht ins Reine kommt.« Leo steckte voll von diesen Phrasen, den Klischees seiner Generation, die größtenteils für mangelnde Integration sprachen. Kein Wunder. Kate erinnerte sich, dass Leo einmal auf die Frage, was er von einem Gast halte, geantwortet hatte: »Ich weiß nicht, wohin er gehört.« Kate fand, dass beide Phrasen ihre gegenwärtige Lage, oder zumindest einige knifflige Situationen in ihrem Leben, ziemlich gut beschrieben. Dennoch musste sie – zumindest sich selbst gegenüber – zugeben, dass sie, seit Max in ihrer Hütte aufgetaucht war und Leo den Kampf gegen die Gemeinheit in dieser Welt aufgenommen hatte, sich munterer fühlte oder einfach weniger mutlos. War man denn so abhängig von äußeren Anstößen?

Von Spitzfindigkeiten abgesehen, ging *es* schlicht darum, dass wir uns zugehörig fühlen wollen zu etwas, das in Bewegung ist. Konnten der Tod der armen Gerry oder die Betrügereien Ricardos als Bewegung interpretiert werden? Manche, dachte sie, verbringen ihr Leben damit, sich auf etwas vorzubereiten, was wahrscheinlich nie eintreffen wird; andere leben so wie ich in einem Zustand unruhigen, aber lebendigen Unvorbereitetseins. Wegen Leo, Wallingford, der Arbeit an der Universität und der vielen Stunden, die die Konferenzen am Ende des Semesters verschlangen, war sie seit Wochen nicht mehr in ihrer Hütte gewesen. Ich muss wieder hin und das alles verkraften, dachte sie, wenn ich aus England zurück bin. Im Augenblick bin ich völlig verwirrt.

Immer wenn sie sich, selten genug, in ihrem Büro verbarrikadiert hatte und nicht stören ließ (Tür verschlossen, Licht aus, Hörer neben der Gabel), dachte sie an die freundliche, hilfsbereite, dreiundzwanzigjährige Gerry Marston – ein Mädchen, das wusste, was es vom Leben wollte oder zumindest in welchem Teil ihrer selbst ihre Möglichkeiten zum Arbeiten und zur Liebe steckten (beides hatte Freud mit jener seltenen Schlichtheit, zu der die Großen finden, als die entscheidenden Dinge im Leben bezeichnet). Jetzt war sie tot, und Kate wünschte mit ebenso heftiger wie irrationaler Inbrunst, herauszubekommen, warum sie gestorben war und wie. Aber was konnte sie noch unternehmen? In Kriminalromanen, die sie in den letzten Jahren immer weniger gelesen hatte, machte sich der Detektiv einfach an die Arbeit und klärte den Fall auf. Alle möglichen Ereignisse führten ihn dann von einem Verdächtigen zum nächsten, gar nicht zu reden von weiteren Morden und Mordversuchen. (Kate dachte dabei besonders an Dick Francis, dessen Bücher sie noch immer las, weil sie ihn mochte und weil sie neugierig war, wie er diesmal wieder die Pferde ins Spiel brachte.) Im wirklichen Leben schaffte man einfach eine Leiche von den Felsen fort, und der liebe Neffe geriet in eine moderne Welt voller Gewalt, Vandalismus, Betrug und Erfolg, der nichts mit Leistung zu tun hatte. Und während einem die Leiche dort in der Mulde zwischen den Felsen nicht aus dem Kopf ging, verschwand man nach England, um zu erkunden, ob das Somerville College sich in den letzten fünfzig Jahren verändert hatte.

Es klopfte. Kate öffnete und sah Evergreen vor der Tür stehen. »Kommen Sie mit zur Sitzung?«, fragte er. Sein Büro lag gleich neben ihrem. »Ich bin gleich so weit«, antwortete Kate, lächelte und schloss die Tür wieder, damit er nicht den Hörer neben der Gabel liegen sah, der ihr ein blödsinniges Schuldgefühl machte. Die Tatsache, dass sie das Licht gelöscht hatte, um nicht durch die Glasscheibe in der Tür gesehen zu werden, war ein Trick, dessen sich alle bedienten, die im Dunkeln denken oder auch schreiben konnten. Ein Kollege – ein Professor für Literatur der Renaissance – konnte das nicht und ließ deswegen an der Innenseite der Tür ein Rollo anbringen, sodass man nun nicht sehen konnte, ob bei ihm Licht war oder nicht. Raffiniert.

Kate legte den Hörer wieder auf die Gabel, und sofort läutete es. Max war am Apparat.

»Na endlich. Ich dachte schon, Sie wären gerade dabei, zusammen mit dem Präsidenten höchstpersönlich die Universität zu reorganisieren.«

»Nicht sonderlich wahrscheinlich. Obwohl ich zugebe, wenn er mich darum bäte, könnte ich ihm tagelang Vorschläge machen. Wie geht es Ihnen, Max?«

»Gut, außer dass ich, nachdem das Gerangel mit Cecilys Familie um ihre Papiere sich schließlich erledigt hat, mich jetzt offenbar mit einer Krise um einen Sohn von Ricardo herumschlagen muss. Hat mit einem Betrug zu tun beziehungsweise mit entsprechenden Anschuldigungen. Erinnere ich mich richtig, haben Sie bei dem netten Lunch im Cos Club erwähnt, Ihr Neffe und der Ricardo-Junge seien Kumpel? Oder sagt man Spezi? Dass Freunde das richtige Wort wäre, wagt man ja kaum zu hoffen.«

»Ganz und gar nicht. Feinde wäre wahrscheinlich der treffendere Ausdruck.« Kate erinnerte sich nicht, Max jemals so aufgekratzt erlebt zu haben, und sie stellte fest, dass ihr das nicht gefiel.

»Oje, oje. Wissen Sie, worum es bei der ganzen Sache geht? Ich fürchte, Ricardos Version ist ein bisschen verschwommen.«

»Ricardo hat jemanden dazu überredet, den Aufnahmetest für ihn zu schreiben«, sagte Kate. »Jetzt fällt mir ein, Sie waren überrascht, dass er es nach Harvard geschafft hat.«

»Aber das ist doch ganz unmöglich. Werden denn solche Examina nicht beaufsichtigt?«

»Nur völlig unzureichend. Nebenbei bemerkt«, plötzlich dachte Kate aus naheliegenden Gründen an mitgeschnittene Telefongespräche, »ich sollte besser sagen, dass *angeblich* – ich glaube, das ist der korrekte Terminus – jemand anders für ihn das Examen gemacht hat.«

Max war offensichtlich erschüttert. »Es fällt mir schwer zu glauben, dass jemand so etwas tun kann. Aber heutzutage …« Seine Stimme verlor sich.

»Wollten Sie etwas Bestimmtes von mir?«, fragte Kate, wie sie hoffte, nicht allzu abrupt. Sie war bereits fünf Minuten zu spät für die Ausschusssitzung.

»Nur, dass Sie, wie immer, meine Hand halten. Ich scheine in jeder Krise an Ihre Barmherzigkeit zu appellieren. Jedenfalls dann, wenn die Krisen mit den Ricardos zu tun haben. Die Familie, also Cecilys Kinder, meinen, ich solle etwas unternehmen, weil ich das habe, was sie akademische Beziehungen zu nennen belieben.«

»Was könnten Sie tun?«

»Offensichtlich nichts. Eine höchst problematische Angelegenheit. Der Junge leugnet natürlich alles. Sie werden es mich wissen lassen, wenn Sie mehr erfahren, nicht wahr? Nachdem ich mit diesen Leuten gerade zurechtgekommen bin, habe ich keinerlei Lust, sofort in den nächsten Schlamassel zu geraten, vor allem in keinen, an dem ich nichts ändern kann.«

»Es ist nur ein Zeichen der Zeit«, sagte Kate. »Jeder schwindelt heutzutage. Wann gab es früher Agenturen, die einem die Arbeiten schrieben? Man kann ja nicht einmal mehr sicher sein, ob die Magisterarbeit, die ein Student vorlegt, von ihm selbst ist.«

»Mich kann man nicht hereinlegen. Es liegt nur an einem Mangel an Disziplin, an Studentenunruhen, am Verlust aller Werte.«

Genauso hätte es Nixon auch ausgedrückt, dachte Kate. »Ich muss jetzt weg, Max. In ein paar Tagen fahre ich nach England, aber ich melde mich, sobald ich wieder zurück bin.«

»Gott sei Dank haben Sie jetzt nicht gesagt, dass Sie mich dann ›kontakten‹. Ich freue mich auf Ihre Rückkehr, Kate. Auf Wiedersehen.«

Bestimmt hat Nixon immer »kontakten« gesagt, dachte Kate, während sie den Gang hinunter zu ihrer Sitzung wanderte. Und dieses Wissen erleichterte sie aus unerfindlichen Gründen sehr.

»Haben die Menschen eigentlich immer geglaubt, dass ihre Welt untergehen wird?«, fragte Kate, als sie sich abends auf der Couch im Wohnzimmer ausgestreckt hatte. Reed saß am Klavier und entlockte ihm auf eine beiläufige, nervenschonende Art Melodien der Zwanzigerjahre.

»Ganz bestimmt«, antwortete er. »Man hat sich nur schwülstiger ausgedrückt. Denke nur an Euripides und die trojanischen Frauen. Zudem nähern wir uns dem Ende des Jahrhunderts. *Fin de siècle* und so weiter.«

»›Fin de globe‹, hat Wilde gesagt.«

»So weit haben wir es also gebracht.«

»Ich erinnere mich«, sagte Kate, »dass Clarence Day, oder vielleicht war es auch J. P. Marquand, beschrieb, wie sein Vater einmal aus dem Haus trat und auf den Eingangsstufen dem Nachbarn in Hemdsärmeln begegnete. Sofort folgerte er, seine Nachbarschaft sei auch nicht mehr das, was sie einmal war, und bot sein Haus zum Verkauf an. Clarence Days oder J. P. Marquands Vater, meine ich. Die Signale waren subtiler und hatten weniger verheerende Folgen.«

Reed ging elegant von *Smoke Gets in Your Eyes* zu Cowards *A Room with a View* über. »Wie siehst du diese Sache mit dem jungen Finlay?«, fragte er und spielte mit der Linken eine verminderte Septime. Reeds Akkorde waren immer etwas dünn und zufällig.

»Da ich die Jugend täglich studiere, würde ich spontan sagen, ein klarer Fall. Jemand will erwischt und von der Last seiner Schuld befreit werden. Warum sonst hat er es jedem in der Klasse erzählt? Er hätte nur den Mund halten müssen, und nichts wäre passiert. Selbst Leo und seine rechtschaffenen Freunde hätten es sicher ohne Protestgemurmel dabei belassen, wenn die Schule davon nicht offiziell erfahren hätte.«

»Du hast sicher recht«, sagte Reed, beendete eine Serie von Akkorden, schwang sich auf der Klavierbank herum und sah sie an. »Zumindest so weit. Eine andere Frage ist, warum um alles in der Welt er so etwas tun und sich damit eine Schuld aufbürden musste. Er hat alles. Er ist nicht nur reich und blond und groß und ein meisterhafter Ringer, sondern auch noch ein eigentlich charmanter Junge. Obendrein auch noch ein Genie – mit Leos Worten –, ein verdammt begabter Junge, dem alle Türen offen standen. Außerdem kommt er aus einer Familie, die seit Generationen eine wichtige Rolle im gesellschaftlichen Leben spielt.«

»So, wie du das ausdrückst, klingt es ziemlich schrecklich, im wahrsten Sinne des Wortes. Vielleicht musste er dafür sorgen, dass etwas schiefging, ehe es von außen passierte, wenn du verstehst, was ich meine.«

»Ich verstehe schon, aber es klingt eher nach dir als nach ihm, wenn ich das so sagen darf. Nach Leos Version hatte er die Vorstellung, alles im Griff zu haben, dazu gehörte, seinen Freund auf das College zu bringen.

Nur wegen dieser Tests soll mein Freund nicht nach Harvard kommen? So in der Art.«

»Und in Ricardo fand er natürlich genau den richtigen Burschen, in dessen Namen er die Examina ablegen konnte. Laut Leo fährt Ricardo ohne Führerschein und sieht nicht ein, warum er sich mit derart prosaischen Dingen abgeben soll, wenn er irgendwohin will. Das Einzige, was ihn bisweilen anscheinend noch zurückhält, ist die Erkenntnis, fünf Jahre lang keine Fahrerlaubnis zu bekommen, wenn er erwischt wird. Er gleicht diesem Trainer, der dem Werfer seiner Mannschaft rät, den Kerl im gegnerischen Team mit einem *bean ball* zu traktieren, oder schweife ich jetzt ab? Ich meine die Devise: Was ich auch tue, ist richtig, denn ich stehe auf der richtigen Seite.«

»Das ist der Punkt bei der ganzen Geschichte, der mich so krank macht. Bitte verzeih mir, wenn ich auf deine *bean balls* nicht weiter eingehe, sie klingen mir zu exklusiv und zu sportlich. Jedenfalls handelt es sich hier um eine kriminelle Einstellung einfachster und bester Ausführung, die heute jeder teilt: Da meine Beweggründe immer richtig sind – egal, ob es um die Präsidentschaft der Vereinigten Staaten geht, um einen Geschäftsabschluss oder um die entschuldbare Eile, die einen bei Rot über die Kreuzung fahren lässt –, ist meine Missachtung der geltenden Gesetze stets gerechtfertigt. Eine Missachtung des Rechts durch andere ist hingegen bereits ein Angriff auf Amerika und muss verhindert werden.« Reed schwang wieder zu den Tasten herum und begleitete sich selbst, während er zitierte: »Die Worte, die du sagst – du sagtest sie damals schon, allein, ich weiß nicht, wo und wann.«

»Aber Ricardo hat seine feste Meinung. Er sagt, wenn ein Kennedy nach Harvard kommt, weil er ein Kennedy ist, und irgendein Schwachsinniger, weil sein Vater eine neue Hockeybahn spendiert, warum soll er dann nicht seine Möglichkeiten nutzen und Finlay die Tests für sich schreiben lassen?«

»Du überraschst mich, Kate. Niemand wird gleich geboren, nur gleich geschaffen. Es gibt einen Unterschied zwischen dem Nutzen von Vorteilen, die einem die Herkunft bietet, und durch Betrug erreichten Auszeichnungen, die man in keiner Weise verdient hat. Sogar die Kennedys haben bezahlt und bezahlen noch immer einen ziemlich hohen Preis für ihre Privilegien. Genauso ist es mit dem reichen Jungen, dessen Vater die Hockeybahn gebaut hat. Man könnte ebenso gut sagen: Leo darf nicht aufs College, denn er hat seine Tests nur deswegen bestanden, weil er bei einer zungenfertigen Tante mit großem und gewähltem Wortschatz lebt. Jedenfalls ist mir klar, dass der junge Ricardo ein sehr raffinierter Bursche ist – ›cool‹, würde Leo sagen –, der sich nicht so anhört, als machte er sich besondere Gedanken um soziale Gerechtigkeit als Prinzip.«

»Hältst du es für möglich, dass der junge Ricardo Max ähnlich ist? Oder meine ich Finlay? Max rief mich übrigens heute wegen dieses St.-Anthony's-Dramas an; meine beiden Probleme verschmelzen also. Das ehrliche tote Mädchen und der unehrliche lebendige Junge.«

»Mein Vorschlag«, sagte Reed, »wir nehmen jetzt einen Schlummertrunk und konzentrieren uns auf England, nicht auf Verwirrspiele. Denk an Phyllis, die für kurze Zeit deine Gesellschaft genießen darf und nicht mehr dazu verdammt ist, allein und hilflos die High Street hinunterzuspazieren, oder geht sie sie hinauf?«

Kate versprach, zu gehorchen und an England zu denken.

Das Versprechen ließ sich am nächsten Tag leichter einhalten, denn Kate fand auf ihrem Schreibtisch einen Brief von Crackthorne.

»Es ist merkwürdig«, schrieb er, »aber ich vermisse die Basketballspiele und unsere lebhaften, wenn auch geräuschlosen Unterhaltungen. Ich schreibe Ihnen jedoch aus egoistischen und habgierigen Motiven, die ich nicht mit Seufzern des Bedauerns verbrämen will. Es geht das Gerücht, dass Wallingford die Papiere von Cecily Hutchins besitzt und dass Sie der Mitgliedschaft in dieser erlauchten Institution so nah sind, wie eine Frau es nur sein kann. Besteht wohl irgendeine Chance, dass ein schlichter Doktorand, obwohl den männlichen Sportarten sehr verpflichtet, einen Blick hineinwerfen könnte? Vielleicht hat sie ja einmal einen der Menschen, über die ich schreibe, erwähnt oder mit ihm korrespondiert. Ich meine, sie waren nun einmal alle dort, und vielleicht haben einige, die den Krieg überlebt haben oder danach zurückgekommen sind, mit ihr gesprochen oder ihr gar, welch süße Hoffnung, geschrieben.«

Na ja, dachte Kate, dieses Spiel kann beiden nützen. Sie schickte Crackthorne einen kurzen Brief und wollte wissen, ob er im Verlauf *seiner* Recherchen auf die Hutchins, die Whitmore oder eine andere Frau dieser Generation gestoßen war. Es bereitete ihr außerordentliches Vergnügen, ihre bevorstehende Reise nach Oxford zu erwähnen und ihm ihre Adresse zu geben für den Fall, dass er innerhalb der nächsten Woche etwas Nennenswertes herausbekommen sollte.

Dann öffnete sie die Tür und teilte den draußen Wartenden den Beginn ihrer Sprechstunde mit. Nach einer Weile merkte sie zu ihrem Ärger, wie sehr sie sich Reeds Rat zu Herzen genommen hatte, an ihre Englandreise und deren Folgen zu denken. Vor allem die Folgen. Gewöhnlich freute Kate sich auf die Sprechstunden, doch heute schweiften ihre Gedanken immer wieder ab nach Wallingford. Sie musste sich regelrecht aus ihren Tagträumen in die Wirklichkeit zurückrufen und stellte fest, dass sie mindestens zwei weitschweifige Teilaspekte der Probleme einer Studentin schlicht nicht mitbekommen hatte. Schließlich gab sie auf, rief Sparrow an und bat ihn, noch einmal einen Blick in die Papiere werfen zu dürfen.

»Ich werde keine Gewohnheit daraus machen und Ihre Großzügigkeit nicht ausnutzen«, versprach sie. »Aber zufällig fliege ich bald nach England, und ich möchte die Zusammenhänge verstehen. Vermutlich will ich nur mit dem Thema vertraut sein«, schloss sie schwach. Die Wahrheit ist, sagte sie sich, als sie im Taxi auf dem Weg nach Wallingford war, dass ich Max beneide. Ich würde die Biografie gern selbst schreiben. Meine Motive sind also bis zu einem gewissen Grad unlauter. Zerre diese schändliche Tatsache ans Tageslicht und stell dich ihr, Kate Fansler. Egal, wie gut Max sein mag, eine Frau sollte diese Biografie schreiben. Eine durch und durch sexistische Feststellung, schloss sie, bezahlte das Taxi und grüßte den würdigen Mann an der Tür wie einen alten Bekannten.

»Wir sind mit dem Sortieren noch kein Stückchen weiter«, sagte Sparrow, als sie vor den Kartons standen. »Aber verschaffen Sie sich ruhig einen Überblick. Wenn Sie fertig sind, kommen Sie zu mir, und wir trinken einen Sherry – natürlich nach Feierabend. Sie legen doch alles wieder zurück?«

»Ich bin ganz brav«, sagte Kate. »Sie können sich auf mich verlassen.« Schließlich war ja auch er ein braver Mensch. Sie kam sich ein wenig hinterlistig vor, weil sie Max nicht angerufen und ihm gesagt hatte, dass sie herführe. Alsdann, Cecily, dachte sie, da wären wir. Was bleibt von einem Leben?

Die wesentlichen Überbleibsel standen zwischen zwei Bücherstützen auf einem Tisch in der Mitte des Raums. Die Erstausgaben ihrer Bücher, die Wallingford als Teil ihrer »Papiere« gekauft hatte. Es waren zwanzig Bände, keine kleine Zahl, wenn man bedachte, mit welcher Sorgfalt Cecily geschrieben hatte. Kate erinnerte sich, wie Max einmal vor langer Zeit über eine äußerst populäre Schriftstellerin bemerkt hatte, diese schreibe pro Jahr mehr Romane, als er lese. Dennoch war es erstaunlich, wie viel selbst eine so gewissenhafte Schriftstellerin wie Cecily hatte schaffen können, weil sie täglich ein paar Stunden konsequent gearbeitet hatte. Kate riss ihren Blick von den Romanen. In der Nacht war ihr eingefallen, dass die Bodleian als Archiv ein Exemplar jedes in England erschienenen Buches enthielt. Da die Bibliothek keine Ausleihe besaß, war anzunehmen, dass die Bände auch greifbar waren – anders als an Kates Universität, wo die Bücher ständig ausgeliehen waren und die Chance, einen bestimmten Titel auch zu bekommen, bei höchstens fünfzig Prozent lag. In der Bodleian sitzend, konnte sie zwischen Begegnungen mit der wieder auflebenden Phyllis und der nostalgischen Wiederentdeckung der Oxforder Szene sämtliche Schriften von Cecily und Dorothy Whitmore durcharbeiten.

Konnte sie erwarten, in den Papieren schon jetzt auf Hinweise zu stoßen? Auf den Kartons war der jeweilige Inhalt verzeichnet, und auf einem stand »Nicht geordnet«. Kate entdeckte, dass es sich dabei um die Unterlagen handelte, die bei Cecilys Tod auf ihrem Schreibtisch gelegen hatten. Seltsamerweise befanden sich auch ungeöffnete Briefe darunter. Wahrscheinlich hatten die sich während ihres Englandaufenthaltes auf dem Postamt angesammelt und waren erst nach ihrem Tod zugestellt worden. Dennoch war es eigenartig, dass niemand sie geöffnet hatte. Es hätte doch sein können, dass einige beantwortet werden mussten. Aber als Kate sie durchging, sah sie, dass alle privater Natur waren und von ihr bekannten und unbekannten Briefpartnern stammten. Die Rechnungen und andere geschäftliche Korrespondenz waren vom Anwalt oder von den Kindern erledigt worden. Diese Briefe zählten offenbar zum literarischen Teil ihres Nachlasses und fielen daher in Max' Ressort. Kate nahm sie zur Hand und blätterte sie flüchtig durch. Plötzlich stutzte sie. Da war ein Brief von Gerry Marston. Er steckte in einem langen weißen Umschlag. Cecilys Adresse und Gerrys Absender oben links in der Ecke (ihre Zimmernummer an der Universität) waren mit Schreibmaschine geschrieben. Der Poststempel war kaum zu lesen, ebenso das Datum, was ja immer häufiger vorkam.

Entschlossen trug Kate den Brief zu Sparrow. »Vermutlich können wir ihn nicht einfach öffnen, oder?«

Sparrow starrte ihn an. »Allerdings«, sagte er. »Der ist wohl von Ihrer Studentin, die, wie mir Max erzählt hat, in Maine gestorben ist. Seltsam, dass er bisher niemandem aufgefallen ist.«

»Sicher wurde er mit all den anderen Briefen zusammengepackt, die aussahen wie Briefe von Lesern und nicht von Firmen.«

»In jedem Fall gehört er jetzt Wallingford«, sagte Sparrow. »Aber ... was halten Sie davon, wenn ich Max anrufe und frage, ob wir den Brief öffnen dürfen?«

»Ein glänzender Vorschlag. Hoffentlich ist er da.«

Er war da. Er habe eine Entschuldigung gemurmelt, weil er die Briefe so lange habe liegen lassen, und gesagt, selbstverständlich dürfe Kate ihn öffnen, berichtete Sparrow. Er griff nach einem langen Brieföffner, schlitzte den Umschlag sauber an der Oberkante auf, zog das maschinengeschriebene Blatt heraus und reichte es Kate. Sie revanchierte sich für seine höfliche Geste, indem sie laut vorlas.

»›Liebe Miss Hutchins: Danke für Ihre freundliche und prompte Antwort. Natürlich bin ich enttäuscht zu erfahren, dass Sie nichts besitzen, was im Zusammenhang mit meiner Arbeit über Dorothy Whitmore von Wichtigkeit sein könnte. Die Nachricht von dem Porträt ist dagegen sehr aufregend. Es ist sehr freundlich von Ihnen, dass Sie mich zu sich einladen und mir das Bild zeigen wollen, wenn Sie aus England zurück sind.

Ich freue mich sehr, dann von Ihnen zu hören. Bedanken möchte ich mich auch für Ihr Angebot, nachzuschauen, ob Sie noch etwas über Miss Whitmore haben, obwohl Sie sicher sind, dass dies nicht der Fall ist. Mit freundlichen Grüßen‹, und dann folgt die Unterschrift ›Geraldine Marston‹.«

»Mal angenommen, sie beschloss, nicht auf Cecilys Rückkehr zu warten, und unternahm einen kleinen Einbruch?«, sagte Sparrow nach einer Weile.

»Es muss sie fast verrückt gemacht haben, mit gebundenen Händen dazusitzen und nichts tun zu können. Ich bezweifle, dass sie einen Einbruch plante. Wahrscheinlich glaubte sie, niemanden zu stören, wenn sie sich ein wenig in der Gegend umsah – und dazu gehörten unglücklicherweise auch die Felsen. Ich darf wohl kaum eine Kopie von dem Brief machen?«

»Auf keinen Fall dürfen Kopien angefertigt werden«, sagte Sparrow streng. »Das steht im Kaufvertrag. Was Sie jetzt brauchen«, setzte er hinzu, »ist ein Glas Sherry. Entschuldigen Sie mich so lange?« Im Hinausgehen blieb er kurz stehen und tippte mit dem Finger auf einen Apparat gleich neben der Tür. Es war nicht irgendein Apparat, es war, bei Gott, ein Kopierer. Kate konnte damit umgehen – wer konnte das nicht? Diese Geräte waren so allgegenwärtig wie Verbrennungsmotoren. Innerhalb von Sekunden hatte Kate eine Kopie des Briefes in ihrer Handtasche; das Original lag wieder auf dem

Tisch. Als Sparrow zurückkam, schaute sie aus dem Fenster ins Weite. Er schenkte den Sherry ein.

»Auf Ihre Reise«, sagte er und hob das Glas. »Ich beneide Sie.«

Neun

Ein englischer Schriftsteller, selbst Cambridge-Absolvent, schrieb vor einigen Jahren in seiner Autobiografie: »Jeder Oxfordianer geht mit wenigstens einem Buch über Oxford schwanger und bringt es im Allgemeinen auch zur Welt.« Niemand, der in Cambridge sei, verspüre dagegen den Drang, darüber zu schreiben. Die Verallgemeinerung stimmte zwar nicht, enthielt aber wie alle Verallgemeinerungen ziemlich viel Wahrheit. Kate jedenfalls war, als sie vor dem Martyrs' Memorial stand, geneigt, dieser Behauptung zuzustimmen. Oxford schien ihr weniger aus eigenen Erinnerungen zu bestehen als aus denen berühmter oder auch nur gebildeter Leute, deren Berichte sie gelesen hatte. (Nicht zu reden von all dem, was in die Romane und Gedichte jener eingeflossen war, die die Stadt mit ihren träumenden Türmen nie hatten vergessen können.) Auch Kate war zu ihrer Zeit im Boot über den Cam gestakt, durch die Seitenstraßen von Cambridge gewandert und hatte, nicht immer religiöse, Ehrfurcht in der King's College Chapel gespürt. Sicher, Cambridge war von großartiger Schönheit. Aber Oxford war für sie der Nabel der wissenschaftlichen Welt, nicht zuletzt, weil es, obwohl Industriestadt, so doch ein Ort voller Geheimnisse war. Jedes seiner Colleges hatte Höfe und Gärten, die ineinander übergingen, nur den Eingeweihten bekannt und oft nur geladenen Gästen zugänglich waren. Kate fragte sich, wie wohl das Leben in einer amerikanischen Universität aussähe, wenn jede Fakultät ihren eigenen Garten hätte, in dem man sich treffen und eine Natur genießen konnte, die sich dem Betrachter in sorgsam gepflegten Blumenbeeten und alten Bäumen darbot. Wenn auch die Blumen in den Gärten der Colleges schöner blühten denn je – die Gebäude und der Verkehr ließen den Gedanken nicht aufkommen, dass Oxford zu einem Museum geworden sein könnte. Auch das dazugehörige alte Lagerhaus gegenüber konnte nicht verhindern, dass Blackwell's Schifffahrtsgebäude an der Park End Street mit seinem Glas und der Klimaanlage aussah wie für das Zentrum von Detroit entworfen. Wenigstens war man klug genug gewesen, keine Hochhäuser zu bauen, tröstete sich Kate. Die Türme beherrschten noch immer den Himmel, dazu gehörte auch dieses grässliche Ding in Nuffield, das man 1958 als Bibliothek und ohne Gefühl für Angemessenheit und Zurückhaltung gebaut hatte.

Kate griff nach dem Fahrrad, das sie sich gerade geliehen und hinter dem Denkmal abgestellt hatte. Sie hatte ihren Abscheu gegen das Auto mitgebracht in eine Stadt, die am Verkehr zu ersticken drohte. Sie hatte vor, durch Oxford zu radeln, und hoffte, entsprechend exzentrisch zu wirken. Sie streckte den linken Arm aus, wollte in die St Giles' einbiegen, von dort in die Woodstock Road und am Eingang zum Somerville vorbei, wo Cecily und Dorothy Whitmore und Max' Mutter ihre Freundschaft bald besiegelt hatten.

Tatsächlich hatte Kate die Materie weit genug erforscht, um zu wissen, dass 1918 die Somervillianer noch im St Mary Hall Quadrangle des Oriel College untergebracht waren, während die männlichen Bewohner dieses geheiligten Bezirks ausgezogen waren, um sich bei Ypern und Neuve Chapelle abschlachten zu lassen. Das Somerville College hatte man, weil es neben dem Radcliffe-Krankenhaus lag, in ein Militärhospital umgewandelt. In St Mary Hall hatte man währenddessen den Verbindungsgang zwischen dem Wohnbereich der männlichen und der weiblichen Studenten zugemauert. Nach der Oxforder Legende hatten ein paar unerschrockene Seelen von der einen Seite aus (oder von beiden) die Backsteine wieder weggeräumt, und bis das Loch erneut zugemauert werden konnte, bewachten die Direktorin des Somerville ihre Seite des Lochs und der Domherr des Oriel die seine.

Kate fuhr am Somerville vorbei, nicht ohne einen schmachtenden Blick darauf zu werfen, der sie beinahe teuer zu stehen gekommen wäre, denn im selben Augenblick schoss ein Lastwagen aus dem Gelände des Radcliffe-Krankenhauses. Als Somerville 1919 wieder College wurde, studierten die Whitmore und die Hutchins im zweiten Jahr dort. Die Whitmore, die zwei Jahre in der britischen Army gedient hatte, war die Ältere. Während diese Dinge Kate durch den Kopf gingen, fuhr sie am Observatorium vorbei, bog nicht in die Observatory Street ein – Phyllis hatte ihr das sehr eindringlich erklärt –, fuhr an der kleinen Ladenzeile an der Woodstock Road vorbei – Kate hakte sie in Gedanken nacheinander ab: eine Drogerie (bei den Einheimischen hieß sie Apotheke), eine Reinigung, ein Lebensmittelgeschäft, ein Laden, der Postkarten und Ähnliches verkaufte – und bog dann nach links in die St Bernard's Road. Phyllis' Haus lag auf der linken Seite, etwa nach einem Drittel der Straße, leicht zu erkennen, hatte Phyllis gesagt, weil es das einzige war, bei dem weder vor noch hinter dem Haus der Rasen gemäht war. »Man runzelt darüber sehr heftig die Stirn.« Kate lehnte ihr Fahrrad gegen den Zaun und schloss es mit einer Kette an, die der Fahrradverleih ihr gegeben hatte. Musste man in Oxford früher auch die Fahrräder anketten? Sie läutete.

»Was du jetzt brauchst, ist ein Drink«, sagte Phyllis. »Herzlich willkommen im schäbigsten Wohnzimmer von Oxford, und das will schon einiges heißen. Nein, setz dich nicht auf die Couch, du wirst bis auf den Fußboden durchsinken und im Lotussitz enden. Immer wenn ich diese Couch sehe, denke ich an diese Szene in

Private Lives, als Elyots derzeitige Frau schockiert ist, weil Elyot mit Amanda davonrennt und sie sich fühlt, als wäre schleimiges Ungeziefer über sie hinweggekrochen; darauf sagt Elyot: ›Das kann schon sein, das Sofa ist sehr alt.‹ Der Sessel ist hässlich, riesig und erstaunlich bequem. Kate, ich kann mich nicht erinnern, jemals über einen Be such so froh gewesen zu sein. Aber jetzt höre ich auf zu schwätzen und frage dich erst einmal, wie es dir geht. Also, wie geht es dir? Magst du einen Scotch? Wir haben einen Kühlschrank mit dem Fassungsvermögen eines Schminkköfferchens. Aber in der Vorfreude auf deine Ankunft ist es mir gelungen, zwei Eiswürfel zu produzieren. Nach deinem ersten Drink kannst du den Whisky dann lauwarm trinken, so, wie das britische Empire auf- und untergegangen ist. Ich bin gleich zurück. Die Küche, das brauche ich wohl nicht erst zu betonen, liegt eine steile Treppe tiefer und direkt neben dem Klo.«

Kate ließ sich glücklich in den so riesigen wie hässlichen Sessel sinken und dachte, wenn man schon nicht 1920 in Oxford sein und die Whitmore zur Freundin haben konnte, dann war man ein halbes Jahrhundert später mit Phyllis als Freundin doch glücklich dran. Selbst in einem Zimmer wie diesem. Denn seine Schäbigkeit war wirklich so bemerkenswert, als hätten einige Tausend Leos die Sprungfedern traktiert und ihre Schuhe an den Schonbezügen abgeputzt. Im Kamin stand ein

Gasofen, dessen Heizleistung schon enorm sein musste, um für seinen scheußlichen Anblick zu entschädigen. In der Ecke stand ein Fernsehapparat. Auf dem Boden lag ein Läufer, dessen Existenzberechtigung die Wärme sein musste; ästhetische Gründe konnte es nicht geben. Aber, so dachte Kate glücklich, es war ein wunderbarer Raum für Gespräche, denn sein einziges Mobiliar bestand aus zwei üppig gepolsterten Sofas und zwei ebenso ausladenden Sesseln sowie einer trüben Stehlampe in der Ecke. Da Phyllis nicht arm war, war dieses Haus aus Gründen gewählt worden, die nichts mit seiner Einrichtung zu tun hatten.

Phyllis' Freude über Kates Ankunft in Oxford war zwar nicht überraschend, aber dennoch rührend. Am Telefon hatte sie Kate von einem Buch erzählt, in dem die Frau eines amerikanischen Gastprofessors ihre Erlebnisse in Oxford schildert. Es trug den Titel *These Ruins Are Inhabited*, und sie hatte gesagt, wäre der Titel nicht schon vergeben, sie hätte dieses Buch sicher selbst geschrieben. Da sie genauso närrisch anglophil war wie Kate, war nun die Zeit für einen ersten Austausch ihrer Eindrücke gekommen.

»Dieu, que la vie est quotidienne«, zitierte Phyllis, als sie mit zwei steifen Drinks zurückkam, einer davon mit Eis. »Laforgue hätte gewusst, wovon er sprach, wenn er nur einmal zur Vorlesungszeit in Oxford gewesen wäre, ohne mit der Universität zu tun zu haben. Du kannst es dir nicht vorstellen. Man trottet von einem kleinen Laden zum anderen, um seine Lebensmittel einzukaufen, hier Brot, dort Fleisch, im nächsten Laden Salat, und alle sind ungeheuer freundlich. Nur das macht das Ganze erträglich. Die englischen Ladenbesitzer sind furchtbar nett, nicht wie die in New York, die offenbar der Meinung sind, dass du ihren Laden nur deshalb betrittst, weil du beleidigt werden willst. Aber es zermürbt dich trotzdem. Manchmal gehe ich auf den Markt und stelle mich in einer ewigen Schlange an, um bei Palme's richtig guten Käse und ein hervorragendes Brot zu kaufen. Aber meistens gehe ich zu Marks & Spencer und kaufe fertige Shepherd's Pie aus Hackfleisch und Kartoffelbrei. Hugh murrt dann zwar ein bisschen, aber er wird ständig eingeladen zu eleganten Dinners irgendwo, und sogar er gibt zu, dass in dieser Küche nur ein viktorianischer Koch funktionieren könnte. Höhepunkt der Woche ist schließlich mein Besuch im Waschsalon. Man geht entweder abends hin und trifft die Erstsemester, oder man geht tagsüber und begegnet den Frauen junger Dozenten. Am Abend ist die Gesellschaft besser. Diese Ehefrauen! Ich kann mir nicht vorstellen, wie England je eine Germaine Greer assimilieren konnte. Ich habe noch kein Land gesehen, in dem die Frauen so ein Sklavendasein führen. Natürlich sind amerikanische Frauen als Gäste kaum besser. Sieh mich an. Ach, Kate, du bist eine herrliche Abwechslung. Und du wirst sicher unendlich erleichtert sein zu hören, dass wir zum Dinner ausgehen. Also, was ist das für eine alte Geschichte, die du da ausgräbst, und warum? Und wie geht es Reed?«

»Reed geht es gut. Die anderen Fragen brauchen etwas mehr Zeit und etwas mehr Whisky. Wie um alles in der Welt bist du an dieses außergewöhnliche Haus geraten, Phyllis?«

Phyllis gluckste. »Ich antworte wie dieses Mädchen vom Vassar, das auf die Frage, wie es zur Prostitution gekommen sei, antwortet: reine Glücksache. Den Ausschlag haben die Badezimmer gegeben, außerdem herrscht hier während des Semesters ein unglaublicher Wohnungsmangel. Dazu muss ich noch sagen, Hugh hat sich natürlich erst dann entschlossen, ein ganzes Jahr am Clarendon zu verbringen, als wir praktisch schon auf dem Weg zum Flughafen waren; und dieses Haus war kurzfristig zu mieten. Irgendwer muss beim bloßen Gedanken an die vielen Treppen zusammengeklappt sein. Das Einzige, was ich von dem Haus vorher wusste, war, dass es drei Klos und zwei Badezimmer hat. Das andere Haus, das wir hätten mieten können, hatte bloß ein stilles Örtchen im Erdgeschoss und ein Badezimmer ohne Örtchen im zweiten Stock, und man schlief, sicher schön unruhig, oben unter dem Dach. Ich bin einfach zu sehr Amerikanerin, um ohne ein eigenes Badezimmer auszukommen, wenn ich auch, wie du siehst, auf die meisten anderen Annehmlichkeiten verzichten kann. Ich glaube, die Lady, der das Haus gehört, hatte ursprünglich vor, mehrere Wohnungen daraus zu machen; deshalb so viele Badezimmer. Die Engländer, habe ich festgestellt, betreten es einmal morgens nach dem Aufstehen und dann den ganzen Tag nicht mehr. Man sollte das nicht für möglich halten bei all dem Tee, aber ihre Blasen werden ohne Zweifel von Geburt an darauf trainiert. Außerdem haben wir hier eine hervorragende Heizung, das heißt: Wenn man über Nacht ein Glas Wasser hinstellt, ist es am anderen Morgen nur beinahe zu Eis geworden. Und es gibt jede Menge heißes Wasser, eine großartige Sache, jedenfalls bis man merkt, wie es erzeugt wird – von einem Monstrum von Heißwassergerät, das so viel Krach macht wie eine Düsenmaschine und himmelschreiende Kosten verursacht. Wir haben ein Erdgeschoss und drei Stockwerke, zwei Zimmer pro Etage, was sehr praktisch ist, wenn man Gäste hat; man kann sie schichtweise einlagern. Hugh nennt es eine vertikale Ranch. Da ich dem wunderbaren englischen Bier in den wunderbaren Pubs nicht widerstehen kann, ist es tröstlich zu wissen, dass man sich die Kalorien täglich auf den Treppen wieder abstrampelt. Und deshalb bin ich hier. Unsere Straße ist übrigens eine Art Zwischenzone: Wenn ein Lehrer so weit war, dass er heiraten konnte, dann wohnte er zuerst hier, am Woodstock-Ende. Die Arbeiterklasse wohnt am Walton-Ende. Der Neubau da drüben ist für das St John's; aus der St Bernard's Road wird also noch etwas. So, jetzt bist du dran. Lass hören, was du zu erzählen hast. Hoffentlich sind es hübsch ausgefallene Sachen.«

Kate schleuderte die Schuhe weg und zog die Füße unter sich auf den Sessel. Dass es keine Tische gab, erklärte sich zum Teil dadurch, dass man ein Glas leicht auf den breiten Armlehnen der alten Sessel abstellen konnte. In einem Buch hatte sie gelesen, dass die von ihr ungeheuer bewunderte Colette gesagt hatte, Freundschaft drücke sich, genau wie die Liebe, am wahrhaftigsten im Zwiegespräch aus. Ihr wurde klar, dass eines ihrer Probleme in den vergangenen Jahren daher rührte, dass der Alltag solche Gespräche nicht mehr zuließ. Diejenigen, mit denen sich ein Gespräch lohnte, waren zu beschäftigt, und die, die Zeit hatten, waren zu langweilig. Um zu sich selbst zu finden, hatte sie dann gelegentlich die Einsamkeit der Hütte gesucht, die ihr Reed, vielleicht als Ersatz für nicht vorhandene Freundschaften, geschenkt hatte. Oder fand man, wenn die Jugend erst einmal vorüber war, nur noch zu Gesprächen mit Menschen, die ähnliche Interessen hatten oder denen man, wie Phyllis, außerhalb des eigenen Dunstkreises begegnete, also dort, wo beide nicht gleich wieder der gewohnten Schwerkraft unterlagen? Sie fragte Phyllis.

»Du gleichst immer mehr einem Psychiater oder einem dieser jüdischen Komödianten, der ständig eine Frage mit der nächsten beantwortet. Natürlich weiß ich genau, was du meinst. Nie in meinem Leben bin ich so einsam gewesen, und ich habe nicht, wie du gerade, ein paar Schriftstellerinnen entdeckt, um die ich meine Gedanken kreisen lassen kann. Ich muss dir gestehen, mein größtes Ziel ist es, einmal im Speisesaal eines dieser Männer-Colleges zu essen. Hugh sagt, das ist immer noch unmöglich, und selbst wenn er für mich eine Einladung in eines dieser Colleges ergattern könnte, die zugeben, dass Frauen existieren – schließlich bin ich berufstätig, eine für ein Jahr beurlaubte Schuldirektorin, was aber niemanden zu interessieren scheint –, wäre es einziger Krampf, und ich würde mich sehr verlassen fühlen. Die lieben armen Dozenten haben seit Ewigkeiten nicht mehr mit Frauen an einem Tisch gesessen, sagt Hugh; denen würde bestimmt das Essen im Halse stecken bleiben. Entweder sind es nämlich Junggesellen, die in ihrem College leben, oder es sind verheiratete Männer, die ihre armen Frauen und Kinder daheim bei Milch und Cornflakes zurücklassen und selbst in den Speisesaal gehen, um fein zu essen und sich ordentlich bedienen zu lassen. Schließlich gehört ein ausgedehntes und raffiniertes Dinner zu den persönlichen Vorrechten eines Oxforder Universitätslehrers. All diese Regeln entstanden, bevor Lehrer überhaupt heirateten. Ich denke, dass sie mit Erleichterung ihre Häuslichkeit verlassen und sich in sichere männliche Gefilde zurückziehen ... Aber auch die sind – zu meiner Freude – in Gefahr und können nicht länger als ein sicherer Zufluchtsort gelten. Einige Colleges, wie zum Beispiel

Exeter, haben nie eine Frau in ihren Speisesaal gelassen und beteuern, das auch in Zukunft nicht zu tun. Was nicht heißen soll, dass die lieben Engländer ihren *männlichen* Gästen gegenüber besonders gastfreundlich wären. Einige prominente amerikanische Professoren sind an sozialer Kälte gestorben. Und doch, verdammt noch mal, liebe ich die Bäume und Gärten und Rasen noch immer abgöttisch. Manchmal sehe ich mir im Magdalen-Park die Rehe an und denke, dass man sie hergebracht hat, damit die Jungs von den großen Landsitzen sich wie zu Hause fühlten. Und wahrscheinlich glauben die Nachkommen dieser Jungen, dass Frauen genauso gehalten werden sollten wie Rehe: nett und eingesperrt. Diese Welt ist nicht mehr, aber sie hatte ihre Reize.«

»Und was für Reize«, seufzte Kate. »Stell dir einmal das Leben in den Zwanzigerjahren unseres Jahrhunderts vor. Da wurden gemischte Gesellschaften nach festen Regeln abgehalten, und damals war, wie L. P. Hartley es ausgedrückt hat, Hoffnung auf die Zukunft noch ebenso selbstverständlich wie heute die Angst vor ihr. Phyllis, wenn ich noch ein nostalgisches Wort sage, gib mir eins hinter die Ohren.«

»Ich gebe dir höchstens noch einen neuen Scotch«, sagte Phyllis. Sie ging hinaus und kam mit der Flasche zurück. Eis gab es, wie angekündigt, nicht mehr. Sie stellte die Flasche zwischen ihnen auf den Boden. Kate schenkte ein. »Aber ich verstehe nicht«, sagte Phyllis,

»was du hier vorhast, außer mich zu retten. Müsste ich von Dorothy Whitmore gehört haben?«

»Eigentlich nicht. Wir waren beide zu jung für den Film, der nach ihrem Roman gedreht wurde. Sie war eine gute Freundin von Cecily Hutchins. Also, am besten lege ich die Karten auf den Tisch und erzähle dir die ganze Geschichte. Kennst du Max Reston?«

»Aber sicher. Er kennt Hugh durch seinen Bruder, Restons Bruder, meine ich. Ab und zu taucht er auch im Cosmopolitan Club auf, ich meine Reston, nicht seinen Bruder.«

»Vor Kurzem ist er dort sogar mit mir aufgetaucht, aber das kommt später. Begonnen hat es im März, als ich draußen in dem Landhaus war, das Reed mir geschenkt hat. Aber davon habe ich dir wohl auch noch nicht erzählt. Langsam höre ich mich an wie meine älteste Schwägerin, die beim Erzählen immer so weit zurück-greift und keinen Punkt auslässt, dass ich mich frage, ob sie absichtlich langweilig ist. Niemand kann nur aus Versehen so ein Langweiler sein.«

»Du langweilst mich nicht. Was Langeweile wirk-lich bedeutet, habe ich erst in den letzten Monaten hier gelernt.«

Kate erzählte schließlich ihre Geschichte, und zwar, wie sie fand, fast auf Schwägerinnen-Art. Sie schloss mit dem Geständnis ihrer abgrundtiefen Aufregung bei dem Gedanken an die Lektüre der Briefe von Dorothy Whitmore, die, das hatte sie bereits herausgefunden, in der Somerville-Bibliothek lagen. »Die Whitmore hat ihre Briefe der Mutter von Max hinterlassen, und der hat sie dem Somerville College übergeben. Ich bin ganz ungeduldig, sie während meines Besuchs hier lesen zu können. In Sachen Whitmore ist deine Situation eine äußerst glückliche Fügung.« Das brachte sie auf Gerry Marston. Kates Bericht war, wie unter Freundinnen, die sich auf Konversation verstanden, üblich, voller Abschweifungen. Doch stets fand sie wieder zum Hauptstrom zurück, ganz wie in der mittelalterlichen Literatur.

»Willst du damit sagen, dass Max sie getötet hat?«, fragte Phyllis.

»Nein, natürlich nicht. Zumindest glaube ich das nicht. Max mag jemanden durch Verachtung zu Eis erstarren lassen, aber Gewalttätigkeit ist nicht sein Stil. Selbst wenn er einen noch so geringfügigen Grund gehabt hätte, sie zu töten. Was ja nicht der Fall war. Max ist ein wahrer Gentleman, das heißt, er ist nie zufällig unhöflich zu jemandem, aber bestimmt gehen noch nicht einmal seine vernichtendsten Gedanken bis zur schweren Körperverletzung. Seltsam ist das Ganze allerdings schon. Und deswegen bin ich so wild darauf, mehr über die Whitmore und die Hutchins zu erfahren. Phyllis, müssen wir wirklich ausgehen? Könnten wir nicht hier eine Shepherd's Pie von Marks & Spencer vertilgen und uns in aller Ruhe einen antrinken?«

»Warum nicht? Ich habe sogar Bier im Haus, in Pfandflaschen, Gott segne die Engländer. Ich schalte jetzt den Herd ein, dann können wir in drei Stunden essen. Die Explosion, die du gleich hören wirst, gehört zur häuslichen Inszenierung, also keine Panik bitte.«

Als sie nach wenigen Augenblicken zurückkam und die angekündigte Explosion ausgeblieben war, verkündete sie, dass ihr eine Idee gekommen sei. »Wir essen keine Shepherd's Pie und trinken kein Flaschenbier, sondern bummeln den Fluss entlang nach Binsey und essen im Garten des Perch Sandwiches mit Käse und Pickles. Bist du immer noch die größte Wanderin aller Zeiten?«

»Immer noch. Ich erinnere mich an den Weg, an die Boote und die Schwäne.«

»Die gibt es immer noch«, versicherte Phyllis, »und dazu eine Menge herumliegenden Abfall, wie leider überall auf der Welt. Ich brauche dir ja nicht zu sagen, dass man in England nicht zurechtkommt, wenn man sich nicht als Erstes die Öffnungszeiten merkt – warum sollten uns die Engländer das Leben auch leicht machen und zulassen, dass man dann einen Schluck trinkt, wenn einem danach zumute ist? Aber so bekommt mein Tag wenigstens eine Struktur. Das sieht dann so aus: Ich gehe zum Markt, und auf dem Rückweg hat das Lamb & Flag auf, wo ich ein Bier trinke. Jetzt haben wir noch Zeit für einen Drink und um uns etwas zurechtzumachen. Wenn wir zurückkommen, wird Hugh zu Hause sein, und von ihm erfährst du dann alles über Oxford aus der Sicht des Mannes. Glaube mir, verglichen mit dem Leben einer Frau hier, die nicht das Glück hat, irgendwo dazuzugehören, ist es der Himmel auf Erden; auch wenn Hugh permanent darüber stöhnt, dass englische Tierliebe aus einer Labormaus gleich eine Staatsaffäre macht. Irgendwer aus Hughs Labor ist jedenfalls wegen Tierquälerei von Garnelen vor den Kadi gekommen, ob du es glaubst oder nicht.«

Sie brachen in eine Richtung auf, die man gewöhnlich keinem Gast empfiehlt, der nach All Souls eingeladen ist. Sie wanderten dem – wie Phyllis es genannt hatte – Arbeiterklassen-Ende der St Bernard's Road entgegen und kamen an einem Pub vorbei, das offensichtlich der Treffpunkt der dortigen Jugend war. Weder Abfall noch Lärm ließen den Schluss zu, Englands Heranwachsende könnten in Fragen der Ordentlichkeit und Zurückhaltung ihren amerikanischen Generationsgenossen etwas voraushaben. »Leo würde es gefallen«, sagte Kate, »dass man in England offenbar mit dem Biertrinken schon vor der Pubertät anfangen kann. In den Staaten muss er dauernd nachweisen, dass er schon achtzehn ist, und das ist schwierig, weil er es eben noch nicht ist.«

Sie überquerten die Walton Street und gingen die Walton Well Road hinunter. Unmittelbar danach kamen sie zu der Brücke, die über die Bahngleise führte. Von dort hatten sie einen ungehinderten Blick auf eine Fabrik –

was sie produzierte, war nicht auszumachen –, und schon waren sie auf dem Land. Dieser schnelle Übergang von gepflasterten Straßen zu Feldern gehörte für Kate zum Wesen Englands (was immer das hieß), und sie fragte sich, wie lange England diesen Charakter wohl gegen das Ausufern der Vorstädte und Wohnblocks würde bewahren können. Bisher war die Stadtplanung in England ebenso wie der Rundfunk dem amerikanischen System überlegen, die Architektur der Städte dagegen nicht. Sie überquerten den Fluss, gingen durch ein Tor und waren nun auf dem Treidelpfad zum Perch. Das ganze Anwesen wirkte, zumindest von außen, so pittoresk, dass Kate sich, wie stets in solchen Momenten, fragte, ob sie sich nicht eine Arbeit in England suchen sollte und ein Landhaus in der Nähe. Vielleicht hatte Phyllis, die jetzt an der St Bernard's Road auf den Sandbänken der Langeweile gestrandet war, einmal den gleichen Traum gehabt.

Sie gingen hinein, wo alles recht modern war, bekamen ihre Sandwiches mit Käse und Pickles, bestellten jede ein Pint Bier und gingen durch einen Raum voll lauter Unbeschwertheit in den Garten. Hier waren sie, so wollte es der Zufall, allein, wahrscheinlich, weil die Engländer, ordentlich und zivilisiert, ihr Bier nur in geschlossenen Räumen trinken. Auf dem Dach des Pubs hockten zwei große weiße Tauben mit zu Fächern gespreizten Schwanzfedern und sahen aus wie auf einer Zeichnung von Blake.

»Das ist keine Halluzination«, sagte Phyllis, als sie Kates Blick folgte. »Die leben hier. Sie mausern oder brüten oder machen gerade sonst etwas, wobei sie still sitzen müssen. Deshalb sehen sie wie Statuen aus. Hugh und ich haben vor Kurzem mit ihrem Besitzer gesprochen. Also, Kate, jetzt beginnen deine Abenteuer mit der Oxforder Nachkriegsgeneration. Du hältst mich doch auf dem Laufenden, ja? Ich komme mir vor wie eine dieser gelangweilten Frauen, die anfangen zu töpfern oder zu backen, wenn die Kinder in die Schule kommen, weil niemand sie mehr braucht, außer sie selbst. Wir glauben immer, wir wünschen uns ein Leben voll Spontanität und Improvisation, wenn wir in die Jahre gekommen sind, aber so improvisiert wie das hier hatte ich es mir nicht vorgestellt.« Für einen Moment konnte man die Langeweile und die Niedergeschlagenheit hinter ihrem munteren Gerede spüren.

»Ganz sicher halte ich dich auf dem Laufenden«, sagte Kate. »Teilen wir uns noch ein Sandwich mit Käse und Pickles?«

Zehn

So ließ sich Kate in einer der Fensternischen der Somerville-Bibliothek mit Blick auf die Tennisplätze und die großen Buchen dahinter nieder und widmete sich den Briefen der Whitmore. Vor allem die Briefe, die Dorothy aus Frankreich, wo sie im Frauenkorps der britischen Army diente, an ihre Familie geschrieben hatte, faszinierten sie. Nachts hatte sie bei Kerzenschein ihre Geschichten geschrieben und sie den Männern zum Spaß erzählt. Natürlich war sie aus dem Krieg zurückgekehrt mit der Vorstellung, sie könnte die Welt retten. Der Völkerbund und all diese Dinge … Niemand konnte die Welt retten. Aber wie wunderbar, es wenigstens für eine kurze Zeit geglaubt zu haben.

Kate las die Briefe, blickte hinaus in das Hofviereck und versuchte sich vorzustellen, wie es damals ausgesehen haben mochte, als die Whitmore am Michaelstag 1919 zurückgekommen war. Das folgende Jahr war das letzte ihres Studiums. Das Statut, nach dem auch Frauen Examina ablegen durften, trat in Kraft, und die erste feierliche Diplomverleihung, an der Frauen teilnahmen, hatte das Sheldonian gewiss verändert, dachte Kate. Sie war wohl eine Zeremonie geworden, wie sie Regisseure in den unschuldigen Tagen des Hollywood-Films gern ans Ende ihrer Streifen stellten. Mit den Worten von Vera Brittain: »Von den Rängen der Aula des Sheldonian, wo alles erfüllt war von dem Bewusstsein eines erfüllten Traumes, sahen junge und ältere Zuschauer hinab ... auf eine komplizierte Zeremonie. Dann öffneten sich die großen Türen am Südflügel, und die fünf ersten examinierten Frauen betraten in Barett und Talar den Saal ... Nach einem Moment der Stille hallte die Aula wider von spontanem Applaus, und der Vizekanzler erhob sich, um an diesem historischen Platz die ersten Frauen in den Kreis der ›Masters of Arts‹ aufzunehmen.« Für die Welt draußen hatte das Parlament den Frauen das Stimmrecht zugestanden und Oxford damit von der Gefahr der Exzentrizität befreit. Kate stellte sich vor, wie 1920 der ungewohnte Anblick von Frauen, die in Talaren und Studententrachten auf Fahrrädern durch die Stadt sausten und genau wie heute beim Läuten der Glocken in Säle eilten, die Hoffnung auf Fortschritt beflügelt haben mochte. Es musste tatsächlich eine Zeit voller Erwartungen gewesen sein. Und der Krieg war natürlich vorüber und würde nie zurückkehren.

Morgens, bevor Kate ihr Hotel verließ und ins Somerville fuhr, wurde ihre Post zugestellt. Auch darin hatte England sich, wenn auch widerstrebend, dem allgemeinen Standard angepasst. Es gab nicht mehr mehrere Zustellungen pro Tag. Nur wenige erinnerten sich noch an Zeiten, als man beim Lebensmittelhändler per Postkarte bestellte und der noch am selben Tag lieferte. Immerhin kam die Post vor neun Uhr morgens, sodass man bei Tagesbeginn wusste, woran man war.

Am Morgen des sechsten Tages erhielt Kate drei Briefe. Als ersten öffnete sie den von Reed. Im vorletzten Absatz versicherte er ihr, dass der Wirbel am St. Anthony's sich entwickelte wie erwartet. Die Lehrerschaft zeigte sich von den Neuigkeiten wie betäubt, und das nach Reeds Vermutung nicht zuletzt deswegen, weil sie durch Schüler davon erfahren hatte. Ihre Reaktionen waren unterschiedlich ausgefallen, und Leo und die übrigen Schüler hatten, wie Reed vorausgesehen hatte, eine Reihe spitzer Bemerkungen einstecken müssen. Das werde aber, meinte er, vorbeigehen. Sie solle sich keine Sorgen machen. Er habe Leo gebeten, ihr zu schreiben.

Leos Brief, den Kate als nächsten öffnete, war außerordentlich beruhigend, weil er auf die Angelegenheit mit keinem Wort einging. Leo hatte offenbar begriffen, dass sein Brief sie in erster Linie beruhigen sollte. »Liebe Kate«, schrieb er, »hier läuft alles prima. Keine besonderen Vorkommnisse, obwohl Reed sagt, er würde Dir schreiben, was los ist. Ich habe alle Bücher gelesen, die ich erst für die Schlussexamen Ende Mai hätte lesen müssen. Wie Du weißt, habe ich im letzten Semester nur Mistkurse belegt (mit denen er – und er wusste, dass

Kate es wusste – Literaturkurse meinte). Warum schaust Du Dir trotz all Deiner hochtrabenden Unternehmungen nicht mal ein richtiges Fußballspiel an? Fußball ist in Europa und Südamerika das Spiel der Spiele, und Du solltest Dir eins ansehen, auch wenn es kein Spiel der Tabellenersten ist. Ist wirklich super. Wenn es geht, setz Dich neben einen, der Dir die Spielzüge erklären kann. Du schaffst das bestimmt. Herzlich, Leo.« Kate bewunderte Leos Beruhigungstalent und die Art, wie er mit dem nächsten Schlenker selbst aus der Ferne wieder den sicheren Boden des Sports erreichte.

Der dritte Brief war um einiges dicker und stammte von Crackthorne.

»Liebe Kate«, schrieb er, »das Ende der Basketball-Saison gibt mir die Zeit, für Sie ein paar literarische Recherchen anzustellen. Ich habe einiges von Graves wiedergelesen, und natürlich war er mit Ihrem Verein nicht nur in Oxford, sondern auch am Somerville! Nicht, dass er die Whitmore, die Hutchins oder andere Studentinnen erwähnt, aber man bekommt auf alle Fälle ein anderes Bild von dem Leben dort, wenn es das ist, was Sie suchen. Ich brauche wohl nicht hinzuzufügen, dass Somerville ein Lazarett war, als Graves vor seiner Demobilisierung dorthin kam. Eine Zeit lang war er am Wadham, wo er Offiziere ausbildete. Aber die deprimierende und harte Arbeit setzte ihm so zu, dass er wieder am Somerville landete. Dort lümmelten sich die Männer in Pyjama und Morgenmantel herum, und manchmal schlenderten sie in diesem Aufzug sogar die St Giles' hinunter. Was war nur aus Oxford geworden? Aber das gesellschaftliche Leben war – wie Graves in diesem Zusammenhang betont – aus den Fugen geraten. Der Lehrer, der ihm bei seinem Eintritt ins College (wohl gleichzeitig mit Ihrer Clique) als Tutor zugewiesen wurde, war nun Korporal und salutierte bei jeder Begegnung mit Graves, dem Captain. Aldous Huxley, über den wir uns bei dem großen Basketball-Sieg von St. Anthony's unterhalten haben, war auch dort – als eines der wenigen im Hause lebenden Erstsemester. Graves pflegte Garsington zu besuchen, wohin jeder, aber wirklich jeder, ging, meine Liebe. Clive Bell hat den Krieg als Kuhhirt auf der Garsington-Farm hinter sich gebracht. Alle Kriegsdienstverweigerer versammelten sich dort, offenbar weil die Morrells Pazifisten waren. Aber ich werde mich nicht von Graves' Geschichten mitreißen lassen.

Als Graves schließlich den Dienst quittierte und nach Oxford zurückging, besuchte er das St John's College, wohnte aber mit all den anderen Dichtern auf Boar's Hill. Ich wette, Ihr Trio ist auch dort gewesen. Und mehr noch: Graves heiratete eine Feministin, die sich erstaunlich modern anhört und Whitmore & Co. ziemlich gut gekannt haben muss. Graves' Frau behielt ihren Mädchennamen, war Atheistin (›Gott ist ein Mann, also kann das alles nur Quatsch sein‹, war ihr unvergesslicher

Kommentar) und hätte sich fast geweigert zu heiraten, als sie am Tag ihrer Hochzeit zum ersten Mal den Text der vorgesehenen Trauzeremonie las, ganz wie die Lady in Shaws Stück. Ich wünschte, Graves hätte Ihre Leute einmal erwähnt, aber er kam offenbar nicht mehr nach Somerville zurück; er hatte zu viel zu tun damit, T. E. Lawrence am All Souls zu treffen, dem frauenfeindlichen Ort par excellence. All das wäre sicher eher ein Gespräch bei einem Basketball-Spiel wert als einen Briefwechsel zwischen zwei Wissenschaftlern oder gar zwischen einem Doktoranden und seiner Sponsorin. Aber Sie haben inzwischen ohne Zweifel bemerkt, dass mir Frivolitäten liegen. Um noch einmal auf All Souls zurückzukommen: Graves und Lawrence (wieder T. E., D. H. widmete sich stets ernsteren und wichtigeren Dingen) hatten einmal vor, dem Magdalen College die Rehe zu stehlen und sie in den kleinen Innenhof von All Souls zu schaffen. Der Plan platzte leider, sonst wäre den Rehen vielleicht etwas geglückt, was den Frauen nie gelungen ist. Lassen Sie es sich wohl ergehen, liebe Kate, und schicken Sie einmal eine Postkarte an Ihren ergebenen Freund und Verehrer

John Crackthorne«

Kate kicherte. Entweder hatte Crackthorne noch nichts von Leos Kalamitäten gehört, oder er hatte sich entschlossen, sie zu ignorieren. Vielleicht dachte er auch, Kate wüsste noch nichts davon. Ein Brief über den Atlantik war kaum das richtige Medium für so ein delikates Thema. Kate verließ das Hotel und holte sich hinter dem Haus ihr Fahrrad, ein Transportmittel, dessen die Gäste des teuersten Hotels von Oxford sich in der Regel nicht zu bedienen pflegten. Mit entsprechender Missbilligung sahen die Angestellten denn auch auf ihr Fahrrad herab, bis die Höhe des Trinkgelds sie in Verwirrung stürzte. Kate war es ein Vergnügen, nun von ihren Briefen zu denen der Whitmore zu radeln, und sie freute sich schon auf den Nachmittagstee bei Phyllis und Hugh.

»Wir können, wenn du unbedingt willst, Tee trinken«, sagte Phyllis, »aber ich habe auch etwas Härteres in petto, falls Hugh nicht erscheint.« Doch Hugh erschien. Es war Kates erste Begegnung mit ihm in Oxford. Als sie an jenem Abend aus Binsey zurückkamen, war er nicht zu Hause gewesen. Er begrüßte Kate mit einer Geste, die für ihn wohl schon Überschwang bedeutete. (Kate dachte automatisch an Watsons Schilderung von seiner Versöhnung mit Holmes: »Er zeigte nicht gerade Überschwang. Das tat er selten. Aber ich glaube, er war froh, mich zu sehen.«)

»Du musst mir verzeihen, Kate«, sagte Hugh, »und mir deine Nachsicht dadurch beweisen, dass ich etwas für dich tun darf. Soll ich mit dir und Phyllis Boot fahren, euch zu einem Cricket-Spiel mitnehmen oder zu einem Bootsrennen – was darf es sein?«

»Wenn Sie so liebenswürdig sein wollen, Sir«, antwortete Kate und dachte an Leos Brief, »dann würde ich gern ein Fußballspiel der Profiliga sehen.«

»Ein was bitte?«, fragte Phyllis.

»Um Gottes willen, Phyllis«, sagte Hugh, »wo lebst du denn? Jeder redet doch darüber. Aber ich wusste nicht, dass Leute auch wirklich hingehen. Ich dachte, diese Spiele wären gefährlich und arteten in Schlägereien aus, bei denen die Leute sich gegenseitig die Torpfosten auf die Köpfe hauen.«

»Prima«, sagte Phyllis. »Das hört sich nach Randale und damit furchtbar unenglisch an. Da gehen wir hin.«

»Phyllis, mein Liebes«, sagte Hugh und griff nach einem Rosinenbrötchen, »ich weiß nicht, was in diesem Jahr über dich gekommen ist. Du hast früher nie etwas nur deswegen unternommen, weil ich dagegen war.«

»Ich weiß, mein armer Hugh, ich weiß. Ich werde das Fußballspiel also lassen«, sagte Phyllis und sank so tief in die zusammmenbruchgefährdete Couch, dass ihre Schultern und Knie auf einer Höhe waren. »Es ist diese schrecklich maskuline Lebensart hier, die mich fertigmacht. Vielleicht würde ein Mann, der in Oxford lebt, nicht das Geringste mit der Universität zu tun hat und dann eine Professorin heiratet, genauso leiden. Aber ich bezweifle das, selbst wenn solch eine Situation denkbar wäre. Er wäre dann Schriftsteller oder Laborgehilfe oder Busfahrer oder *sonst etwas*: Du machst dir keine Vorstellung, wie zufrieden die Frauen in England mit ihrem Sklavinnendasein sind, wenn sie keinen Beruf ausüben.«

Hugh kicherte, und während Kate ihm zuhörte, spürte sie plötzlich mit großer Gefühlsaufwallung, warum diese Ehe fünfundzwanzig Jahre so triumphal überdauert hatte. »Ich liebe es gar nicht, der anderen Seite Recht zu geben«, sagte er, »aber weißt du, ich finde es auch erstaunlich – hilfsbereiter und liebevoller amerikanischer Ehemann, der ich bin, und verheiratet mit einer Frau, die neben anderen Qualitäten Verstand und einen eigenen Willen besitzt. Ich werde zum Beispiel zum Tee eingeladen – meine Liebe, du hast keine Vorstellung, wie oft. Die armen Kerle glauben, sie müssten mich wenigstens einmal zu sich nach Hause einladen, und ein Dinner ist zweifellos eine teure Angelegenheit und ein Horror. Und, Kate, es ist wirklich so, als hätten diese Männer eine perfekt funktionierende Dienerin. Wir kommen an, werden charmant begrüßt, die Frau benimmt sich wie eine kleine Geisha, der die Faszination, die dieser Job eigentlich erfordert, abhandengekommen ist. Dann wird der Tee serviert. Ich meine, da wird wirklich aufgefahren, alle möglichen Sorten Kuchen und Sandwiches und was sie sonst noch in stundenlanger Arbeit zusammengebruzzelt hat, und nachdem wir uns vollgestopft und ihr gesagt haben, wie gut der Tee war, stehen wir auf und gehen. Ich bedanke mich höflich, und ihr Mann, mein Kollege, gibt ihr einen flüchtigen Kuss und sagt übersetzt: ›Warte nicht auf mich, wenn ich da bin, bin ich da.‹ Ich will es nicht leugnen: Als die Frauenbewegung in den Staaten in Gang kam, träumte ich oft von einer kleinen, fügsamen Frau, deren Leben sich nur um mich dreht, aber weißt du, ich habe entdeckt, dass das nicht nur peinlich ist, sondern auch schlecht für den Charakter. In unserem Labor arbeitet eine Frau, mit der ich mich darüber unterhalten habe. Sie ist eine sehr wichtige Frau, die ihren Job versteht. ›Ach, ja‹, sagte sie, als hätte ich sie gefragt, warum manche Männer in Oxford während der Achter-Woche nichts mit Ruderbooten zu tun haben wollen: ›Die meisten englischen Frauen haben kein Interesse an Befreiung.‹ Es klang, als spräche sie über Backgammon oder, mehr von oben herab, über eine neue, vorübergehende Mode. Und dabei ist sie, um das schreckliche Wort zu gebrauchen, weitaus befreiter als jede amerikanische Frau, der ich bisher in meinem Beruf begegnet bin. Macht ihre Arbeit, ist froh, sie zu haben, und fertig.«

»Hugh«, sagte Phyllis und starrte ihn an, »das ist die längste Rede, die du jemals in meiner Gegenwart gehalten hast, seit deinen ersten Ausbrüchen des Entzückens über mich seinerzeit. Mehr noch, es ist der größte Tribut, der je der amerikanischen Frauenbewegung gezollt worden ist. Vergib mir, dass ich überhaupt an das Fußballspiel gedacht habe.«

»Ich hätte dir dabei ohnehin keine Hilfe sein können,

meine Liebe. Ich mache mir nicht viel aus dem Herumgehüpfe der unteren Klassen. Mein Angebot bezog sich nur auf elegante Oxforder Ereignisse. Ich hatte so etwas wie einen angenehmen Nachmittag auf dem Balliol-Cricketfeld im Sinn. Das Angebot gilt noch immer. Leben Sie wohl, meine Damen. Ich bin froh, Kate, dich endlich wiedergesehen zu haben.«

»Auf diese Weise verschwindet er immer«, sagte Phyllis, als Hugh gegangen war.

»So läuft das also mit den Einladungen zum Tee. Vielleicht sollte jede Frau ein Jahr das Heimchen am Herd spielen. Danke deinem Schicksal, dass es für dich keine lebenslange Verpflichtung wird. Aber ich muss zugeben«, lachte Kate, »er ist mit unziemlicher Hast in seine gepflegte männliche Welt zurückgeschlüpft. Immerhin hat sie aus ihm einen Feministen gemacht, das sollten wir nicht vergessen.«

»Stimmt. Erzähl mir von der Whitmore – das ist schöner als jede Seifenoper.«

»Ich hoffe, ihr Leben war nicht so«, sagte Kate.

»Ich meine Seifenoper nur als tägliche Fortsetzungsgeschichte. Außerdem weiß ich nicht, was diese ganzen Vorurteile gegen Seifenopern sollen. Sie sind bloß die weibliche Version des Melodrams und oft viel besser. Jedenfalls habe ich von deiner Whitmore und ihren Freundinnen Cecily und Frederica Tupe – was für ein sagenhafter Name! – den Eindruck, dass sie zumindest anfangs, bevor die Tupe eine Reston wurde und Cecily eine Ricardo, eine klarere Vorstellung von ihrem Leben hatten als wir heutzutage von unserem. Oder entwirft man sich da ein falsches Bild von dieser Zeit?«

»Ich glaube nicht, dass es damals so anders war als heute«, sagte Kate. »Als die Whitmore, die Hutchins und die Tupe nach London gingen und als Freischaffende von eigenen Einkünften und einer kleinen Unterstützung ihrer Familien lebten, haben bestimmt genauso viele Leute die Augenbrauen hochgezogen wie heute. Es scheint klarer, weil sie ungewöhnlich genau wussten, was sie wollten. Leute, die wissen, was sie wollen, sind immer ungewöhnlich, vor allem dann, wenn das, was sie wollen, nicht auf den Wegen liegt, die die Gesellschaft ihrer Jugend vorschreibt. Die Schule von Dorothy Whitmore wurde im Krieg bombardiert – ich meine, von feindlicher Schiffsartillerie beschossen. Sie entdeckte nicht nur, wie aufregend das alles war, wie aufregend es war, eine von denen zu sein, die in der Schule an der Küste zurückgeblieben war, als ängstliche Eltern ihre nach Ansicht der Whitmore weniger glücklichen Töchter dort abgeholt hatten. Sie erlebte, dass Mut keine den Männern vorbehaltene Tugend ist. Ich meine Mut, wenn rundherum geschossen wird. Ein junger Mann aus der nahe gelegenen Stadt griff sich damals, als die Bombardierung begann, ein Pferd und ritt fast eine Gruppe Kinder über den Haufen, als er sich davonmachte. Gleichzeitig halfen die

Frauen in der Schule allen ruhig und besonnen. Später hat sie dann einen Bruder im Krieg verloren und wusste, dass sie den gleichen Mut aufbringen musste wie er, also ihr Leben einsetzen und der Welt beweisen, dass er seines nicht umsonst eingesetzt hatte. Das war natürlich auch der Grund, warum sie zur Army ging.«

»Was hat sie im Krieg eigentlich gemacht? Krankenpflege?«

»Nein, sie war richtig in der Army – Queen Mary's Hilfskorps hieß es exakt. Das war alles sehr gewagt und neu damals, und sie war Sergeant. Ließ die Mädels in Reih und Glied marschieren und bellte Befehle: ›Links marsch, marsch, Augen rechts‹ – es muss ein großer Spaß gewesen sein für eine Frau, die nie damenhaft sein wollte, wie eine Walküre gebaut war und aussah wie Pallas Athene.«

»Einen Offiziersrang hatte sie also nicht, obwohl sie vom Somerville kam?«

»Nein. Ich glaube, den hatten nicht viele Frauen, bis auf die Krankenschwestern, die fürchterlich isoliert waren, die armen Dinger. Sie durften nicht mit den Soldaten in die Kneipe gehen und sich auch nicht mit den Offizieren treffen. Als die Whitmore schließlich in Frankreich in einer Nachrichteneinheit landete, gab es dort nur einen einzigen weiblichen Offizier. Sie waren Telegrafistinnen, mussten Telefonleitungen reparieren und Büroarbeiten erledigen – lauter solche Dinge. Sie waren einer männlichen Nachrichteneinheit angeschlossen und in einem schwer bombardierten Gebiet stationiert. Deswegen waren die beiden Einheiten – vielleicht waren sie in Wirklichkeit auch nur eine, in militärischen Fragen bin ich ziemlich schwach – im Hinterland verborgen, und die Whitmore pflegte mit ein paar Soldaten auszureiten. Ihre Briefe sind bemerkenswert. Offen gesagt, wenn ich mir ein männliches Armeekorps von Amerikanern vorstelle, gehe ich davon aus, dass sie jede Frau vergewaltigen, die ihnen über den Weg läuft, wie man das immer im Theater und in Filmen sieht; aber dort hat scheinbar über allem eine gewisse Unschuld gelegen. Bei dem, was die Franzosen gewöhnlich von den Engländern halten, vermuteten sie natürlich das Schlimmste, aber da lagen sie, zumindest nach Darstellung der Whitmore, völlig falsch. Die weiblichen Soldaten und die ›Tommies‹ stellten so etwas wie eine Einheit dar. Und natürlich ging gerade eine Welt unter.«

»Und dann ging sie zurück ans Somerville?«

»Zum Herbstsemester 1919. Und sie teilte sich mit der Tupe oder der Hutchins oder vielleicht beiden ein Eisenbahnabteil. Jedenfalls trafen sie sich. Im folgenden Jahr wohnten sie zusammen in möblierten Wohnungen, wahrscheinlich nicht weit von deinem Hotel. Dann gingen sie zusammen nach London, fingen an zu schreiben, trafen interessante Leute und genossen die goldenen Zwanziger. Die Tupe verkümmerte zum Eheweib, aber die beiden anderen machten noch eine Reihe von Jahren weiter. Schließlich heiratete die Hutchins ihren Ricardo und ging nach Amerika. Sie entdeckte das Geheimnis von Kunst und Einsamkeit, aber die Whitmore? Die kämpfte weiter für die beiden Ideen, die sie nicht losließen: Die Frauen sollten aufhören zu glauben, Gott habe sie zu Dienerinnen bestimmt, und sie sollten mehr aus ihrem Leben machen. Alle ihre Romane und Gedichte waren Versuche, das Leben einzufangen, und zwar unter der Oberfläche des Alltags. Die Kritiker haben sie, abgesehen von ihrem letzten Roman, nicht zur Kenntnis genommen, und den haben sie ignoriert, weil er populär war. Sie hielt durch, bis sie *North Country Wind* vollendet hatte, darauf gibt es eine Menge Hinweise. Nun ja«, schloss Kate schwach, »jetzt sind alle tot.«

»Aber weißt du«, sagte Phyllis, »mit den Klassenunterschieden sieht das heute noch genauso aus. Hugh hat überhaupt keinen Witz gemacht, als er in seiner neuen Oxford-Manier über die unteren Klassen beim Fußball sprach. Wie er mir sagte, hat er sich im Lehrerzimmer einmal nach einem jüngeren Kollegen erkundigt und als Antwort erhalten, dessen Vorfahren seien nicht eben kultivierte Leute gewesen.«

»Es fällt mir zwar jetzt erst auf«, sagte Kate, »aber ich möchte behaupten, dass die meisten Profisportler in Amerika nicht eben aus höheren Gesellschaftskreisen stammen – nur fühlt sich kein Mensch bemüßigt, das zu erwähnen. Ist England immer noch so irrsinnig klassenfixiert wie früher, oder bekommt es Hugh zufällig bei seiner Arbeit nur mit verknöcherten Leuten zu tun?«

»Ganz und gar nicht. Da gab es zum Beispiel einen ganz jungen Mann in Hughs Labor, der ursprünglich mit dem Stipendium einer staatlichen Schule nach Oxford gekommen war. Kaum hatte er mit dem Studium angefangen, ging er zu einem Treffen eines sozialistischen Clubs. Die erste Frage, die ihm einer der Anwesenden stellte, war, auf welche Privatschule er gegangen sei. Er hat bis heute nicht aufgehört, sich zu ärgern, sagt Hugh. Und er hat seitdem einen akademischen Erfolg nach dem anderen.«

Elf

Kate konnte nicht länger bleiben als die ursprünglich geplanten zwei Wochen, und der 22. Mai stand vor der Tür. Mit all den Briefen, die sie im Somerville zu lesen hatte, und den Romanen der Whitmore, die Somerville vollständig besaß, und den Hutchins-Romanen in der Bodleian-Bibliothek – ganz zu schweigen von den Gesprächen und Spaziergängen mit Phyllis – würde Kate kaum rechtzeitig fertig werden. Sie musste aber unbedingt zu Leos letzten Baseballspielen wieder zurück sein. Die Krise am St. Anthony's schien einen Stillstand erreicht zu haben, jedenfalls für den Augenblick. Währenddessen war Kate in Oxford, was Max anging, zu alarmierenden Schlussfolgerungen gekommen. An einem Abend gelang es ihr, alles als dumme Fantastereien abzutun, am nächsten Abend kamen sie ihr höchst vernünftig vor. Wahrscheinlich hätte sie zwischen diesen beiden Möglichkeiten endlos geschwankt, hätte sie nicht eines Abends gegen halb zehn in ihrem Hotel die Nachricht vorgefunden, sie möge Mr. Reston anrufen.

Kate wählte die Nummer auf dem Zettel und fand sich mit dem Merton College verbunden. »Mr Reston, bitte«, sagte sie und fragte sich, was passiert sein mochte, wie Max dorthin gekommen war und warum. Aber als sich dann ein Mr Reston meldete, war es nicht Max, sondern Herbert Reston.

»Ich hoffe, ich rufe nicht zu spät an«, sagte Kate.

»Ganz und gar nicht. Ich bin erst heute Morgen angekommen und habe mich kurz mit Hugh unterhalten. Er schlug vor, dass wir uns vielleicht treffen. Und da Sie die Gärten der Colleges so lieben, meinte er, dass wir das hier in unserem Garten tun sollten. Ich komme vorbei und hole Sie ab.«

»Das ist nicht nötig«, sagte Kate. »Wir treffen uns in ein paar Minuten an der Pförtnerloge, falls Sie so spät am Abend nicht zu müde sind für ein Gespräch.«

»Keineswegs. Ich bedaure nur, dass uns keine Zeit bleibt, etwas Zivilisierteres zu arrangieren, aber leider muss ich morgen wieder in London sein. Ich bin nur für eine Nacht hier. Also dann in ein paar Minuten.«

In England bleibt es natürlich im dort so genannten Sommersemester bis zehn Uhr abends hell. Man vergisst, dachte Kate, wie weit nördlich England liegt und wie angenehm es von diesem wunderbaren Golfstrom erwärmt wird. Herbert Reston war schon da, erwartete sie an der Pförtnerloge, und als Erstes fiel Kate auf, wie wenig er Max ähnelte.

Sie gingen zusammen in den Garten, von dem man bis zum Christ Church Meadow sehen konnte. Es war das Schönste, was Kate sich im Zusammenhang mit England vorstellen konnte. »Man hat mich noch nie zu einem Dinner im Speisesaal eingeladen«, sagte sie zu Herbert Reston, »und ich brenne auch nicht besonders darauf. Ich glaube nämlich fast, dass das hier viel schöner ist, vor allem, weil Besucher das College gar nicht betreten dürfen.«

»Der Garten ist wunderschön, aber ich weiß trotzdem, was Sie denken, nämlich dass ich Max überhaupt nicht ähnlich sehe. Ich bin kahl, pummelig und ein umgänglicher Mensch, Max dagegen groß, schmal und lässig elegant. Ich fühle mich immer ein wenig wie auf dem Prüfstand.«

»Max sagte mir, Sie lebten in Amerika.«

»Ich verbringe viel Zeit in Amerika, bin aber auch oft hier. Die Medizin ist heutzutage *zum* Glück ein internationales Geschäft. Wollen wir uns setzen?«

»Verzeihen Sie«, sagte Kate und ließ sich äußerst damenhaft auf einen Sitz fallen, damit auch er sich setzen konnte. »Ich war mit meinen Gedanken woanders. Es ist nett von Ihnen, dass Sie sich einen Moment Zeit genommen haben.«

»Sie sind eine Frau, der es seit Jahren gelingt, einen äußerst starken Eindruck auf Hugh zu machen. Das ist in der Tat etwas Einmaliges. Er ist nämlich normalerweise nicht der Mann, der leicht zu beeindrucken wäre. Einer der Mängel wissenschaftlich geschulter Köpfe, fürchte ich, und er wird immer dann sichtbar, wenn so ein Wissenschaftler mit einer Persönlichkeit konfrontiert ist statt mit einem Theorem. Max hat das oft beklagt.«

»Waren Sie als Jungen gute Freunde?«

Falls Reston die Frage seltsam fand, ließ er sich das nicht anmerken. »O ja, bevor wir zur Schule gingen, ganz gewiss, und auch in der Grundschule, wo wir der große und der kleine Reston waren, obwohl der große von Anfang an viel kleiner war als der kleine – eine Tatsache, mit der ich, der größere, mich seit Langem abgefunden habe. Max ähnelt unserem Vater, der groß und schlank war, ich unserer Mutter, die klein war und in ihren späteren Jahren eher tonnenförmig. Wahrscheinlich wäre sie immer schon rundlich gewesen, aber junge Frauen wissen zweifellos, wie sie diese Neigung unter Kontrolle halten können. Dabei fällt mir ein: Meine Schwester sieht mir ähnlicher als Max, aber sie ist bis heute längst nicht so rund. Eine meiner ersten Erinnerungen an Max ist, dass wir aus dem Kinderzimmer ausziehen und unserer Schwester Platz machen mussten, und Max sagte: ›Es macht mir nichts aus, mit Bertie ein Zimmer zu teilen, solange ich lesen darf, wenn er schnarcht. Max war damals ein Kleinkind und konnte überhaupt noch nicht lesen. Wir waren alle der Meinung, dass er schrecklich arrogant war, und wie ich höre, ist er das heute noch. Nicht dass ich ihn nicht mögen würde, damals wie heute.«

»In Oxford würde Max wahrscheinlich nicht weiter

auffallen, aber in Amerika hebt er sich ziemlich ab. Haben Sie ihn nicht vor Kurzem gesehen?«

»Da ich hauptsächlich in Chicago arbeite und Max nicht zur Hochzeit unseres Neffen gekommen ist, habe ich ihn schon länger nicht mehr gesehen. Max mag keine Hochzeiten. Er schickt immer ein aufwendiges Geschenk, und deshalb verzeiht man ihm nicht nur seine schlechten Manieren, sondern bestärkt ihn sogar darin.«

»So hat er es mir auch erklärt. Mr Reston, ich fürchte, diese Unterhaltung kommt Ihnen reichlich seltsam vor, aber da Sie morgen schon wieder fahren … Also, ich interessiere mich brennend für die beiden Freundinnen Ihrer Mutter vom Somerville, Dorothy Whitmore und Cecily Hutchins. Vielleicht hat Hugh Ihnen davon erzählt. Könnten Sie mir wohl von Ihrer Mutter erzählen? Irgendwie ist mein Bild von ihr etwas verschwommen im Vergleich zu den beiden anderen. Oje, ich hoffe, das klingt jetzt nicht unhöflich. Natürlich bin ich keiner von ihnen jemals begegnet, aber die Briefe der beiden anderen sind nur dank der Freundlichkeit Ihrer Mutter im Somerville.«

»Sie brauchen sich nicht zu entschuldigen. Ich glaube, die Zeit in Oxford und London waren die glücklichsten Jahre im Leben meiner Mutter. Sie wissen ja, kurz nach dem Krieg kam mein Vater und zog ihr den Boden unter den Füßen weg. Ich glaube, es ist ihr nie in den Sinn gekommen, sich zu fragen, was sie in den folgenden zwanzig Jähren überhaupt getan hat. Inzwischen war Tante Dorothy tot – wir haben sie immer so genannt –, und Cecily Hutchins lebte in Amerika und schrieb Romane. Oh, ich glaube schon, dass sie ihre Freude an uns Kindern hatte, als wir noch klein waren. Und mein Vater und sie führten, wie wohl in den Zwanzigern so üblich, ein sehr fröhliches Leben. Ich erinnere mich, dass Tante Dorothys postum veröffentlichter Roman so um 1938 verfilmt wurde. Max und ich bekamen schulfrei und durften zur Premiere nach London fahren. Mutter kümmerte sich um die Stipendien, die Dorothy in ihrem Testament Somerville hinterlassen hat.« Reston seufzte. »Als Heranwachsender redet man nicht wirklich mit seinen Eltern, obwohl Max das ein bisschen mehr getan hat, glaube ich. Aber ich hatte das Gefühl, dass sie bald nach Dorothys Tod irgendwie auflebte, als sie das literarische Erbe zu verwalten hatte. Dorothy hat Max Erstausgaben von all ihren Romanen hinterlassen und mir Geld für ein Motorrad. Ich erinnere mich, dass ich ein bisschen beleidigt war, obwohl ich natürlich ganz wild auf ein Motorrad war. Ich wusste auch, dass ich über ihren Tod eigentlich hätte trauriger sein sollen, als ich war. Jugendliche sind so egozentrische Bestien. Heute wünschte ich, ich hätte sie besser gekannt.«

»Hat sie Sie oft besucht?«

»O ja. Wir sahen sie ziemlich oft, nachdem Cecily Hutchins nach Amerika gegangen war. Aber irgendwie hat sie sich immer mit Max unterhalten. Außerdem liebten beide Pferde, ich aber nicht. Ich bin immer im Sattel hin und her gerutscht, und bei der ersten sich bietenden Gelegenheit warf mich das Pferd ab. Wissen Sie, Max ist erwachsen zur Welt gekommen, genau wie sein Namensvetter Beerbohm.«

»Hat man ihn nach Beerbohm benannt?«

»Also, das habe ich immer vermutet, aber meine Mutter hat es geleugnet. Sie sagte, es sei ein alter Name in unserer Familie, aber ich bin kein einziges Mal auf ihn gestoßen. Tante Dorothy fand den Namen perfekt.«

Es war Abend geworden. Zwar sah Kate noch den Himmel, der sich hell von den Zweigen der hohen Bäume absetzte, doch der Tag war vorbei. »Erinnern Sie sich noch an Max' Geburt? Ich meine, genau?«

»Überhaupt nicht. Kindern wurde kein Einblick in die Dinge des Lebens geboten, nicht einmal in den Zwanzigern. Ich war vier, und man hatte mich zur Großmutter ans Meer verfrachtet. Als ich zurückkam, war er einfach da, lag in den Armen seiner Nanny und sah aus, als gehörte ihm alles. Max hat es immer geschafft, so zu wirken, sogar als er ein paar Wochen alt war. Ich erinnere mich, wie die Kinderfrau Max den Besuchern vorführte und sagte: ›Ist das zu glauben? So ein hübscher Kerl.‹ Als drei Jahre später meine Schwester zur Welt kam, fand ich die ganze Prozedur entsetzlich langweilig. Mittlerweile wusste ich natürlich schon, woher die Babys kamen. Als ich meine Mutter nach Max fragte, behauptete sie, sie hätte ihn unter einem Stachelbeerstrauch im Garten gefunden. Wie die meisten erwachsen gewordenen Kinder habe ich, als ich selbst Vater wurde, nicht die gleichen Fehler gemacht wie meine Eltern mit mir, dafür aber alle anderen. Meine Kinder wussten genau, woher die Babys kamen, auch schon, als sie noch so klein waren, dass sie alles andere eher interessiert hat. Das Leben ist seltsam, nicht wahr?«

»Sehr seltsam«, sagte Kate, »und es ist wirklich außerordentlich nett, dass Sie mit mir sprechen. Haben Sie den Eindruck, dass Oxford sich von einem Besuch zum anderen sehr verändert?«

»O ja, Oxford verändert sich. Das ist auch etwas, worin Max und ich verschieden sind. Max mag keine Veränderungen, während ich zumindest zugebe, dass sie unvermeidlich sind, wenn sie auch nicht immer in der Form stattfinden, die wir gern hätten. Aber eines muss ich sagen: Sie wären mir im großen Speisesaal höchst willkommen. Ich hoffe, das eines Tages zu erleben.«

Sie standen auf und schlenderten zum Eingangstor zurück. »Bleiben Sie lange in England?«, fragte Kate.

»Leider muss ich zurück nach Chicago, wo es jetzt schrecklich heiß ist. Aber ich hoffe sehr, dass wir uns wiedersehen, Miss Fansler. Sie haben mich dazu gebracht, an meine längst vergangene Jugend zurückzudenken, und das ist mir seit Ewigkeiten nicht mehr passiert.«

»Sie sind wirklich zu freundlich, mir eine impertinente Frage nach der anderen zu beantworten. Glauben Sie, Ihre Mutter hätte gern wissenschaftlich gearbeitet?«

»Um Himmels willen, nein. Sie ist zweisprachig aufgewachsen und hat ihr Examen in Französisch gemacht. Sie hat wie wild alles gelesen, was ihr unter die Finger kam, und alle Ideen aufgesogen, ohne sie in ein System zu bringen. Sie war keine Wissenschaftlerin wie die beiden anderen. Die hätten mit Forschungsstipendien in Oxford bleiben können, wenn sie sich nicht für London entschieden hätten, um von der Luft zu leben, zu schreiben und für den Völkerbund zu arbeiten. Für Mutter war dieser Entschluss ein Glück, denn sonst hätte sie sie früher verloren. Gute Nacht, Miss Fansler. Oder besser: Au revoir.«

Kate sagte Gute Nacht und wanderte tief in Gedanken nach Hause.

Am nächsten Morgen war sie so früh im Somerville, dass sie eine Zeit lang unter den Buchen auf und ab gehen musste, bis die Bibliothek aufmachte. Sie war entschlossen, in den Papieren, vor allem in den Briefen, den Beweis zu suchen, von dessen Existenz sie jetzt überzeugt war. Es war nicht nur eheliche Zuneigung, die sie an Reed denken ließ. Sie hörte schon seine Warnung vor voreiligen Schlüssen. Aber sie zog gar keine voreiligen Schlüsse. Sie näherte sich nur ganz gezielt einer Schlussfolgerung, so, wie ein Hund sich vorsichtig an ein Murmeltier heranpirscht. »Keine Theorien, die den Fakten vorauseilen, Kate. Sagt man nicht so in der Literatur?« Sie hörte seine Stimme, als stünde er neben ihr. »Bestimmt nicht«, antwortete sie und verblüffte die Bibliothekarin, die gerade angerannt kam und etwas von einem stecken gebliebenen Bus und einem impertinenten Busfahrer erzählte. Die Bibliothekarin wohnte im Norden Oxfords.

Kate zog sich mit den Papieren in eine Nische zurück und schaute vor allem die aus der Kriegszeit gründlich durch. Es hatte tatsächlich eine männliche Einheit im Nachrichtenkorps in Frankreich gegeben. In den Briefen, die die Whitmore nach Hause schrieb, war die Rede von Ausritten mit einem Sergeanten, der ihre Leidenschaft für Pferde teilte. Sie ritten auf Arbeitspferden, die sie sich von den französischen Bauernhöfen ausliehen. Vielleicht hatte es auch vor dem Krieg einen Mann gegeben. Aber es war anzunehmen, dass ein Mann, den sie zu Hause getroffen und in den sie sich vielleicht verliebt hatte, aus Kreisen stammte, die in ihrer Familie als akzeptabel gegolten hätten. Kate verfolgte jedoch eine andere Theorie und suchte nach einem Liebhaber niedrigeren Standes.

Die Frage war, wo hatte die Whitmore ihn kennengelernt? Wenn sie tatsächlich, wie es schien, einen gewissen Hang zu linker Politik gehabt hatte, dann war sie ihm vielleicht in irgendeinem sozialistischen Club begegnet. Aber das gehörte eher in die Dreißigerjahre.

Im viktorianischen England hätte Kate natürlich genau gewusst, welche kirchliche Gruppe sich in welcher Stadt warum getroffen hat; über das gesellschaftliche Leben der Zwanzigerjahre außerhalb von Londons Literatenzirkel wusste sie nur unangenehm wenig Bescheid. Zwar war alles möglich, aber Kate neigte zu der Theorie eines Liebhabers während des Krieges. Vielleicht war er nach seiner Entlassung und einer Reihe unbefriedigender Jobs in London aufgetaucht. Er konnte alles Mögliche gemacht haben. Der springende Punkt war – und musste sein –, dass er nach London zurückgekehrt war, die Whitmore wiedergetroffen hatte und ihr Liebhaber geworden war. Warum hatten sie nicht geheiratet? Vielleicht passte ihr eine Heirat nicht ins Konzept. Vielleicht war der Mann schon verheiratet, und die Geschichte war nur das trunkene letzte Aufflackern einer Kriegsromanze. Vielleicht gehörte sie auch zu diesen unabhängigen Frauen, die ein Kind haben wollten, aber keinen Ehemann, und die darauf achteten, dass der Vater nichts von seinem Glück erfuhr. Fragen nach der Vaterschaft hatten oft seltsame Folgen.

Die gemeinsamen Londoner Jahre der drei Frauen waren leider am wenigsten dokumentiert. Da sie sich zu der Zeit regelmäßig sahen, gab es kaum Grund, sich Briefe zu schreiben, und was sie ihren Eltern schrieben (zumindest die Whitmore), klang jetzt eher nichtssagend denn bekennerisch. Aber Moment mal, es mussten doch ein paar Kalenderdaten zu finden sein. Kate zog das *Who's Who* zurate. Max war 1926 geboren, sein Bruder Herbert 1922, also in dem Jahr, in dem seine Eltern geheiratet hatten (wenn auch am anderen Ende).

Cecily war 1925 mit Ricardo nach Amerika gegangen. Wenn die drei Frauen in irgendeiner Form über dieses Thema korrespondiert hatten, müssten wenigstens ein paar dieser Briefe bei Cecilys Papieren liegen, die jetzt sicher in Wallingford verwahrt waren. Kate hatte zwar keine Beweise, hätte aber eine hübsche Summe darauf verwettet, dass sie weder in Wallingford lagen noch sonstwo.

Warte einen Moment, sagte Kate zu sich selbst. Augenblick mal. Willst du etwa irgendwem diese höchst verleumderische Theorie vortragen? Einmal ausgesprochen, würde es sehr schwer sein, sie wieder aus den Köpfen der anderen zu vertreiben – dabei gab es nicht einmal den Hauch eines Beweises. Wirklich nicht? Die ganze Geschichte war so eindeutig, dass Kate sich zurückhalten musste, um sie nicht gleich an der Bibliothekarin auszuprobieren. Aber man musste sich bewusst sein, dass dies kein literaturgeschichtliches Seminar war, wo man mit Enthusiasmus die Abstammung von Shakespeare oder Prinz Albert erforschte oder die Autorenschaft der Briefe, die Héloïse an Abélard schrieb, klären wollte. Ihr spezielles kleines Problem dagegen hatte Auswirkungen juristischer Natur. Sie waren widerlich und schmutzig, und Gerry Marstons Familie hatte dazu vielleicht auch noch etwas zu sagen, ganz zu schweigen von der Polizei und den Gerichten. Langsam, Kate. Hast du auch nur die Spur eines Beweises?

Während ihr Verstand Phantomen nachjagte, gingen ihr Leos Brief über Fußball und die anschließende Diskussion mit Phyllis und Hugh durch den Kopf. Hugh hatte von den unteren Klassen geredet. In England hatte dieser Ausdruck eine Bedeutung, die in Amerika einfach nicht vorhanden war. Dort sprach man zwar von Hausmädchen und Dienstpersonal, von Arbeitern mit weißem oder blauem Kragen, aber nur Snobs und Dummköpfe interessierten sich dafür, was die Eltern von dem und jenem gewesen sein mochten. In England war das anders: Dort redete man von seinen Vorfahren, dort trugen die niedrigeren Klassen andere Hüte als die höheren und sprachen eine andere Sprache, und Privatschule oder nicht beeinflusste das ganze Leben. Kate erinnerte sich, in einer englischen Zeitung gelesen zu haben, dass Trainer schon unter zwölfjährigen Jungen Anwärter für künftige Fußballprofis auswählten und diese dann offen und ohne Umschweife auf eine derartige Karriere vorbereiteten. In Amerika war es offiziell nicht einmal erlaubt, dass ein Profi-Football-Team einen Jungen auf dem College auswählte. Würde ein Mann mit dem Geschmack und der konservativen Einstellung von Max einen Vater, der immerhin der jüngere Sohn eines jüngeren Sohns eines Herzogs war, gegen einen tauschen, der als Angehöriger der Arbeiterklasse in den Streitkräften gedient hatte, und gegen eine Feministin, deren moralische Grundsätze nicht gerade die passendsten waren?

Noch einmal hielt Kate inne. Wie sah es mit einem Testament aus? Hatte die Whitmore eines gemacht? Natürlich hatte sie das, die Bibliothekarin hatte gleich am ersten Tag davon erzählt. Da gab es diese Stipendien am Somerville, die Herbert Reston erwähnt hatte. Dorothy Whitmore hatte die Tantiemen aus dem Verkauf ihrer Bücher im Stipendienfonds festlegen lassen, für ein Mädchen, das schon einen Beruf gehabt hatte, bevor es nach Oxford kam. Hier hatte das Schicksal eine schöne Entwicklung genommen, denn ihr letzter Roman war so erfolgreich geworden – er wurde sogar verfilmt –, dass der Fonds nun jedes Jahr für fünf und mehr Mädchen ausreichte. Wichtig war, dass das Geld für Mädchen bestimmt war, die schon gearbeitet hatten. Sympathie für die Arbeiterklasse ließ sich nicht wegdiskutieren. Ohne Zweifel hatte Frederica angeboten, Max zu adoptieren, hatte ihn bereits adoptiert und zu Dorothy gesagt: Du brauchst ihm kein Geld zu hinterlassen. Wie viel Geld hatte die Whitmore überhaupt besessen? Konnte irgendjemand im Voraus wissen, dass aus *North Country Wind* ein Bestseller und ein erfolgreicher Film würde? Kate trat ans Fenster, sah auf den Tennisrasen hinab und auf die Blumenbeete dahinter, und plötzlich dachte sie an Graves, wie er in Pyjama und Morgenmantel im Somerville herumgewandert war und wie sein Tutor vor ihm, dem Offizier, salutiert hatte. »Das gesellschaftliche Leben war aus den Fugen geraten«, hatte Crackthorne geschrieben. So war es. Es musste am Krieg gelegen haben.

Irgendwem musste sie das auseinandersetzen. Sie würde Phyllis die ganze Geschichte erzählen. Phyllis hatte einen scharfen und klaren Verstand und ging unvoreingenommen an alle Dinge heran. Falls Kate Schimären nachjagte, würde Phyllis Gott sei Dank die Erste sein, die ihr das sagte.

Zwölf

Phyllis tat es laut, klar und unmissverständlich, nachdem sie sich Kates Geschichte bis zum Schluss angehört hatte – eine Geschichte, die sie für die widersinnigste seit Ian Flemings unglücklichem Ende hielt. »Du hast dich verirrt, meine Liebe«, verkündete sie, wenn auch nicht unfreundlich.

In gewisser Weise fand Kate diese Haltung sogar beruhigend. Tatsächlich hatte alles allzu klar und eindeutig ausgesehen, und nichts im Leben ist je so.

»Lass trotzdem deine Einwände für einen Augenblick beiseite«, sagte sie, »und hör dir noch zwei Aspekte dieses Problems an. Der eine ist Max' schriftstellerische Tätigkeit und sein Image in der Öffentlichkeit; der andere liegt in der Persönlichkeit der jungen Dorothy Whitmore. Zunächst zu Max. Ich habe mir aus dem *Who's Who* eine Liste seiner Publikationen kopiert. Die meisten seiner Bücher habe ich selbst gelesen, schließlich ist er ja ein Freund. Sie kommen allesamt zu dem Ergebnis, dass sowohl in der Kunst als auch im täglichen Leben der Standard unweigerlich sinkt. Über das tägliche Leben äußerte er sich dabei weniger ausführlich, wenn ich das so sagen darf. Jedenfalls pflegte er zu einer Zeit, als Professoren und Verwaltung in der Mehrzahl der Studentenrevolution und diesen Dingen vielleicht nicht gerade freundlich gegenüberstanden, sich aber einer Machtverschiebung in unserer Gesellschaft zumindest bewusst waren, weiterhin sein altes autoritäres Ego mit einer außergewöhnlichen Blindheit für die Realität des Krieges in Vietnam. Gut, du nickst und bist einverstanden, und ich sollte jetzt meinen Standpunkt folgen lassen, und der lautet: Dieser Mann will auf gar keinen Fall durch die Geschichte seiner Geburt in das Blickfeld feministischer Schriftstellerinnen und der feministischen Forschung geraten, zumal seine Mutter den Radikalen, die er heute so verabscheut, fatal ähnlich ist. Und noch viel schlimmer: Sein Vater ist allem Anschein nach nicht eine dieser hoch gewachsenen und wunderbar arroganten Erscheinungen à la Lord Ribblesdale von J. S. Sargent, sondern ein arbeitsloser Niemand aus der Unterschicht ohne Herkunft und Bildung.«

»In Ordnung, das leuchtet mir ein. Ganz bestimmt, du kannst es mir glauben, Kate. Wenn du den Horror beschreibst, den Max vor allem hat – von der modernen Welt im Allgemeinen bis zur Aufdeckung dieses schrecklichen Geheimnisses im Besonderen, das schwarz auf weiß in Cecilys Papieren nachzulesen ist –, dann kann ich dir nicht nur folgen, sondern hechele mit Begeisterung sogar noch ein Stück voraus. Aber vergiss nicht, was du damit behauptest, nämlich, dass er deine Studentin, die kleine Marston, über den Papieren erwischt, sie auf die Felsen gelockt und ermordet hat. Alles das, um die Geschichte seiner schmachvollen Geburt vor der Welt zu verbergen? Das ist sehr neunzehntes Jahrhundert, meine Liebe, um nicht zu sagen: achtzehntes. Und dabei steht nicht einmal eine fabelhafte Erbschaft auf dem Spiel. Wenn es etwas zu erben gab – was wir nicht wissen –, dann kannst du bei einer Familie wie den Restons sicher sein, dass es getreu der Tradition an den ältesten Sohn ging, und nicht an Max. Ich habe übrigens das Erstgeburtsrecht immer abgelehnt, denn man kann seinen Kindern gegenüber nur eines tun: teilen, und das zu gleichen Teilen. Man muss allerdings zugeben, dass es, wenn schon nicht für die Kinder, so doch für den Familienbesitz gut ist. Der bleibt auf diese Weise über Generationen ungeteilt erhalten.«

»Und die jüngeren Söhne ziehen aus, suchen sich eine Frau aus der neureichen Mittelklasse und füllen so nicht nur ihre Tasche, sondern frischen auch das Genpotenzial der Sippe wieder auf.«

»Zweifellos. Aber in diesem Fall geht es gar nicht um eine Erbschaft. Sicher, Max ist ein Snob, vielleicht der Inbegriff des echten, authentischen Snobs, wie es ihn heute gar nicht mehr gibt, aber ich kann mir nicht vorstellen, dass er jemanden tötet, um seinen guten Ruf zu schützen. Max hätte schließlich nur die Papiere vernichten oder aus dem Weg räumen müssen«, schloss sie und hielt offenbar das Thema für erschöpfend abgehandelt. »Dann hätte sein Wort gegen das des Mädchens gestanden, das sich immerhin des Einbruchs schuldig gemacht hatte. Wer würde da noch auf sie hören? Möchtest du ein Bier oder einen Scotch?«

»Bier«, sagte Kate. »Ich bin süchtig danach geworden, wie du vorausgesagt hast. Vielleicht hast du recht«, setzte sie hinzu und kam wieder auf Max. »Aber ich glaube es nicht. Ich muss darüber nachdenken, wie ich weiter vorgehe. Was stand deiner Meinung nach in den Papieren?«

»Welchen Papieren? Den Papieren, die gar nicht existieren, außer in deiner kindlichen Fantasie?« Sie reichte Kate ein Bier.

»Es muss Briefe gegeben haben«, sagte Kate, griff nach dem Bier und ignorierte den Kommentar. »Briefe von der Whitmore an Frederica, die nach dem Tod von Dorothy an Cecily gingen.«

»Wenn die Whitmore so eine verdammte Sozialistin war, die sich, wie Helen an den Hals von Leonard Bast, aus reinem Mitleid einem Arbeiter an den Hals warf, warum um alles in der Welt hat sie ihn dann Max genannt? Das ist doch wirklich der allerletzte Name für ein Kind der Liebe aus den unteren Schichten.«

»Stimmt genau. Den Namen hat bestimmt Frederica ausgesucht. Um von seiner Herkunft abzulenken. Phyllis, denk doch einmal nach! Wie viele Brüder kennst du, die sich so wenig ähneln wie Max und Herbert Reston? Der eine klein, der andere groß, der eine dick, der andere dünn – all das ist möglich, aber *irgendeine* Ähnlichkeit gibt es immer! Meine Brüder sind, jeder für sich und einer so scheußlich wie der andere, in die Jahre gekommen, aber wenn man weiß, dass sie Brüder sind, ist die Ähnlichkeit zwischen ihnen unübersehbar. Selbst ich sehe ihnen ein bisschen ähnlich – vorzugsweise bei Dämmerung und im Gegenlicht.«

»Hast du dich jemals gefragt, wer dein Vater war, du Nachkömmling, du? Der Unterschied ist nur: Wenn sich herausstellte, dass dein Vater Arbeiter in einem Blechwalzwerk in Skaneateles war und deine Mutter sich zurzeit der Hoover-Regierung dem Weißen Haus eng verbunden fühlte, wärst du überglücklich.«

»Zur Hoover-Zeit haben sich die Leute dem Weißen Haus nicht verbunden gefühlt. Sie haben am Ufer des Potomac kampiert.«

»Du hast Max und Herbert nie zusammen gesehen.«

»Sie empfinden sich als sehr verschieden, wenn du verstehst, was ich meine.«

»Das geht deinen Brüdern und dir nicht anders. Kate, Kate, wohin soll das alles nur führen?«

»Du hast Gerry Marston nicht gekannt. Sie war ein liebenswertes Kind. *Ihre* Eltern waren Arbeiter in einem Walzwerk oder zumindest etwas ganz Ähnliches. Und sie hätte sich einen Namen machen können – hätte das

Vergnügen haben können, eine Biografie zu schreiben, was tatsächlich ein großes, wenn auch ein perverses Vergnügen ist. Der einzige Mensch, dessen Biografie Max schreiben sollte, ist Metternich. Oder Talleyrand.«

»Vorschlag von Phyllis an Kate, zur gefälligen Verwendung: Lies alles, was dir über diese Angelegenheit in die Finger kommt, aber halte ansonsten den Mund. Wenn du wieder in New York bist, kannst du Reed alles erzählen oder sogar Max, wenn es absolut sein muss. Aber sprich mit ihm in einem gut besuchten Restaurant und nicht auf irgendwelchen Felsen in Maine. Und trink nichts, was komisch riecht oder schmeckt.«

»Ich glaube nicht«, sagte Kate, »dass du nur halb so skeptisch bist, wie du tust. Aber es ist ein guter Rat, und ich halte mich daran.«

»Das wäre ein Wunder«, sagte Phyllis.

Kurz vor ihrer Abreise erhielt Kate noch ein paar Briefe.

Reed berichtete, dass sich in der Affäre am St. Anthony's Erstaunliches getan habe: Finlay und Ricardo seien schließlich zum Direktor gegangen und hätten die ganze Sache zugegeben. Das Kollegium bestand darauf, dass der Direktor Harvard über die Fakten oder, wie man weiterhin sagte, die angeblichen Fakten informierte. Über Leo und seine Freunde werde in einer Weise geredet, die nach Reeds Meinung Leo ziemlich zusetze, aber er würde es schon überleben. Reed glaubte, für Leo werde sich jetzt alles zum Guten wenden, und er, Reed, freue sich schon ziemlich auf ihre Rückkehr.

Mr Sparrow berichtete von seiner neuen Ausstellung in der Bibliothek von Wallingford und wie gut Max mit den Papieren vorankam. Außerdem ließ er Kate wissen, wie sehr er es bedaure, dass sie als Frau All Souls nicht betreten dürfe.

Phyllis und Hugh planten eine Europareise und würden im Herbst wieder in die Staaten fahren. Phyllis war so offensichtlich begierig, in ihre gewohnte Umgebung zurückzukehren, dass sie sogar den Wundern von Griechenland, die sie schon immer hatte erleben wollen, nur trüben Auges entgegensah.

Als ihre zwei Wochen zu Ende waren, nahm Kate sich einen Wagen nach Heathrow und flog in einer 747 nach Hause. Im Gepäckfach über ihr lagen ein besonders schöner Pullover für Reed, ein altes Jagdhorn für Leo, dem nur mit viel Luft Töne zu entlocken waren, und Notizen zu sämtlichen Papieren der Whitmore.

Inzwischen hatte sie außerdem eine Theorie entwickelt, von deren Richtigkeit sie bei aller Vorsicht im Wesentlichen überzeugt war. Max hatte einen Mord begangen, um die schmachvollen Umstände seiner Geburt zu verheimlichen, und was in aller Welt sollte sie jetzt unternehmen?

Dreizehn

Schließlich redete sich Kate bei Reed alles von der Seele. Nach nur vierundzwanzig Stunden Beschäftigung mit den inzwischen eingetroffenen Briefen und Nachrichten hatte sie den ganzen Haufen liegen gelassen und war mit Reed in die Hütte in den Berkshires geflohen. Das Gras war üppig gewachsen, seit sie es im frühen Frühjahr gesehen hatte, und wenn der Wind hindurchfuhr, wogten die Halme wie das Meer. Kate hatte gar nicht bemerkt, wie erschöpft sie war, wie intensiv sie in Oxford wieder die junge Frau aus längst vergangenen Tagen geworden war, wie unermüdlich sie durch die Straßen von Oxford gewandert und geradelt war, immer auf der Suche nach einem Gedanken, einer Erinnerung oder der immer wieder neuen freudigen Überraschung beim Betreten eines so schönen Gartens wie dem des New College. Sie war unbeschreiblich erleichtert, dass sich hier in den Berkshires niemand um irgendwas gekümmert hatte, dass Büsche und Bäume um die Wette wuchsen und wucherten – soweit dieses Bild überhaupt auf das Pflanzenreich übertragbar war. »Sieht fast aus wie der Dschungel von Neuguinea«, hatte Reed angeboten, während sie gemächlich ins Innere der Hütte und dort von einem zusammengebrochenen Sessel zum nächsten wanderten und ihnen noch ein paar müde Metaphern durch den Kopf gingen. Auch Reed hatte unter großem Arbeitsdruck gestanden, und Kate kam es vor, als hätte ihnen jemand die Stöpsel aus den Fußsohlen gezogen und alle Energie strömte nun aus ihnen heraus.

Ob es an der Trägheit dieses Lebens lag oder an ihrer besonderen Nähe zueinander oder an der Zarten, tastenden, suchenden Art ihres Gesprächs – jedenfalls hörte Reed sich die Theorie über Max ohne seine üblichen spitzen Kommentare zu Kates hochfliegenden Spekulationen an.

»Du hast das gefunden, was uns in wirklichen Kriminalfällen so gut wie nie begegnet«, bemerkte er. »Ein subtiles Motiv. Wie es sich für euch Literaturmenschen gehört. Und wirklich sehr neunzehntes Jahrhundert: die Geschichte seiner niederen Herkunft verbergen … Wenn seine Bücher nur halb so großartig sind und eine Art Kodex der wahren Werte festlegen, wie du sagst, vermute ich, dass er wirklich alles tun würde, um seine ärmliche Herkunft durch eine gute Geschichte reinzuwaschen. Es ist ja ein dreifacher Schlag für ihn: Er wurde nicht nur adoptiert, was heutzutage keine so schreckliche Sache mehr ist. Er weiß nicht nur, dass er unehelich geboren wurde, was gesetzlich und größtenteils auch gesellschaftlich heute ebenfalls kein Problem mehr ist; er weiß auch noch, wer seine Eltern waren oder zumindest, aus welchen Schichten, und das gefällt ihm überhaupt nicht. Immer vorausgesetzt, dass das, was du so munter vermutest, auch wirklich so in den Briefen steht.«

»Und was jetzt, Reed?«

»Da gibt es nur eines, mein Liebling. Vergiss die ganze Geschichte. Wir können überhaupt nichts beweisen. Zweifellos ließe sich durch eindringliche und systematische Zeugenvernehmungen herausbekommen, dass er in Maine war und nicht, wie er behauptet und wir ihm allzu leichtfertig abgenommen haben, in seinem Kurs in New York. Vielleicht fänden wir durch ebenso eindringliches Nachforschen in Maine auch jemanden, der ihn zur sogenannten Tatzeit dort gesehen hat. Aber vor einer Anklagejury würde das nicht reichen, und schon gar nicht vor Gericht. Es würde also erst gar nicht zu einem Verfahren kommen. Und du würdest ganz nebenbei eine hervorragende Karriere ruinieren.«

»Ich hatte an Erpressung gedacht«, sagte Kate.

»Tatsächlich? Es gibt doch keine Moral mehr auf dieser Welt! Ich erinnere mich, dass das einmal als das schlimmste Verbrechen galt, als das, moralisch gesehen, allerverwerflichste. Die Detektive in den Krimis lehnten es mit einer eleganten Handbewegung ab, Erpresser zu verfolgen, und meinten nur: ›Soll die Gerechtigkeit ihren Lauf nehmen. Ich mische mich da nicht ein.‹«

»Nennen wir es eine vertretbare Erpressung.«

»Nennen wir es lieber ein Verbrechen und vergessen das Ganze.«

»Wie kann ich das, Reed? Ich weiß, es ist altmodisch und sentimental und überhaupt nicht up to date, von Wiedergutmachung zu reden, von Gerechtigkeit für Gerry Marston oder etwas Derartigem. Aber ich habe Leo gesagt – wir beide haben das getan –, dass man tun muss, was man tun kann. Ich muss ja niemandem etwas erzählen. Man kann auch für sich selbst und insgeheim ehrenhaft bleiben.«

»Nur wenn man der liebe Gott persönlich ist oder es zu sein glaubt.«

»Das glaube ich nicht.« Kate sah einem Kardinalvogel zu, der zwischen Bäumen und Gebüsch hin und her flog. Sein leuchtendes Gefieder machte ihn mehr als seine Artgenossen zu einem Geschenk der Natur. Aber er schien sich dessen nicht bewusst und behandelte seine matter gefärbte Gefährtin mit einer Zuvorkommenheit, die sogar den Maßstäben eines Max gerecht geworden wäre. »Was man anfängt, muss man auch zu Ende führen. Man tut einfach, was man in dem Moment tun muss. Das muss Krishna wohl gemeint haben. Na ja, vielleicht werde ich nicht nur älter, sondern auch schrulliger. Du hast recht, du hast absolut recht. Wir vergessen die ganze Angelegenheit. Irgendwie wünschte ich nur, du hättest ihre Leiche gesehen und sie gekannt.«

»In Ordnung«, sagte Reed und nahm sie in die Arme.

»Max hat schon einmal hierhergefunden. Soll er es noch einmal tun. Wir fahren bald in die Stadt und rufen ihn an.«

Es wurde recht spät, bevor sie losfuhren und mit Max sprachen.

Ihre Einladung war kurz und knapp und ohne weitere Erklärungen, aber er hatte angenommen. Am Tag darauf kämpfte sich Max, der einzige Besucher, den die Hütte je erlebt hatte, wieder durch das ungemähte Gras. Diesmal blieb er nicht stehen, um nach einem Pfad zu suchen. Er hat begriffen, dachte Kate, und diesmal alle Bedingungen akzeptiert.

Sie saßen am Tisch, denn Kate und Reed waren sich einig, dass dies der beste Platz für ihr Gespräch war. Sie hätten sich auch draußen im ungemähten Gras niederlassen können, aber abgesehen davon, dass man sich Max nur schwer im Gras ausgestreckt vorstellen konnte, schien eine etwas formellere, gewissermaßen geschlossene Runde angemessen. Da es nur zwei ordentliche Stühle gab, saßen sich Kate und Max am Tisch gegenüber, während Reed zwischen ihnen auf der Fensterbank balancierte und sich an seiner Pfeife zu schaffen machte. Dadurch hatte seine Anwesenheit etwas Unbestimmtes, als könnte er bei Bedarf aus seinem Zustand der Zerstreutheit auftauchen, hoffte aber, dass das nicht nötig sein würde.

»Sie fragen sich wahrscheinlich, warum wir Sie hergebeten haben«, lautete Kates schwache Eröffnung. Sie hoffte, mit diesem zarten Hinweis Max zum Reden zu bringen, dazu, mit allem herauszurücken, sodass sie am Ende nur noch zu sagen brauchte: »Also gut, was machen wir jetzt?«, und zur Sache kommen konnte. Doch Max war für solch ein Duell ein viel zu erfahrener Gegner. Kate hatte schon vor langer Zeit entdeckt, dass die meisten Menschen, gleich welchen Alters und welcher Position, über sich zu reden anfingen, sowie man ihnen eine Chance dazu bot. Doch Max besaß einen methodisch arbeitenden Verstand und Disziplin, und nicht einmal das Älterwerden hatte ihn in die Falle des Bedürfnisses nach Selbstdarstellung laufen lassen. Er reagierte auf Kates dümmliche Einleitung nur mit einem Nicken, und sie musste von vorn anfangen. Sie mied Reeds Blick.

»Ich war zwei Wochen in Oxford«, sagte sie. »Der größte Teil der Papiere von Dorothy Whitmore liegt im Somerville, dem Ihre Mutter sie ja vermacht hat. Aber die Briefe, die die Whitmore an Cecily Hutchins geschrieben hat, nachdem diese nach Amerika gezogen war, sind natürlich in dem Haus in Maine geblieben. Eigentlich hatte ich erwartet«, fügte sie lahm hinzu, »sie bei den Hutchins-Papieren in Wallingford zu finden.«

»Ohne Zweifel hat Cecily sie vernichtet«, sagte Max. »Hätten Sie das an ihrer Stelle nicht auch getan?«

»Nein«, sagte Kate. »Nicht, wenn ich bestimmt hätte,

dass der Kram der Nachwelt erhalten bleiben soll. Cecily war viel zu intelligent, um wie Swinburnes Schwester alle harmlosen Briefpassagen drucken zu lassen und den Rest zu verbrennen. Ich glaube, diese Briefe waren da, Max, und mehr noch, ich glaube, Sie wissen das auch. Mehr noch«, sagte sie und versuchte vergeblich, keine Emotion in ihrer Stimme mitschwingen zu lassen, »Sie waren derjenige, der sie vernichtet hat.«

»Vielleicht hat mich Cecily zum Verwalter ihres literarischen Nachlasses gemacht, damit ich all das vernichte, was ich für vernichtenswert halte.«

»Auf dem Weg nach Maine und auch in New York haben Sie aber etwas anderes gesagt. Sie sagten, es ginge Ihnen darum, das Material vor Ausbeutung zu bewahren und – unausgesprochen – auch vor Vernichtung. Sie als Literat und Wissenschaftler könnten das besser entscheiden als ihre Kinder.«

»Das stimmt. Es war dumm von mir, etwas anderes sagen zu wollen. Zudem habe ich als Kunsthistoriker ein profundes Gefühl dafür, wie wichtig es ist, die Dinge zu konservieren. Unterlagen zu vernichten, widerspricht allem, woran ich glaube, selbst wenn, wie in diesem Fall, Diskretion walten sollte. Verzeihen Sie, wenn ich nun meinerseits eine Frage stellen muss. Worauf wollen Sie hinaus, Kate?«

»Worauf ich hinauswill?« Kate spürte, dass Max die Gesprächsführung übernommen hatte und sie sie nur schwer zurückgewinnen würde. Immerhin habe ich noch alles in der Hand, sagte sie sich. Er blufft. Er will herausbekommen, was ich weiß. »Ich unterstelle, dass diese Briefe existiert haben, dass Gerry Marston sie irgendwie entdeckt hat und dass … dass Sie gezwungen waren, sie ihr wieder abzunehmen.«

Max beugte sich über den Tisch, als wollte er auf keinen Fall die Pointe einer Anekdote verpassen.

»Und was stand in den Briefen, die Miss Geraldine Marston gefunden hat?«, fragte er und streckte ihr die offenen Hände fast flehentlich entgegen.

»Ich weiß, was darin stand, Max.«

»Tatsächlich, Kate? Sagen Sie es mir.«

»Die Wahrheit über Ihre nicht ganz so feinen Vorfahren«, sagte sie, stand auf und fing an, in der Hütte auf und ab zu gehen. »Die Tatsache, dass Ihr Vater nicht der jüngere Sohn des jüngeren Sohns eines Herzogs war, sondern ein Niemand im Rang eines Unteroffiziers, den Dorothy Whitmore während des Krieges in Frankreich getroffen und später in London wiedergesehen hat. Dort hat sie sich in ihn verliebt oder vielleicht auch nur Mitleid mit ihm gehabt. Sie waren das Resultat. In all den Briefen muss es um die Frage gegangen sein, was aus Ihnen werden und was die Whitmore unternehmen sollte. Es könnte sogar noch spätere Briefe geben, in denen es, als die Whitmore wusste, dass sie dem Tod nahe war, darum ging, ob sie Sie in ihrem Testament als ihren

Sohn anerkennen sollte. Am Ende hat sie es dann natürlich nicht getan. Sie hatten ja eine Identität und ein Erbe. Sie waren voll und ganz ein Reston, der jüngere Sohn des jüngeren Sohnes eines jüngeren Sohnes.«

Dann drehte sie sich zu Max um und sah, dass auch Reeds Augen auf ihn gerichtet waren. Max saß schweigend auf seinem Stuhl und schien objektiv über die Wahrscheinlichkeit nachzudenken, dass er ein Mörder sei. Man konnte fast hören, wie sein ausgezeichneter Verstand arbeitete und die Möglichkeiten abwog. Er schlug das eine elegant gekleidete Bein über das andere und nahm eine Zigarette aus dem Etui in seiner Jacke. Umständlich zündete er die Zigarette an und schob Etui und Feuerzeug in die Tasche zurück. »Ich brauche wohl kaum zu fragen, ob ich rauchen darf«, sagte er, »da Reed mir darin vorausgegangen ist. Möchten Sie auch eine Zigarette?«, fragte er Kate und griff erneut nach seinem Etui.

»Nein, danke«, sagte Kate. »Ich habe es mir abgewöhnt, leider.« Das stimmte nicht. Sie merkte erstaunt, dass sie keine von Max' Zigaretten aus seinem vollendeten Etui rauchen wollte. Es gibt den Fall, dass jemand einfach zu zivilisiert ist. Ich wäre sogar dankbar, dachte Kate, wenn seine Socken um die Knöchel Falten schlügen.

»Erzählen Sie mir mehr von meinen Eltern«, sagte er. »Bitte, Kate. Sie können kaum erwarten, dass ich über so ein Thema diskutiere, wenn Sie mir nicht sagen, was Sie wissen. Man hat Herzöge vielleicht an einem seidenen Strick aufgehängt, aber man hat nicht verlangt, dass sie ihn selber drehen.«

Also erzählte Kate die ganze Geschichte noch einmal. »Ich weiß, das sind alles nur Vermutungen«, fügte sie hinzu, als sie am Ende war. »Aber ich glaube, man kann sie beweisen. Ich werde es jedenfalls versuchen.«

»Und ich nehme an, es gibt einen Preis dafür, dass Sie es nicht versuchen. Verzeihen Sie, dass ich das so hart sage.«

»Das macht gar nichts. Es ist ein hartes Geschäft. Verdammt hart. Und ein Teil des Preises«, sagte sie schneidend, »ist, dass Sie mir erzählen, was genau passiert ist.«

»Ach, das habe ich befürchtet. Wissen Sie, ich habe sie nicht getötet. Ich hatte von der benachbarten alten Dame, die mit Cecily befreundet war, gehört, dass sie das Mädchen in der Gegend gesehen hatte. Sie war nicht nahe genug herangekommen und wusste deshalb nicht, dass es ein Mädchen war. Das ist so das Resultat eurer herrlichen Unisex-Welt«, setzte er hinzu, »ohne Geschmack, was Kleidung angeht, und alles in Hosen.« Zum ersten Mal hatte er wieder zu seiner alten, herablassenden Attitüde gefunden, fiel jedoch bald in einen anderen Tonfall zurück. »Ich flog nach meiner letzten Vorlesung nach Boston und von Boston dann zu einem kleinen Flugplatz in der Nähe von Cecilys Dorf. Meine angebliche Furcht vorm Fliegen ist übertrieben worden – von mir. Ich habe alles bar bezahlt und brauchte keinen Namen zu nennen, beziehungsweise nicht den richtigen. Dort angekommen, nahm ich mir ein Taxi in die Stadt und lieh mir dort ein Pferd. Die Touristensaison war vorüber, und man war mehr als froh, mir eines gegen bar auszuleihen. Ich konnte schon immer reiten und hatte mich wie ein Bauernbursche angezogen, um mein wahres Selbst möglichst zu verbergen. Zu Pferd war der Weg leicht zu finden. Nur ein- oder zweimal habe ich Kinder auf dem Heimweg von der Schule nach der Richtung gefragt. Selbst wenn sie sich an die Begegnung erinnern könnten, wäre ihnen nur ein Mann auf einem Pferd, in Arbeitskleidung mit Mütze in Erinnerung geblieben. Ihre Miss Marston war da, als ich ankam. Im Haus. Sie mag eine nette Studentin gewesen sein, meine Liebe, aber sie war eine Einbrecherin und Diebin. Gott weiß, wie lange sie schon dort war. Sie hat die wichtigen Unterlagen gefunden, das stimmt, schließlich hatte Cecily alles wohlgeordnet hinterlassen. Um in Cecilys Aktenschränken etwas zu finden, brauchte man kein Examen und keinen Doktortitel. Und nun stellen Sie sich bitte vor: Sie hatte etwas entdeckt, was niemand je erfahren durfte. Bis jetzt wusste nur sie davon. Selbst wenn es mir gelungen wäre, die Veröffentlichung der Papiere zu verhindern, hätte sich das, was sie wusste, herumgesprochen. Das ist immer so und nicht zu verhindern. Ich habe mir natürlich nichts anmerken lassen, sondern sie gefragt, was wir ihrer Meinung nach jetzt unternehmen sollten. Schließlich einigten wir uns, ein wenig spazieren zu gehen und die Sache zu bereden. Ich habe ihr die kriminellen Aspekte ihrer Handlungsweise vor Augen geführt, und sie versprach, mit niemandem darüber zu reden. Versprechen sind leicht gegeben, aber ich habe die Erfahrung gemacht, dass nur die in einer stabilen Umwelt aufgewachsenen Menschen den Wert eines gegebenen Wortes und damit verbundenen Vertrauens kennen. Ich wusste nicht, was ich tun sollte, wenn Sie es genau wissen wollen. Und dann kamen wir zum Meer, und unter uns waren die Felsen. Ich schlug vor, ein Stück hinauszuklettern – das ist ja sehr verführerisch, wie Sie es selbst an jenem Tag in Maine demonstriert haben.«

»Ja«, sagte Kate, »es hat mir Spaß gemacht. Sie hatten nur vorgeschlagen, einen Blick auf die Felsen zu werfen, aber ich wollte unbedingt selbst auf ihnen herumklettern. Sie brauchten es mir nicht einmal vorzuschlagen.«

»Keine Bitterkeit, meine Liebe. Es sagt ganz wunderbare Dinge über Ihren Elan und den der Miss Marston aus – auch wenn Ihrer gewiss nicht dazu führt, dass Sie in Häuser einbrechen und anderer Leute Briefe lesen, zumindest nicht außerhalb von Bibliotheken. Sie rutschte auf dem Felsen aus. Sie trug zwar Hosen, aber ziemlich ungeeignete Schuhe und wusste nicht, wie glatt die Felsen und die Algen waren. Sie rutschte aus, schlug mit dem Kopf auf und fiel mit dem Gesicht nach unten in eine der Mulden. Und selbst da wurde ich nicht zum Mörder. Ich habe versucht, sie hochzuziehen. Aber sie hatte ein ordentliches Gewicht, und ich fand keinen Halt. So ließ ich sie schließlich, wo sie war.«

»Und beschlossen, mich wie ein dummes Kind dorthin zu locken, damit ich die Leiche fand und identifizierte. Wenn ich etwas nicht ausstehen kann, dann ist es das Gefühl, manipuliert zu werden.«

»Das ist nicht wahr. Ich habe ganz einfach nur Ihre Gesellschaft für diese Fahrt gesucht. Aber das werden Sie mir niemals glauben. Und jetzt kommt wohl alles heraus. Alles über die Briefe.«

»Nicht, wenn ich sie haben kann«, sagte Kate.

»Ich verstehe. Ich soll Ihnen die Waffe in die Hand geben, mit der Sie mich erpressen können, und Sie versprechen mir, sie nicht zu benutzen.«

»Genau. Meine Vorfahren sind wohl so fein gewesen, dass Sie mir das glauben.«

»Die Bemerkung habe ich verdient, und ich nehme sie hin. Was haben Sie denn mit den Briefen vor, wenn Sie sie bekommen?«

»Sie der Sammlung in Wallingford einzuverleiben – versiegelt und mit einem späteren Öffnungsdatum. Niemand wird Ihr schreckliches Geheimnis erfahren, solange dieses Wissen Ihnen schaden könnte.«

»Und wie vielen Menschen haben Sie die Geschichte schon erzählt?«

»Nur zwei Personen. Reed, auf dessen Diskretion Sie

sich verlassen können und müssen, und einer Freundin, der ich vertraue und der auch Sie vertrauen müssen.«

»Ich verstehe. Meinen Bruder Herbert haben Sie also nicht hineingezogen?«

»Nein, Max, da habe ich mich zurückgehalten. Meine Fragen an Herbert strotzten zwar nicht gerade vor Diskretion, aber er hat mit Sicherheit keine Ahnung, wonach ich suchte. Bestimmt hat er alles als ziemlich hitziges amerikanisches Interesse an englischer Kulturgeschichte abgetan. Wahrscheinlich ist er lange genug in Amerika, um zu wissen, dass die meisten Amerikaner mit der größten Selbstverständlichkeit höchst persönliche Fragen stellen.«

Sie kam zum Tisch zurück und setzte sich wieder. »Wissen Sie, Max, ich bin extra nach London in die Tate Gallery gefahren, um mir das Porträt von Dorothy Whitmore anzuschauen, das ich an jenem Tag in Maine zum ersten Mal gesehen hatte. Sie wirkte wie eine Göttin, blond und stark und mutig. Anständig, wie Sie.«

»Aber, aber, meine Liebe! Mein Vater – Reston, meine ich – war auch anständig. Die Engländer lieben Fairness, das wird Ihnen aufgefallen sein.«

»Wie oft müssen Sie das Porträt gesehen haben, Max, wenn Sie als Junge aus England kamen und Cecily besuchten. Und all die Besuche später. Ist Ihnen nie der Gedanke gekommen, dass Sie stolz sein könnten auf diese Mutter?«

»Nie. Selbst wenn ich gewusst hätte, dass sie meine Mutter war, was aber nicht der Fall war, denken Sie daran. Erst an dem Tag, als ich diese Briefe zusammen mit Ihrer Miss Marston las, erfuhr ich es. Ich hatte nicht einmal einen Verdacht in der Richtung. Und hätte ich eine Ahnung gehabt, ich hätte sie so nachdrücklich wie möglich aus meinem Kopf verbannt. Wer wünscht sich schon eine Mutter, wie göttlich auch immer, die zugleich Feministin, Freidenkerin, Sozialistin und Pazifistin ist? Lauter Dinge, die ich hasse. Ich bin auch nicht zu bekehren, was Frauen angeht. Ich liebe sie als Damen, als Ehefrauen und Mütter oder, schlimmstenfalls, als exzentrische und nette alte Jungfern. Wenn sie, wie Cecily, Romane schreiben, sollten sie das erst tun, nachdem sie ihre Pflichten als Frau erfüllt haben. Noch besser wäre, sie schrieben überhaupt keine Romane, wie etwa meine Mutter – ich meine die Frau, an die ich als meine Mutter denke. Sie sprach bloß exzellent Französisch und hat ihren Mann und ihre Kinder ungeheuer glücklich gemacht.«

»Es muss ein Schock für Sie gewesen sein«, sagte Kate, die Zeit gewinnen wollte. Sie sah Reed an, aber er merkte offensichtlich nicht, dass sie Hilfe brauchte. Er spielte weiter die Rolle des stummen Zeugen.

»Kein größerer als der, den ich hier erlebe«, sagte Max. »Also gut, Kate. Sie halten alle Trümpfe in der Hand. Angenommen, ich verspreche, Ihnen diese Briefe in ein paar Wochen zu geben – ich habe sie fortgeschafft und kann nicht einfach hingehen und sie mir schnell wieder besorgen, obwohl ich mich bemühen werde –, und überlasse sie Ihnen zur Aufbewahrung und Entsiegelung. Habe ich Ihr und Reeds Wort, dass von alldem nichts nach außen dringt, nie wieder, was auch passiert?«

»Warum sollte ich mein Wort geben? Bedenken Sie, dass ich die Trümpfe in der Hand halte.«

»Weil ich hier bei Ihnen bin und nicht gerade offiziellen Besuch von der Bezirksstaatsanwaltschaft bekommen habe. Oder wäre das Büro der obersten Ermittlungsbehörde von Maine zuständig, wie immer das auch heißen mag? Müssen wir alles Schritt für Schritt durchgehen? Sie wollen die Briefe der Nachwelt erhalten sehen, obwohl ich nicht glaube, dass dies notgedrungen der einzige Weg ist, um an sie heranzukommen. Ich will sicher sein, dass ich niemals des Mordes beschuldigt werde. Geht es etwa noch komplizierter?«

»Na gut«, sagte Kate, die sich bewusst war, dass sie in dieser Auseinandersetzung von Anfang bis Ende keine besonders gute Figur gemacht hatte. »Lassen wir es dabei. Ich werde mit Mr Sparrow besprechen, dass die versiegelten Briefe bei ihm hinterlegt werden. Und ich werde auch in Zukunft keine weiteren Zahlungen von Ihnen fordern. Meine Erpressung ist eine einmalige Angelegenheit.«

»Das sagen ohne Zweifel die meisten Erpresser.«

»Ohne Zweifel. Aber ich bin ich. Das werden Sie mir glauben müssen, falls Sie überhaupt etwas glauben.«

»Das sind Sie, Kate. Das stimmt. Sie haben mein Wort: Die Briefe werden bald in Ihren Händen sein. Und ich habe Ihr Wort, dass sie zu meinen Lebzeiten niemand anderem in die Hände fallen.«

»Einverstanden«, sagte Kate, ergriff aber seine ausgestreckte Hand nicht. Langsam und errötend zog er sie zurück und ging durch das ungemähte Gras hinaus zu seinem Wagen, in dem der Chauffeur auf ihn wartete.

»Und was wird er jetzt tun?«, wandte Kate sich an Reed. »Angenommen, er vernichtet die Briefe einfach und leugnet die ganze Geschichte? Was wird dann aus meinen Beweisen?«

»Das wird nicht passieren, es sei denn, es ist ihm das Gerede über Mord und seine uneheliche Geburt wert. Nach deiner Schlussfolgerung will er aber verhindern, dass die Wahrheit ans Licht kommt, solange er lebt und sich ihr stellen müsste. Also wird er kaum wollen, dass du sie zusammen mit dem Mordvorwurf herumerzählst.«

»Reed. Hältst du es etwa für möglich, dass er sich umbringt?«

»Ich glaube kaum. Aber wird in dem Spiel, das du da spielst, der Missetäter nicht immer mit einem alten Armeerevolver in der Bibliothek allein gelassen?«

»Reed, du magst Max nicht. Ich habe das nie gemerkt.«

»Ich auch nicht. Nun, da du es erwähnst: Nein, ich mag ihn überhaupt nicht. Aber es wäre kein guter Vorschlag, überhaupt nicht mehr an ihn zu denken, also lass uns zumindest nicht mehr über ihn reden. Schaffen wir das?«

»Könnte sein«, sagte Kate.

VIERTER TEIL

Juni

Vierzehn

Fast acht Tage waren seit dem Treffen in der Hütte vergangen, und Kate befürchtete langsam, dass Max kniff. Merkwürdigerweise hielt sie ihn für fähig, schwerste Verbrechen zu begehen, konnte aber weder glauben, dass er sein Wort brechen noch eine Vereinbarung nicht einhalten oder Papiere von historischem Wert vernichten könnte. Das nennt man dann wohl Ganovenehre, dachte sie. Trotzdem durchforschte sie die Todesanzeigen in der Tageszeitung und eilte ein wenig schneller und ängstlicher ans Telefon als gewöhnlich.

Am Abend des 1. Juni rief er plötzlich an und fragte, ob er auf einen Brandy vorbeikommen könne. Kate sah, wie Reed ihr vom anderen Ende des Raumes zunickte, und antwortete, sie würden sich freuen, ihn zu sehen.

Als er kam – so wohlerzogen und adrett und selbstbeherrscht wie immer –, wurde Kate klar: Sie hatte mit Schimären gekämpft.

»Ich bitte um Entschuldigung, dass ich so lange gebraucht habe. Ich war verhindert und hoffe, Sie verzeihen. Man sollte nicht auf der einen Seite seine Dienste anbieten und sie auf der anderen Seite als Entschuldigung benutzen, dass man andere Verpflichtungen nicht einhält. Tatsache ist, dass ich Randolph Brazen bei seinem Buch geholfen habe. Er ist alt und braucht etwas intellektuelle Unterstützung. Aber es wird ein beachtenswertes Buch, da bin ich ganz sicher. Als ich ihm sagte, ich käme dadurch zu spät zu einer Verabredung, bestand er darauf, mir eine Nachricht für Sie mitzugeben.«

Randolph Brazen war Amerikas berühmtester Kolumnist gewesen zu einer Zeit, als politische Leitartikler als wahre Größen auf Erden galten. Kate erinnerte sich, dass in ihrer Familie sein Name so ausgesprochen wurde wie früher wohl das Orakel von Delphi. »Ich wusste gar nicht, dass er noch lebt«, gab sie zu und ließ sich den Brief von Max reichen. Sie las ihn laut vor. »›An diejenigen, die einen berechtigten Anspruch auf Max' Zeit haben: Ich bitte um Nachsicht dafür, dass ich ihn länger als vorgesehen festgehalten habe. Er war mir in der Tat eine große Hilfe, und ich danke ihm für seine Freundlichkeit. Ich würde es als eine persönliche Gunst ansehen, wenn Sie ihm seine Säumigkeit nachsehen könnten, für die ganz allein ich verantwortlich bin.‹« »Wo wohnt er?«, fragte Kate.

»In Wilton, Connecticut, in einem schönen alten Haus. Dort hat er auch all seine Unterlagen. Wenn man seine vierzig Jahre alten Kolumnen liest, wird einem klar, was für einen Verlust es für uns bedeutet, dass wir heute so einen Mann nicht mehr haben. Er besaß das, was heutzutage nur noch wenig gilt: gesunden Menschenverstand.« Max ließ diese Bemerkung in die Stille hineinfallen. Dann ging er in den Flur, holte einen festen Umschlag – Max trug natürlich nicht so etwas Ordinäres wie einen Aktenkoffer mit sich herum – und zog eine Mappe heraus. »Die Briefe«, sagte er. »Alle, die Cecily damals von Dorothy Whitmore bekommen hat. Von meiner Mutter, also von Frederica, waren keine dabei. Cecily muss sie entweder vernichtet oder Frederica zurückgegeben haben. Aus verschiedenen Andeutungen halte ich das für wahrscheinlich. Aber meine Mutter muss sie dann ihrerseits vernichtet haben, denn sie sind nie wieder aufgetaucht. Die Briefe von der Whitmore sind aber, wenn Sie so wollen, Beweis genug.«

»Darf ich einen Blick hineinwerfen?«, fragte Kate.

»Ich hoffe, Sie lesen sie aufmerksam«, sagte Max. »Ich hätte gern Ihre Bestätigung, zumindest für mich persönlich, dass die Mappe einigermaßen vollständig ist. Nein, Sie brauchen sich hier nicht auf mein Wort zu verlassen, auch wenn Sie es haben. Lesen Sie.«

»Später«, sagte Kate. Sie öffnete die Mappe und erkannte sofort Dorothy Whitmores Handschrift, der sie so häufig in Somerville begegnet war. Es war eine seltsam kindliche Schrift, die mal nach der einen, dann wieder nach der anderen Seite fiel, als hätte Dorothy den Versuch aufgegeben, unverwechselbar zu sein, und wollte nur ihre Gedanken zu Papier bringen. Kate hatte erfahren, dass ihre Lehrer sich über ihre schlechte Syntax und noch schlechtere Rechtschreibung beklagt hatten, aber inzwischen war ihre Schrift nicht mehr so unleserlich – vielleicht weil sie sicherer in Inhalt und Ausdruck geworden war. Kate legte die Mappe auf den Tisch.

»Wie wäre es mit einem Brandy?«, fragte Reed.

»Danke, gern«, sagte Max. Er saß schweigend neben Kate, bis Reed ihm den Schwenker reichte. »Wie nett. Die richtige Art, einen guten Brandy zu trinken. Man kann das Aroma schon vorab genießen. Auf Sie, meine Liebe.«

»Auf die Whitmore«, sagte Kate. Sie trank Scotch, und das Aroma war ihr im Augenblick ziemlich gleichgültig. Jetzt hatte sie endlich die so ersehnte Erlaubnis, die Briefe zu lesen, und konnte sich kaum noch zurückhalten. Sie brauchte ihre ganze Selbstbeherrschung (Reed hätte dazu wohl bemerkt, dass sie nicht allzu viel davon besaß), um Max nicht wütend anzustarren, während er sich an seinem Brandy festhielt, ihn zärtlich in dem großen Glas schwenkte und ab und zu einen winzigen Schluck nahm. Sie hatte das Gefühl, dass Max wusste, was in ihr vorging, dies aber keineswegs sein gemächliches Vergnügen an dem Drink minderte. Er hatte sogar ein Gespräch über ein politisches Thema begonnen, während er das Glas zwischen den Händen wärmte. Kate hatte gerade beschlossen, einfach aufzustehen, dringende Arbeiten vorzuschützen und Reed (der ihm schließlich den Brandy in dem lächerlichen Glas kredenzt hatte) das

Feld zu überlassen, als Max plötzlich austrank und sich erhob. Er verbeugte sich leicht vor Kate.

»Danke, meine Liebe, für Ihr Vertrauen und Ihre Geduld. Ich brauche wohl kaum zu betonen, wie betrübt ich über den Unfall Ihrer Studentin bin und immer sein werde. Glauben Sie mir, jetzt, da Sie die ganze Wahrheit über mich kennen, dass auch das der Wahrheit entspricht. Können wir uns bald wiedersehen, als wäre dies alles nicht geschehen?«

»Bald vielleicht«, sagte Kate. »Aber nicht gleich.«

»Es liegt noch der ganze Sommer vor uns. Aber ich hoffe, Sie im Herbst zu einem Lunch einladen zu können. Können Sie mir ein wenig Hoffnung machen, dass Sie meiner Einladung folgen werden?«

»Ich hoffe es, Max. Lassen wir es dabei.«

»Gute Nacht, meine Liebe. Gute Nacht, Reed.«

Kate hörte, wie Reed Max zur Tür brachte, die Männer sich verabschiedeten und die Tür ins Schloss fiel.

»Möchtest du sie lesen?«, fragte Kate.

»Nein. Nur wenn etwas besonders Bemerkenswertes darin steht. Irgendwie habe ich die ganze Geschichte satt.«

»Ich weiß. Und doch möchte ich sie unbedingt lesen, Reed. Bin ich ein Ekel? Ja, das bin ich. Aber ich habe das Gefühl, Gerry Marston ist nicht ganz so sinnlos gestorben, wenn man die Briefe eines Tages schließlich lesen kann.«

»Wenn er sie nach ihrem Tod aufbewahrt hat, dann hätte er sie in jedem Fall aufbewahrt, und eines Tages wären sie dann auch gelesen worden. Noch nie habe ich von einem unsinnigeren Tod gehört.«

Kate legte die Briefe wieder auf den Tisch. »Da hast du recht.«

»Aber ich habe nicht das Recht, dich eines unter diesen Umständen absolut gerechtfertigten Vergnügens zu berauben. Du weißt, ich kann nicht anders, als ganz offen zu dir sein, aber keinen Augenblick habe ich gedacht, du solltest die Briefe nicht lesen.« Er ging aus dem Zimmer, und Kate griff wieder nach der Mappe.

»Die Frage ist«, las Kate in der Mitte eines der Whitmore-Briefe in ihrer kindlichen Handschrift, »welcher Aufgabe man sein Leben widmen kann und soll. Ich laufe Gefahr, in Selbstmitleid und Selbstgefälligkeit zu verfallen. Aber ich habe ein Gefühl von Schicksalhaftigkeit, Wut und Trotz. Ich glaube manchmal, Männer wissen nichts vom Leben und haben die Frauen so viele Jahrhunderte hindurch unterdrückt, damit diese das nicht merken. Cecily, Cecily, ich schwadroniere, aber was bist Du doch für ein Engel. Ich werde das Kind bekommen – das ist beschlossene Sache, und ich bete zu Gott, dass es ein Junge wird, der sein Schicksal klar und präzise vor sich sieht. Ist es nicht eigentümlich, dass keine von uns sich eine Tochter wünscht? Du willst die Jungen aus der Nachbarschaft, die im Krieg umgebracht wurden, ersetzen, so wie ich mir einen Bruder ersetzen will. Frederica zieht einfach Männer jeden Alters vor. Wenn es mehr Frauen wie uns gäbe, wäre das anders, wirst Du gleich einwenden. Aber wie viele gibt es davon? Frederica hat ihrem Mann wenigstens schon einen Sohn geschenkt. Hätte er eine Tochter abgelehnt, was meinst Du? Irgendwo las ich, dass alle Eltern, könnten sie das Geschlecht ihrer Kinder bestimmen, sich für einen Jungen als erstes Kind entschieden.«

Kate fühlte sich plötzlich ins Somerville zurückversetzt. Es sah der Whitmore so ähnlich, gleich auf das Geschlecht von Kindern zu kommen und nicht, wie man erwartet hätte, auf ihre Legitimität. Doch beim Weiterblättern stieß Kate auf einen Brief, in dem es um diese Frage ging. »Nein, Cecily, ich werde dem Vater nichts sagen. Warum sollte ich? Es war meine Entscheidung, mein Risiko, und ich werde das Kind gebären. Er hat sich nicht einmal die Mühe gemacht zu fragen, und warum sollte er auch? Ich habe ihn kaum ermutigt, größeres persönliches Interesse an mir zu entwickeln, oder ihn glauben lassen, dass ich tiefe Leidenschaft für ihn empfinde. Es ist Unsinn zu glauben, man könnte an dem einen Mann wiedergutmachen, was man einem anderen genommen oder worum die Welt ihn betrogen hat. Weil ich – zu jung und zu dumm, um *seine* Leidenschaft zu erkennen – Gerald um seine Liebe zu mir betrogen habe, versuche ich jetzt wie eine Närrin, es an diesem armen

Teufel wiedergutzumachen. Rosalind hatte recht: Männer sterben von Zeit zu Zeit, und dann fressen sie die Würmer. Aber sie sterben nicht aus Liebe.«

Nein, dachte Kate, nicht aus Liebe, kaum aus Liebe. Immer aus Hass oder Stolz oder Eitelkeit oder Selbstschutz.

Zum Schluss berichtete die Whitmore Cecily von Fredericas Angebot, das Kind als ihr eigenes anzunehmen, »selbst wenn es ein Mädchen ist«. Es war wirklich erstaunlich, mit welcher Bitterkeit die Whitmore diesen Punkt immer wieder betonte. Frederica hatte erklärt, ihre Freiheit sei nicht so sehr in Gefahr wie die von Dorothy, und sie habe auch nicht die Möglichkeit, durch ihre Arbeit so viel zu erreichen. Wie hätte sie ahnen sollen, dass die Whitmore nur noch zehn Jahre zu leben hatte? Trotzdem hatten sie recht gehabt. *North Country Wind* gehörte zu jenen seltenen Büchern (wie auch *Middlemarch* und *Persuasion*), deren Vorbereitung ein ganzes Leben braucht. In diesem Roman – und das hatte für Kate keine geringe Rolle bei der Entdeckung von Max' wirklichen Eltern gespielt – erlebte die Heldin eine Liebesaffäre mit dem prominentesten Mann der Stadt, einem Witwer. Das war ein äußerst schockierendes Verhalten in einem Städtchen, wie es in dem Roman beschrieben wurde, aber die leidenschaftliche Beziehung war mit großem Können geschildert worden; mit großem Können und mit einem Wissen darum.

Die Whitmore war jung gestorben. Frederica hatte die konventionellste und von ihrer Zeit am höchsten honorierte Lebenserfüllung gefunden. Cecily hatte lange genug gelebt, um etwas zu erlangen, was großer Ruhm werden würde. Wer weiß? Vielleicht würde Max' Biografie auch die Whitmore wieder berühmt machen, wie es Gerry Marstons Studie möglicherweise getan hätte.

Jetzt konnte Kate nur noch die versiegelten Briefe nach Wallingford bringen und die Geschichte ein für alle Mal aus ihrem Bewusstsein verbannen. In einem unbeschwerteren Moment hatte sie einmal zu Reed gesagt, ihr Rat an Max gleiche dem der Lady Bracknell an Jack Worthing: »Ich möchte Ihnen raten, Mr Worthing, sich mit größter Anstrengung um ein männliches und weibliches Elternteil zu bemühen, ehe die Saison ganz vorbei ist.« Mit einiger Überredungskunst hatte Max den Elternteil herbeigeschafft.

Beim Gedanken an Elternschaft fiel Kate ein: So wie Max einen echten Elternteil gefunden hatte, hatte Leo zwei Ersatzeltern adoptiert. Sie hörte, wie die Tür zuschlug; Leos Heimkehr ging nie leise vor sich. Na gut, dachte sie, als Leo sie und das Päckchen Briefe neben ihr ansah, egal, wie viel wir vermasselt haben mögen, wir haben es immer noch besser gemacht als seine wirklichen Eltern – auch wenn dazu nicht viel gehört.

»Was machst du?«, fragte Leo. »Normalerweise bist du zu dieser Zeit über deinen Schreibtisch gebeugt.«

»Ich pfeife im Dunkeln, das tue ich. Wie geht es dir?«

»Es ist alles vorbei«, sagte Leo. »Jedenfalls in der Hauptsache. Harvard sagt, dieses Jahr können sie nicht aufgenommen werden, und für das nächste würde man es sich noch einmal überlegen. Die Eltern sausen aufgeregt in der Schule herum. Der größte Teil der Lehrer meint, die Sache sei nicht richtig angefasst worden, aber ich beherzige Reeds Rat, lächle nur freundlich und halte mich zurück. Ich gehe nur noch zum Unterricht.«

»Ich weiß, wie du dich fühlst, oder ich glaube zumindest, es zu wissen. Du nimmst dir irgendetwas vor, eine kleine Sache, tust sie, und plötzlich wird sie zu einer Flutwelle, der Schwung lässt nach, aber es gibt keine Möglichkeit mehr, die Sache zurückzudrehen. Auch wenn du geglaubt hast, alle Folgen voraussehen zu können, so konntest du doch das Tempo nicht ahnen, in dem sich die Dinge entwickelten.«

»Du hörst dich an, als hättest du die gleiche Erfahrung gemacht.«

»Nicht unter den gleichen Umständen vermutlich, aber die gleiche Erfahrung.«

»Der Direktor meint jetzt – natürlich nicht mir gegenüber, aber so was spricht sich rum –, er hätte sofort gehandelt, wenn ihn nicht alle Jungen belogen hätten. Natürlich haben Finlay und Ricardo gelogen, und zwar mit jedem Atemzug, aber auch die, die er ins Direktorzimmer gerufen und gefragt hat, ob sie Finlay in dem

Examen gesehen hätten. Er sagt, er hätte sich in der Sache korrekt verhalten – jedenfalls heißt es, dass er das von sich behauptet.«

»An deiner Stelle würde ich nicht mehr darüber nachdenken. In diesem Fall kann er doch nur dankbar sein, dass die Sache zur Sprache kam und er sich nicht der Mitwisserschaft schuldig gemacht, sie gar stillschweigend geduldet hat – Reed wüsste, wie man das juristisch nennt. Und wir beide, Leo, können nur sagen: Pfui! Er sollte keine Schule leiten, in der solche Dinge geschehen, in der die Schüler lügen, in der – ach, zum Teufel damit. Aber erwarte nicht, dass er dankbar ist. Das wird er nie sein.«

»Habt ihr wirklich ›Pfui!‹ gesagt, als ihr jung wart?«

»Eines Tages, Leo, erzähle ich dir, wie alt ich werden musste, bis ich erfuhr, dass das längst nicht das schlimmste Schimpfwort im Repertoire ist.«

»Es gibt übrigens noch eine Neuigkeit. Wir spielen am 14. Juni, das ist ein Sonntag, gegen das zweitbeste Team. Die Einnahmen kommen in den Stipendienfonds. Gespielt wird im Central Park. Glaubst du, du kannst auch kommen, oder bist du oben in der Hütte?«

»Natürlich komme ich. Ich kann ja früher wieder herfahren, falls ich dort bin. Um wie viel Uhr ist es?«

»Um drei. Aber fühl dich nicht verpflichtet. Ich habe es nur erwähnt, weil es das letzte Spiel in dieser Saison ist. Das letzte für St. Anthony's.«

»Und was war das für eine Saison, sportlich gesehen, natürlich! Ich komme.«

Leo schlenderte in die Küche und suchte nach etwas Essbarem, und Kate ging durch den Kopf, dass seltsamerweise beide Probleme gleichzeitig gelöst waren. Die Puzzles waren aufgegangen. Beides waren sehr moderne Lösungen, nicht schlüssig und unbefriedigend, aber in beiden Fällen, in ihrem wie in Leos, wäre es schlimmer gewesen, wenn sie nichts unternommen hätten: Die falschen Leute wären zufrieden gewesen, aber es hätte schlüssig ausgesehen. Doch es reichte, um sich wieder einmal in die Zeit von Königin Victoria zurückzusehnen, als Tennyson sein Gedicht ›Tithonus‹ nicht zur Veröffentlichung freigab, weil, wie ein Kritiker es sah, »sein der Welt überdrüssiger Pessimismus so wenig anregend wirkte auf die Stimmung der Zeit«. Was wäre wohl anregend genug für die Stimmung der heutigen Zeit?

Fünfzehn

Allein in ihrer Hütte, spürte Kate wieder einmal, wie die Einsamkeit und die ländliche Umgebung ihr halfen, zu sich selbst zu finden. Sie genoss das, was Mollie Panter-Downes, eine von Kate geradezu abgöttisch geliebte Schriftstellerin aus England, »den höchsten Luxus der Wohlhabenden« genannt hatte, »die Möglichkeit, nach Belieben denen aus dem Weg zu gehen, die einem am nächsten und liebsten sind«.

Die vergangene Nacht war besonders klar gewesen und der Himmel voll funkelnder Sterne. Kate kannte Menschen, denen der Anblick der Sterne Trost spendete, als würden die Leiden dieser Welt durch die mögliche Existenz anderer Welten gelindert. Aber Kate teilte diese Meinung nicht. Das Schauspiel flößte ihr zwar Ehrfurcht ein, dennoch galt ihre ganze Hingabe nur dieser Welt – ganz wie Walt Whitman es empfunden hatte.

»Die Erde genügt mir,
Ich brauche die Sterne nicht näher,
Ich weiß sie gut aufgehoben, wo sie sind,
Ich weiß, so genügen sie denen, die sich sehnen.«

Flüge zum Mond, die Kate im Fernsehen verfolgt hatte, ließen sie kalt. Das Hissen der amerikanischen Flagge auf dem Mond war für sie schlicht das übelste Beispiel schlechten Geschmacks seit der Errichtung des Albert Memorial.

Vor drei Monaten war Max den Feldweg heraufgekommen, am Rande ihrer Wiese stehen geblieben und hatte nach dem Weg gesucht. »Fahren Sie mit mir nach Maine«, hatte er gesagt. Natürlich, dachte Kate bitter, habe ich als selbstverständlich angenommen, dass es dabei um mich als Person ging, dass wie immer ich es war, um die sich alles drehte. Gibt es größere Eitelkeit als die, sich frei von ihr zu wähnen? Aber Selbstgeißelung war nicht angesagt. Gerry Marstons Tod hätte nicht verhindert werden können. Wie gewaltig auch ihre eigene Fehleinschätzung gewesen sein mochte, sie hatte niemandem Schaden zugefügt.

Hier, in der Einsamkeit, war es ihr gelungen, ihre nächsten Schritte zu planen. Jetzt musste sie an die Rückkehr denken. Ihr Blick wanderte vom mittlerweile bewölkten Himmel über die jetzt dicht belaubten Bäume zu dem Feldweg, auf dem an jenem Tag Max gestanden hatte. Einen grässlichen Moment lang glaubte sie, eine echte Halluzination zu erleben. Dann wurde ihr klar: Was immer es sein mochte, eine Einbildung war es nicht.

Auf dem Feldweg stand Max und sah über die Wiese zu ihr herüber.

Auf diese Entfernung konnten sich ihre Blicke nicht treffen. Dennoch fühlte Kate, dass sie sich begegneten. Diesmal brauche ich mir keine Gedanken wegen meiner Kleidung zu machen, dachte sie. Ihre Hosen waren schmuddelig wie immer, und ihr Hemd, ein von Reed abgelegtes, hatte sie vorn zusammengeknotet, sodass ihre Taille nackt war. Sie löste den Knoten und zog es über die Hüften in einer Bewegung, die ihr wie ein letztes Rudiment des Rüstunganlegens erschien. Max kam auf die Hütte zu.

»Wohin diesmal?«, fragte Kate, als sie ihm die Tür öffnete. Für einen Moment schoss ihr der Gedanke durch den Kopf, einfach abzuschließen, aber sie verwarf ihn gleich wieder. Er konnte immer hereinkommen, wenn er wirklich wollte. Und früher oder später würde sie mit Max reden müssen. Es sah ihm ähnlich, das Ritual ihrer Gespräche in der Hütte fortzusetzen.

»Ich setze mich wieder hier an den Tisch«, sagte er.

»Sie setzen sich natürlich, wohin Sie wollen. Könnten wir vielleicht einen Tee trinken?«

»In Ordnung.« Kate ließ Wasser in den Kessel laufen und stellte ihn auf den Herd. Bis es heiß war, ließ sie sich in ihren Sessel fallen und sah zu, wie Max die unvermeidliche Zigarette anzündete und die Beine übereinanderschlug. Wie Noël Coward, hatte sie früher immer gedacht.

Er wartete, bis der Tee eingeschenkt war. Seine Tasse

stand vor ihm auf der Tischplatte, sie umfasste ihre mit beiden Händen, nachdem sie sich auf ihrem riesigen Sessel im Schneidersitz niedergelassen hatte.

»Für wann hatten Sie Ihre kleine Enthüllung geplant?«, fragte er.

»Der Zeitpunkt ist unwichtig«, antwortete Kate. »Heute oder irgendwann, obwohl das kaum Ihr Stil ist, Max.«

»Was hat Sie dazu gebracht, die Sache auf Ihre reizende weibliche Art noch einmal aufzurollen, Kate?«

»Woher wissen Sie, dass ich sie noch einmal aufgerollt habe? Ich habe mit niemandem darüber gesprochen.«

»Nein. Ich habe damit gerechnet, dass Sie das nicht tun. Nicht einmal mit Reed, wage ich zu behaupten. Zwei fantastische Geschichten innerhalb eines Monats, das wäre zu viel – selbst für einen liebevollen und, wenn ich so sagen darf, lächerlich gutmütigen Ehemann. Ich wusste es, weil Herbert es mir erzählt hat, indirekt natürlich. Eine winzige Information kann einem Menschen, der sie zu entziffern weiß, eine ganze Menge sagen.

Herbert«, fuhr Max fort, »wurde kürzlich von einem brüderlichen Gefühl übermannt. Vielleicht haben Sie es ausgelöst. Wir haben uns in meinem Club zum Essen getroffen. Er sagte, wie sehr er sich über die Begegnung mit Ihnen in Oxford gefreut und dass er neulich mit Ihnen telefoniert hat. Nein, er hat mir über Ihre Fragen nichts erzählt, dazu ist Herbert zu diskret. Aber es wurde offensichtlich, dass Ihr fieberhaftes Interesse an meiner Geburt nicht nachgelassen hat. Das schien darauf hinzudeuten, dass Sie weitere Informationen haben und diese bestätigt sehen möchten. Habe ich recht?«

»Doch, Sie haben ganz recht. Max, sind Sie gekommen, weil es Ihnen Spaß macht, mir vor Augen zu führen, was für ein Dummkopf ich war und wie leicht Sie mich manipulieren konnten? Sicher, ich habe Ihnen jede Gelegenheit dazu geboten. Ohne meine eifrige Hilfe hätten Sie die ganze Geschichte nicht inszenieren können. Ich habe versucht, dahinterzukommen, wo ich das erste Mal in die Irre gegangen bin. Es war das Porträt. Dieses Porträt hat für mich die Whitmore so in den Mittelpunkt gerückt, dass sogar in Cecilys Haus mit ihrem Tod auch ihr Geist verschwunden war. Glauben Sie, dass das der Moment war?«

»Ohne Zweifel.«

»Danach habe ich all Ihre unausgesprochenen Wünsche erfüllt – von der Identifizierung der Leiche bis zur Entdeckung Ihres, wie ich glaubte, finsteren und gemeinen Motivs.«

»Aber es war doch eine runde Sache, Kate. Sie hatten Ihre Briefe, alles war so ordentlich und abgeschlossen, ein fertig geschnürtes Paket. Warum musste es wieder aufgehen?«

»Warum sollte ich Ihnen das erzählen. Mein fataler

Hang zum Geschichtenerzählen hat schon genug Schaden angerichtet.«

»Weil das sozusagen die letzte Geschichte ist, die Sie erzählen werden.«

Kate sah Max an. Er hatte sich die nächste Zigarette angezündet, aber kaum von seinem Tee getrunken. Hatte er sich spürbar weniger unter Kontrolle? Sie musste auf alle Fälle weiterreden. Sie zog eine Zigarette aus der Tasche. »Anzünden möchte ich sie noch nicht«, sagte sie, als Max aufstand. »Wie ich Ihnen neulich schon sagte, versuche ich noch immer, es mir abzugewöhnen.« Sie hielt die Streichholzschachtel in der Hand und spielte damit herum.

»Vor einer Weile«, sagte sie, »kurz nachdem Sie mir die Briefe gegeben hatten, besuchte mich eine Studentin. Zu Hause. Meine Doktoranden besuchen mich häufig im Sommer, wenn ich zu Hause bin. Es ist schwer, ihnen während der langen Ferienzeit jede Unterstützung zu verweigern. Wie dem auch sei, diese junge Frau suchte noch nach einem Thema für ihre Dissertation. Sie gehört nicht zu denen, die mir besonders am Herzen liegen. Man tendiert ja dazu, sich auf die Studenten zu konzentrieren, die bei einem gerade einen Kurs absolvieren oder sich sichtlich auf etwas Besonderes vorbereiten – auf ein Examen oder ein Referat.« Kate schmückte ihre Geschichte aus, denn sie wusste, sie musste reden, pausenlos reden.

»Sie kam zu mir und hatte sich für ein Thema entschieden. ›Ich möchte über Dorothy Whitmore schreiben‹, sagte sie. Ich nehme an, dass ich das Gesicht verzogen habe, jedenfalls fragte sie mich, ob ich Einwände gegen das Thema hätte. ›Keine wichtigen‹, sagte ich. ›Ich schrecke fraglos ein bisschen davor zurück, weil Gerry Marston daran gearbeitet hatte.‹ Sie hatte einmal zusammen mit Gerry in einem meiner Seminare gesessen. ›O nein‹, sagte sie. ›Gerry hat über Cecily Hutchins gearbeitet. An der hatte sie einen Narren gefressen. Sie hat diese Art lebendiger Romane schon immer bewundert, aber als sie auf Cecily Hutchins stieß, hat sie alles förmlich verschlungen. Es war allerdings Gerry, die mich als Erste auf die Whitmore aufmerksam gemacht hat. Dorothy Whitmores Stil lag mir viel mehr. Nicht so viel von dieser Oberschicht-Attitüde, immer witzig und zu jedem Essen den passenden Wein.‹ Ich habe natürlich auf diese überlegene und nervtötende Professorenart gelacht und gesagt, zufällig wüsste ich, dass sie sich irre. Gerry habe eindeutig über die Whitmore gearbeitet. Kaum etwas wüsste ich so genau wie das.«

Kate warf einen Blick aus dem Fenster. »Die junge Frau hat mich ziemlich verblüfft angesehen. Man widerspricht nicht so ohne Weiteres einer ordentlichen Professorin, bei der man vielleicht seine Doktorarbeit schreiben will, selbst wenn sie allem Anschein nach die Dinge nicht mehr ganz so fest im Griff hat und erste Anzeichen von Senilität zeigt. Aber die junge Frau stritt weiter mit mir.

Die Bedeutung dessen wurde mir langsam klar. Wenn eine Studentin mit ihrer Professorin streitet, muss sie ihrer Sache verdammt sicher sein: Das wusste ich noch von früher. Also sagte ich, vielleicht hätte ich mich ja geirrt. Wir unterhielten uns ein bisschen über die Whitmore, und ich sagte ihr, welches Hintergrundmaterial sie sich anschauen sollte. Als sie gegangen war, versuchte ich zu ergründen, warum ich so fest der Meinung war, Gerry habe über die Whitmore gearbeitet. Ich setzte mich an die entsprechende Akte, die ich seit Gerry Marstons Tod nicht mehr angesehen hatte: Alle ihre Briefe an mich, ihr Themenvorschlag, der Gliederungsentwurf und die Bibliografie waren darin. Nicht der geringste Zweifel. Ihre Dissertation drehte sich von Anfang bis Ende um Cecily Hutchins. Die Whitmore wurde nur einmal erwähnt, als es um die Freunde und literarischen Beziehungen der Hutchins ging.«

Sie sah Max an. »Glauben Sie ja nicht, dass ich zu dem Zeitpunkt mehr als eine leichte Verwirrung empfunden hätte. Offensichtlich musste es einen Grund für meine Annahme geben, dass Gerrys Leidenschaft der Whitmore gegolten hätte. Immerhin, dachte ich mir, habe ich eine ganze Menge Studenten. Da kann so ein einfacher, gar nicht abwegiger und nicht einmal unwahrscheinlicher Fehler schon mal passieren. Aber irgendetwas hatte mich darin bestärkt. Nicht nur die Faszination, die von dem Porträt ausging. Etwas anderes. Und dann fiel es mir ein, Max. Es war dieser bis dahin ungeöffnete Brief von Gerry in Wallingford, der bewies, dass Gerry so sehr an der Whitmore interessiert war, dass sie der Hutchins in diesem Zusammenhang geschrieben hatte.«

Kate hielt inne. Sie zündete die Zigarette an und suchte umständlich nach einem Aschenbecher. Sie entdeckte einen und trug ihn zu ihrem Sessel.

»Warum nehmen Sie nicht einen Drink?«, fragte Max. »Haben Sie immer noch nichts anderes als kalifornischen Weißwein hier?«

»Danke, ich möchte nichts trinken. Als ich diese ungeöffneten Briefe zum ersten Mal sah, war ich ziemlich verwirrt. Sie passten so gar nicht zu dem sonst so wohlgeordneten Nachlass. Sie müssen sie absichtlich ungeöffnet gelassen haben als Tarnung für Gerrys Brief – Gerrys vermeintlichen Brief. Sie wollten meine Aufmerksamkeit auf Dorothy Whitmore richten. Nachdem mir das klar geworden war, verglich ich die Schrifttypen dieses Briefs mit denen von Gerrys Briefen, die sie mir wegen der Dissertation geschrieben hatte. Der Wallingford-Brief war auf einer anderen Maschine geschrieben. Das allein mochte vor Gericht kein schlagender Beweis sein, aber für mich war es sehr vielsagend. Sie schreiben sehr gekonnt anderer Leute Briefe, Max. Wie gut Sie den verbindlichen Ton eines wohlerzogenen Kindes treffen, das an eine berühmte Schriftstellerin schreibt! Und es ist Ihnen auch gelungen, meine Aufmerksamkeit auf das Porträt zu lenken, damit auf die Whitmore und fort von Cecily. Und das gründlich.«

»Sie kennen Oscar Wildes Ausspruch.« Max machte jetzt Konversation, wie sie sich Aspiranten für eine Welt mit Stil und Kultur erträumen. »›Ein Mann kann bei der Wahl seiner Feinde nicht vorsichtig genug sein. Keiner der meinen ist ein Dummkopf. Es sind lauter Männer mit Verstand, und demzufolge schätzen sie mich.‹ Ein Kompliment an Ihre Adresse, Kate.«

»Nein, das ist es nicht«, sagte Kate knapp. »Sie haben nämlich geglaubt, einen Dummkopf gefunden zu haben. Und eindeutig ist auch, dass ich Sie nicht besonders schätze. Doch ich gebe zu, das Zitat ist hübsch ausgesucht für diesen Moment. Sie halten alle Leute, die nicht Ihrer Meinung sind, für Dummköpfe, Max.«

»Fahren Sie fort. Was taten Sie, nachdem Sie mit kriminalistischem Scharfblick die Schrifttypen verglichen hatten?«

»Meine Gouvernante hat mir immer die Kleider umgesäumt. Wenn ich heute an sie denke, sehe ich sie stets damit beschäftigt. Da sie eine sehr ordentliche Frau war, konservativ im besten Sinne des Wortes, hat sie sich immer bemüht, den Faden, mit dem der ursprüngliche Saum umgenäht worden war, in einem Stück herauszuziehen. Sie versuchte ihn zu fassen, doch oft riss er ihr ab. Aber manchmal kam er tadellos und an einem Stück heraus. Dann wickelte sie ihn stolz um ein

Stückchen Pappe. Der Faden, mit dem wir es hier zu tun haben, Max, ließ sich auf genau die gleiche Weise herausziehen.«

»Und wie geht die Geschichte weiter?«

Es kostete sie ungeheure Anstrengung, sich ihre Angst nicht anmerken zu lassen. Max war auf ihre Abschweifungen nicht eingegangen, und das sagte ihr einiges. Es gab keinen Zweifel darüber, was in seinem Kopf vor sich ging. Einen Augenblick dachte sie daran, einfach zu schweigen. Doch wenn sie überhaupt eine Chance hatte, dann die, ihn durch Reden abzulenken.

»Was wäre noch dazu zu sagen, Max? Nur, dass meine ganze Geschichte in sich zusammenfiel. Und was für eine reizvolle Geschichte das war! Jedes Beweisstück oder das, was ich dafür hielt, schien sie zu belegen. Herbert war derjenige, der mir gezeigt hat, wie sehr ich mich verrannt hatte. Ein paar direkte Fragen, und mir wurde klar, dass Sie sein wirklicher Bruder sind und nicht etwa adoptiert wurden. Ich muss beschämt zugeben, er machte mich darauf aufmerksam, dass eine Adoption als gesetzlicher Vorgang offiziell zu Protokoll genommen werden muss. Ich habe ihn gefragt, ob Ihre Mutter nicht eine Schwangerschaft vorgetäuscht haben könnte: ein Kissen vor dem Bauch, eine Reise, etwas in der Art. Herbert brauchte nicht lange, um diese Theorie platzen zu lassen. Dann fiel mir ein, dass auf Dorothy Whitmores Krankenblatt hätte stehen müssen, ob sie einmal ein Kind bekommen hat. Das sind ja die Dinge, die Ärzte wissen müssen.«

Kate seufzte. »Ach, Max, wie habe ich Ihre schnellen Reaktionen bewundert. Mit welcher Erleichterung müssen Sie hier, in dieser Hütte, dem Märchen von Ihrer finsteren Abstammung zugehört und gemerkt haben, dass ich Ihnen damit etwas lieferte, was Sie sich selbst nicht hätten ausdenken können: ein hieb- und stichfestes Motiv. Eines, das zudem noch so romantisch war und so weit hergeholt, dass es ein guter Strafverteidiger ohne Weiteres hätte zu Hackfleisch machen können. Und Sie konnten sicher sein, dass Reed und ich das auch wussten.« Kate sah Max in die Augen. »Da fallen mir diese acht Tage bei Raymond Brazen ein – waren Sie wirklich bei ihm und haben ihm bei seinem Buch geholfen? Das ist einer der vielen Punkte, die ich noch nicht nachgeprüft habe.«

»Aber ja«, sagte Max, »ich war dort. Ich habe ihm wirklich bei seinem Buch geholfen. Aber er ist alt und kann nur wenige Stunden am Tag arbeiten. Überdies hebt der Mann, dem Himmel sei Dank, jedes Fetzchen Papier auf, und das schon seit Ewigkeiten. Er gehört zu den Leuten, die nichts wegwerfen können. Er besitzt noch Papier, das viele Jahre alt sein muss – jedenfalls alt genug, dass es bestimmt nicht neu aussah. Das Wasserzeichen hat mir ein bisschen Sorge gemacht. Man hätte dadurch feststellen können, dass das Papier aus Amerika stammte. Also habe ich in einen der Whitmore-Briefe eine Bemerkung über Papierknappheit hineingemogelt und über ihre Dankbarkeit für das amerikanische Papier, das Cecily ihr bei einem Besuch dagelassen hat.«

»Wenn ich mir vorstelle, Max, wie Sie diese Briefe geschrieben und ihre Handschrift kopiert haben. Sie müssen ein paar Unterlagen aus dem Archiv in Wallingford stibitzt und daraus abgeschrieben haben. Hat es Ihnen Spaß gemacht, diese Briefe zu verfassen? Sie waren schlau erfunden, Max. Verdammt schlau. Mit einer Einschränkung, wie mir später klar wurde: Dorothy Whitmore hätte sich niemals so sehr einen Jungen gewünscht oder wäre auf diesem Thema so herumgeritten. Frauen leiden keineswegs unter einem derartigen Selbsthass, wie Sie ihn unterstellen, und die Whitmore schon gar nicht.«

»Es war amüsant zu sehen, wie leicht sich diese Briefe schrieben. Ich wurde fast selbst zur Whitmore, habe sie flott heruntergeschrieben, bevor ich loszog und Sie die Nase in Sachen stecken ließ, die Sie gar nichts angingen.«

»Wie Gerry Marston.«

»Genau wie Gerry Marston.«

»Warum haben Sie sie umgebracht, Max? Würden Sie es mir erzählen?«

»Warum nicht?«

Kate hatte sich hin und wieder gefragt, wie weit ihr Mut wohl reichen würde, wenn ihr wirklich einmal Gewalt drohte. Man weiß das vorher nicht. Entweder kann man noch Kraftreserven mobilisieren, oder man bricht zusammen. Wie es aussah, würde sie nicht zusammenbrechen. Im Gegenteil, ihr Verstand schien, zumindest vorübergehend, durch die Angst sogar geschärft. Nicht klar war ihr allerdings, wie lange sie den lähmenden Auswirkungen der Angst widerstehen konnte.

»Sie wissen, dass ich Sie töten werde«, sagte Max. »Ich muss es tun. Aber es wird aussehen, als hätten Sie sich selbst umgebracht.« Kate bemerkte, dass er sich sogar jetzt grammatikalisch absolut korrekt ausdrückte. So sterben wir denn auf höchstem sprachlichem Niveau, dachte sie und wäre fast der Versuchung erlegen, in hysterisches Gelächter auszubrechen.

»Es macht mir absolut nichts aus, Ihre Neugier zu befriedigen«, fuhr er fort. »Neugier ist ein übermächtiges menschliches Motiv, oft stärker als Sex oder Geld. Und nicht nur neugierige Katzen sterben daran. Ja, zünden Sie sich die Zigarette nur selbst an. Ich bin viel stärker, als Sie wahrscheinlich annehmen, aber Sie sind für eine Frau recht groß und nicht übergewichtig. Es macht einen Mann zu verletzlich, wenn er einer Frau, der er nach dem Leben trachtet, Feuer gibt. Cecily und ich hatten Streit. Vor der Hochzeit. Kurz bevor sie nach England fuhr, hatte sie mich gebeten, sie zu besuchen. Sie hatte mich stets als den Verwalter ihres literarischen Nachlasses und Verfasser ihrer Biografie bezeichnet. Das war eine feststehende Tatsache. Jeder wusste das. Ich hatte es seit Langem in mein Leben eingeplant. Es war so vereinbart. Schließlich hatten wir den gleichen Hintergrund und mehr oder weniger die gleichen Einstellungen. Das glaubte ich jedenfalls. Aber als ich zu ihr kam, stellte sich heraus, dass Cecily eine Liberale geworden war, eine von denen, die mit großen Augen in die Welt schauen und die Meinung vertreten, dass Studenten auf dem Campus randalieren und sich in die Aufgaben der Regierung und Industrie einmischen dürfen. Es zeigte sich, dass wir in nichts mehr einer Meinung waren. Ich sagte, wenigstens sei sie Ricardo eine gute Frau gewesen. ›Was weißt du denn schon davon, Max?‹, fragte sie. ›Jahrelang habe ich nicht mein Leben gelebt, sondern seines. Ich habe ihm die Krawatten gekauft, seine Sitzungen arrangiert, sein Ego gestreichelt und seine Ausstellungen organisiert. Ja, ich habe geschrieben, aber nur, wenn Ricardo anderswo war, mit anderen und jüngeren Frauen zusammen, die glücklich waren, ihm die Besorgungen und die Hausarbeit abnehmen zu dürfen, und die ihn dankbar anbeteten. Vielleicht war ich eine gute Frau, aber erst nachdem aus mir ein guter Mensch geworden war, und das war, als wir für immer hierherzogen. An die See. Danach machte es mir nichts mehr aus, ob Ricardo nun heimkam oder nicht, und paradoxerweise kam er nun immer häufiger. Als ich aufhörte, mich zu fragen, ob ich eine gute Ehefrau war, begannen unsere glücklichsten Jahre. Als ich oft allein war. Max, was verstehst du überhaupt von alledem? Glaubst du, das Schreiben meiner Biografie wird dir diese konventionelle, konservative, verlorene Welt zurückbringen?‹ – ›Du warst eine Freundin meiner Mutter‹, antwortete ich. ›Ich verstehe, wie du gelebt hast.‹ – ›Mein Gott, Max‹, sagte sie, ›ich glaube, du verstehst gar nichts. Du verstehst nicht einmal deine Mutter.‹«

Max räusperte sich. »Dann haben wir über alles Mögliche geredet. Solche Gespräche gehen von einem Thema zum nächsten und werden schlimmer und schlimmer. Vietnam, Watergate, Rassenintegration, Frauenrechte – wir haben alles durchgekaut. Am Ende bat sie mich zu gehen. Nicht gleich – es war spät in der Nacht –, aber sofort am nächsten Morgen. Sie sagte, sie sei froh, dass wir dieses Gespräch geführt hätten, bevor es zu spät sei. ›Wie oft‹, sagte sie, ›passiert es, dass Menschen, die einander mögen, selbstverständlich davon ausgehen, dass sie in wichtigen und fundamentalen Dingen übereinstimmen. Du bist für mich der Falsche, als literarischer Nachlassverwalter und ganz bestimmt auch als Biograf. Ich werde das in meinem Testament festhalten. Ich werde dem alten Dingsbums‹ – so nannte sie stets ihren Anwalt – ›wegen der Änderung schreiben.‹ Das war alles. Am nächsten Morgen habe ich sie angefleht, sich das Ganze noch einmal zu überlegen. Sie sagte, so eilig sei es ja nicht. Und es hätte Zeit bis nach der Hochzeit.«

Er sah zum Fenster hinaus. »Wie Sie wissen, starb sie in England. Ihre Kinder waren mit ihr drüben. Es war zwar möglich, aber nicht sehr wahrscheinlich, dass sie ihnen etwas gesagt hatte. Mit Cecilys Zuwendung zu ihren Kindern war es niemals weit her. Ich glaube, alles, was sie hatte, hat sie an Ricardo verschwendet, egal, wie sie sich später über ihn geäußert hat. Ich weiß nicht, wie viel Freude Cecily an ihren Kindern gehabt hat, obwohl sie sehr erfolgreich wurden: Thad und Roger arbeiten in hervorragenden Firmen, und die Tochter hat sehr gut geheiratet. Pardon, ich schweife ab. Es bestand also die Chance, dass noch niemand von ihrem Sinneswandel wusste. Ich habe mir unter falschem Namen in Boston einen Wagen geliehen, mich ans Steuer gesetzt und bin zu dem Haus hinausgefahren. Ja, ich besitze einen Führerschein, schon seit vielen Jahren. Aber warum sollte ich jemandem davon erzählen? Die Hertz-Leute machen es einem wunderbar bequem, wie es ja auch in ihren Anzeigen heißt. Ich hatte vorher angerufen, einen Wagen für Mr Browning reservieren lassen, und da stand er. Ich bezahlte in bar und bekam die Schlüssel. Einfacher ging's nicht. Zuvor hatte ich einem Fremden den Führerschein gestohlen.«

Max lächelte. »Cecily hatte eine neue Verfügung für ihr Testament entworfen, die ihre literarische Hinterlassenschaft betraf. Dieser Entwurf lag in der obersten Schreibtischschublade; das Erste, was ins Auge fiel, wenn man sie aufzog. Und ich war nicht der Einzige, der sie geöffnet hatte. Ihre Gerry Marston war schon daran gewesen, obwohl sie es leugnete und schwor, sie sei nicht eingebrochen. Die Hintertür hätte offen gestanden. Sie hätte sich nur ein wenig umschauen und auf die Toilette gehen wollen. Irgendwie sei sie dann in Cecilys Arbeitszimmer gelandet. Als ich sie entdeckte, stand sie vor dem Porträt. Eine glaubhafte Geschichte.«

»Nicht unglaubhaft jedenfalls«, sagte Kate. Sie selbst hatte schließlich Cecilys Haus sehen wollen, oder? War das nicht sogar einer der Gründe gewesen, warum sie Max dorthin begleitet hatte?

»Haben Sie mit ihr gesprochen?«, fragte Kate.

»O ja, wir haben miteinander gesprochen. Ich habe ihr keine Vorwürfe und auch keine Angst gemacht. Ich habe sie nicht zu dem Geständnis zu überreden versucht, dass sie in Schubladen geschaut hat. Wenn Sie es genau wissen wollen: Ich war ganz reizend zu ihr. Habe ihr erzählt, ich sei der Verwalter von Cecilys literarischem Nachlass, und war an ihren Theorien und ihrer Arbeit höchst interessiert.«

»Weshalb glauben Sie, dass Gerry den Testamentsentwurf gelesen hat?«

»Sie war so überrascht, als ich ihr sagte, dass ich den Nachlass verwalte. Ihre … es war eindeutig. Egal, ich konnte kein Risiko eingehen. Und ich konnte mir nicht leisten, ihr zu vertrauen. Ich hätte nicht dort sein sollen, sondern irgendwo an der Universität, zwischen zwei Vorlesungen. Ich hatte eine am nächsten Tag.«

»Diese ganze Geschichte mit dem Pferd war also Unsinn.«

»Natürlich. Meine Pferdenarrheit schien Ihnen zu gefallen. Sie passte so schön zu Dorothy Whitmores Pferdenarrheit.«

»Ich nehme an, es war nicht schwer, Gerry auf die Felsen zu locken.«

»Nicht besonders. Sie kletterte von sich aus auf ihnen herum, genau wie Sie. Ich folgte ihr und deutete auf etwas am Horizont. Dann schlug ich ihr einen Stein auf den Kopf. Sie fiel hin, und ich musste ihren Kopf unter Wasser drücken. Die Flut kam und erledigte den Rest. Danach wartete ich ab. Das ursprüngliche Testament wurde eröffnet. Der Anwalt informierte mich über meine Pflichten. Da wusste ich, dass alles in Ordnung war. Bis auf die Sache mit der Leiche.«

Kate hielt den Blick fest auf ihn gerichtet. Es bedurfte keiner Zwischenfragen, um ihn fortfahren zu lassen.

»Ich wollte kein großes Tamtam, wenn die Leiche gefunden wurde. Ich wollte aber auch nicht, dass sie als vermisst gemeldet und eine große Suchaktion gestartet würde. Sie hinauszulocken, meine willfährige Freundin, und die Leiche identifizieren zu lassen, wäre meine Chance. Sie wären so oder so vernommen worden, wenn die Leiche erst einmal dort gefunden worden wäre. Auf diese Weise konnte ich den Grundstein für eine ganz natürliche Erklärung ihres Todes legen. Ihnen gefiel die

Sache nicht, das sah ich, aber Sie waren vom Porträt der Whitmore so fasziniert, das half mir weiter. Ach, Kate, Sie wollten mir so gern vertrauen, aber es ist Ihnen nicht gelungen. Daran konnte auch all mein berühmter Charme nichts ändern. Als Sie dann mit Ihrer herrlich romantischen Geschichte daherkamen – eine der besten Schauergeschichten, die ich je gehört habe –, griff ich sofort zu. Wenn Gerry Marston sich für die Whitmore interessierte, wie Sie so schnell gefolgert hatten, konnte sie auf keinen Fall eine Bedrohung für mich sein. Das haben Sie nun gemerkt. Mir hat es wirklich Spaß gemacht, die Briefe zu schreiben, aber das habe ich Ihnen ja schon gesagt. Ich habe Ihnen überhaupt alles erzählt, nicht wahr? Ich habe viel zu lange geredet.«

»Ich muss auf die Toilette«, sagte Kate.

»Wirklich? Wenn wir jetzt in einem dieser Filme wären, die unsere verrückte Jugend konsumiert, dann würde ich mitgehen und Wache stehen. Aber das ist hier nicht nötig. Das Toilettenfenster ist zu klein und zu hoch, als dass Sie hinausklettern könnten. Schließen Sie also die Tür und beeilen Sie sich.«

Sie musste tatsächlich zur Toilette, aber darüber hinaus brauchte sie auch einen Augenblick Erholung von seiner Gegenwart. Aber das war ein Fehler. Sowie sie ihn nicht mehr vor sich hatte, wurde sie noch nervöser. Sollte sie trotzdem das Fenster probieren? »Kommen

Sie?«, hörte sie ihn rufen. Sie öffnete die Tür und ging zu ihrem Sessel zurück.

»Möchten Sie wirklich keinen Drink?«, fragte er. »Keinen Scotch?«

»Nein«, sagte Kate. »Sind Sie mit dem Auto gekommen?«

»O ja, ich habe wieder einen Wagen gemietet. Vielleicht gebe ich bald, wenn es keinen Verdacht erwecken kann, zu, dass ich fahren kann, oder ich nehme in aller Öffentlichkeit ein paar Fahrstunden, bei denen ich mich übermäßig dumm anstelle, und dann kaufe ich mir ein Auto. Ich werde mehr Geld haben. Wissen Sie, Kate, ich bin nicht so wohlhabend, wie Sie denken. Als Sie all Ihre netten kleinen Bemerkungen zum Erstgeburtsrecht machten, hatten Sie vollkommen recht. Herbert hat den gesamten Besitz geerbt. Ich habe bereits einen Vorschuss auf die Biografie und einen guten Vertrag bekommen. Das Buch wird ein finanzieller Erfolg. Nicht weil es, wie Sie meinen, von einer Frau handelt, sondern weil es mit Stil und einem Schuss Zynismus geschrieben sein wird. Ich werde Rezensionen bekommen, die alle so gut sind wie die von Malcolm Muggeridge. Wir sind die Welle der Zukunft, er und ich. Natürlich sind wir uns noch nicht begegnet …«

Sie musste ihn am Reden halten. Das war klarer als alles andere. »Was haben Sie vor?«, fragte sie.

»Die Biografie schreiben. Eine vernünftige Ausgabe

der restlichen Schriften machen. Und die versiegelten Whitmore-Briefe als Fälschungen entlarven. Ich wage zu behaupten, dass jeder Grafologe mir da helfen kann. Hoffen wir nur, dass er nicht so schlau ist und herausbekommt, wer da die Feder geschwungen hat.«

»Ich meinte, was haben Sie mit mir vor?«

»Ich habe eine Pistole.« Max zog sie hervor und legte sie auf den Tisch. »So was kann man problemlos kaufen. Ihr Liberalen, die ihr immer Waffenscheine einführen wollt, könnt das nicht verhindern. Wenn wir alle Schusswaffen trügen und jeder Gauner und Straßenräuber das wüsste, gäbe es weniger Verbrechen.«

»Soll man davon ausgehen, dass ich die Pistole gekauft habe?«

»Natürlich. Man wird die Spur nicht zurückverfolgen können, aber ein Negativbeweis gilt nicht als schlüssig. Sie waren in letzter Zeit etwas schwermütig. Sind häufig allein hierhergefahren, um zu grübeln. Hatten Depressionen wegen des Älterwerdens und dem Druck der nachstürmenden Jüngeren. Waren vielleicht auch verstört wegen des Todes einer Studentin.«

»Werde ich einen Brief hinterlassen?«

»Nein. All diese Dinge wird man vermuten. Ich habe alles durchdacht. Niemand wird wissen, dass ich hier war. Mein Wagen steht abseits der Straße zwischen Bäumen versteckt. Es wird einer von tausend Hertz-Wagen sein, die nach diesem Wochenende zurückgebracht werden. Die Angestellte wird mich nicht einmal ansehen, wenn sie die Papiere in Empfang nimmt. Ja, natürlich habe ich auch über andere Todesarten nachgedacht. Aber die einfachste ist immer die beste.«

»Leider gibt es hier keine Felsen.«

»Es wäre auch nicht gut, sich zu wiederholen.«

»Und die alte Frau, Cecilys Nachbarin. Hat sie nichts gehört oder gesehen?«

»Natürlich nicht. Außerdem ist sie alt, und man kann damit rechnen, dass sie vergesslich ist oder so wirkt. Glücklicherweise hielt mich der Anwalt noch immer für den literarischen Nachlassverwalter und rief mich deshalb an.«

»Mörder glauben immer, sie kämen damit durch. Aber dann passiert etwas Unerwartetes. Ich verspreche Ihnen, Reed wird Ihre Selbstmordtheorie niemals glauben. Er verfügt über die ausgefeiltesten Untersuchungsmethoden. Wäre es nicht sicherer für Sie, wenn Sie mich leben ließen?«

»Nein. Ich kenne Ihre Sorte. Ich würde nie mehr sicher sein oder mich dafür halten, was auf dasselbe hinausläuft. Ach ja, wenn Sie mir Ihr Wort gäben, dann vielleicht, aber das würden Sie nicht tun. Oder doch?«

»Um mein Leben zu retten? Natürlich. Und es halten.«

»Nein. Sie würden es nicht ehrlich meinen. Es würde nicht als Versprechen zählen. Sie würden sich einreden, dass ich einen Menschen getötet habe und vielleicht noch einen töten könnte. Man kann nur einmal lebenslänglich absitzen. Bevor ihr Liberalen die Todesstrafe abgeschafft habt, hieß es: Man stirbt nur einmal.«

Kate schätzte mit Blicken den Abstand zwischen ihnen. Wenn sie wild hin und her rannte, konnte er kaum schießen. Man kann sich ja kaum selbst in den Rücken schießen. Er musste die Kugel so platzieren, dass sie die Selbstmordthese stützte. Das war ihr Vorteil. Sie fing an, ihr Gewicht im Sessel zu verlagern.

»Nicht bewegen«, sagte er. »Ich möchte Sie so erschießen, dass die Wunde wie selbst zugefügt aussieht, aber wenn es sein muss, darf es auch wie die Tat eines Einbrechers aussehen. Das entspricht allerdings nicht so sehr meinen Plänen, weil dann die Polizei jemanden suchen muss. Aber wenn Sie sich bewegen, werde ich schießen.«

»Meine Füße sind eingeschlafen.«

»Strecken Sie sie im Sessel aus.«

»Wie spät ist es, Max?«

»Schauen Sie auf Ihre eigene Uhr. Was sagt sie?«

»Fünf.«

»Ich habe mir überlegt«, sagte Max und stand mit der Waffe in der Hand auf, »dass Sie sich nicht hier in der Hütte erschießen würden. Mit Rücksicht auf Reed würden Sie sie niemals verunreinigen. Schließlich hat er, wie Sie mir bei meinem ersten Besuch erzählten, mitgeholfen, sie zu bauen, und sie dann Guy abgekauft. Sie würden tief in den Wald hineingehen. Dann würde ein Schuss fallen. Selbst wenn die Bauern in der Umgebung ihn hören sollten, würden sie glauben, jemand hätte einen Fuchs erschossen. Das ist zu jeder Zeit und ohne Jagdschein erlaubt. Gehen wir also in den Wald.«

Als Kate aufstand, versuchte sie, ihren Körper zu einer Bewegung zu zwingen, dazu, sich auf ihn zu stürzen, nach ihm zu treten, ihn anzugreifen. Jetzt war es zu spät, an all die Selbstverteidigungskurse zu denken, die irgendwie für eine andere Generation in einem anderen Leben gedacht schienen. Sie konnte sich zu keinem Kampf zwingen; ihr gelang nicht einmal eine plötzliche Bewegung. Wenn er sich auf sie stürzte, würde zweifellos ihr Verteidigungswille erwachen. Aber für eine Kung-Fu-Attacke mit Luftsprung war sie nicht die Richtige.

Er schritt sicher aus, als sie im Wald verschwanden. Er hatte einen Kompass. »Im Wald besteht immer die Gefahr, dass man im Kreis läuft, vor allem, wenn er aus immergrünen Bäumen besteht«, sagte er. »Und ich will auf geradem Wege wieder herauskommen. Sofort danach.« Sie gingen so weit, dass Kate den Eindruck hatte, sie müssten bald auf der anderen Seite herauskommen, aber ihr Zeitgefühl trog sie aller Wahrscheinlichkeit nach. Wann immer sie sich nach ihm umdrehte, trieb er sie weiter. Vor ihm fühlte sie sich sicherer. Er würde ihr nicht in den Rücken schießen, wenn es vermeidbar war.

Und dann bekam Kate einen Energieschub, wie ihn angeblich Tiere erleben, kurz bevor sie in der Falle sterben. Mit einer enormen Aufwallung von Lebenswillen wurde ihr klar, dass ihre einzige Chance war, schnell tiefer in den Wald zu rennen und vielleicht Max abzuschütteln. In dem Augenblick, als ihre Muskeln zum Zerreißen gespannt waren, rief er: »Nicht rennen, Kate, ich schieße.« Aber sie rannte los, schlug einen scharfen Haken und hoffte, hinter ihn zu kommen. Und während sie vorwärtsstürzte, durch Unterholz stolperte und gegen Bäume rannte, hörte sie einen Schrei, und dann fiel ein Schuss. Sie war sich keineswegs sicher, ob sie getroffen war, denn kurz zuvor war sie gegen einen Baumstamm geprallt und wie gelähmt.

»Kate«, hörte sie Reeds Stimme. »Kate! Bist du in Ordnung?«

»Mir geht's bestens«, sagte Kate und fiel in Ohnmacht.

»Er ist verrückt, keine Frage«, sagte Reed einige Zeit später, als sie mithilfe eines anderen Mannes (Wer war das?) das Haus wieder erreicht hatte und eine Ambulanz Max, der niedergeschlagen worden und ohne Besinnung war, weggebracht hatte. Reed hatte im Haus der Frau unten an der Straße nach dem Krankenwagen telefoniert.

»Hoffentlich hast du ihr das Gespräch bezahlt«, sagte Kate besorgt.

»Ich habe ihr zehn Dollar gegeben«, sagte Reed. »Kate, sag Guy Hallo. Wir beide haben ihn gemeinsam überwältigt.«

»Na ja«, sagte Reed noch etwas später, als sie ganz langsam nach New York zurückfuhren. »Natürlich habe ich mir einen Polizeiwagen ausgeliehen, und das Warnlicht hat wie verrückt geblinkt. Wir müssen gute hundert Meilen die Stunde gemacht haben. Vielen Autofahrern auf dem Taconic Parkway wird der Schreck noch einige Tage in den Knochen sitzen. Wir haben es in einer knappen Stunde geschafft.«

»Aber wieso wusstest du …?«

»Weil du eine Frau bist, die ihr Wort hält, liebe Kate. Leo, diese wundervolle, begnadete Sportskanone, rief um halb vier an, um zu fragen, wo du bliebest. Es sei das letzte Spiel der Saison, und du hättest versprochen zu kommen. Er wollte nur wissen, ob du kämst. ›Hat sie wirklich zugesagt?‹, fragte ich zurück, noch immer recht sorglos. ›Ja, ich glaube schon. Alle anderen Eltern sind hier. Aber es macht nichts‹, sagte Leo. ›Ich habe mich nur gewundert.‹ Aber um zu telefonieren, hatte er bis zur Fifth Avenue laufen müssen. Das Spiel hatte um drei angefangen, du hättest also um ein Uhr dreißig hier losfahren müssen, spätestens um zwei. Ich redete mir ein, du könntest dich verspätet haben, deine Uhr könnte stehen geblieben sein, du wärst im Verkehr stecken geblieben oder es hätte einen Unfall gegeben. Aber das alles sah dir nicht ähnlich. Du hättest angerufen oder Leo eine Nachricht hinterlassen. Du lässt Leute nicht hängen, und Leo schon gar nicht. Du musstest auf alle Fälle vorher daheim vorbeikommen. Also ging ich in dein Arbeitszimmer, und da lagen sie, all die traurigen Beweise. Ich war nie recht glücklich über diese Geschichte, nicht wirklich glücklich. Max war nicht zu Hause, das gab den Ausschlag.«

»Und Guy?«, fragte Kate. Sie war so müde, dass sie die Frage kaum herausbrachte.

»Ich brauchte Hilfe. Ich wollte nicht auf Max schießen. Das hätte zu viele Erklärungen erfordert. Und außerdem kannte Guy, dieser ekelhaft durchtrainierte Kraftbolzen, die Hütte und den Wald rundherum. Nicht dass wir dachten, du wärst im Wald. Wir hatten vor, uns auf diesem Weg anzuschleichen. Dann hörten wir, wie er dich rief.«

»Und seine Pistole gerade losging?«

»Sie ging genau in dem Augenblick los, als wir uns auf ihn stürzten. Die Kugel ging in die Luft und landete wer weiß wo auf dem Boden.«

»Stell dir das vor«, sagte Kate.

Noch später, als sie langsam den Saw Mill River Parkway hinunterfuhren, wachte Kate, die an Reeds Schulter eingeschlafen war, auf und sagte: »Also hast du nie wirklich an meine romantische Geschichte geglaubt. Ich hatte sie für eine so befriedigende Erklärung gehalten. Worauf Gwendolen – du erinnerst dich sicher – antwortet: ›Ja, Liebe, wenn du ihm glauben kannst‹, und Cecily Cardew sagte: ›Ich kann es nicht. Aber das tut der wundervollen Schönheit seiner Antwort keinen Abbruch.‹ Fandest du meine Geschichte nicht wundervoll?«

»Wovon redet sie?«, fragte Guy, der am Steuer saß.

»Das ist zweifellos ein Zitat«, sagte Reed. »Es ist fast immer eins.«

»Ich bewundere literarische Menschen«, sagte Guy.

Sechzehn

Leos Abschlussfeier verlief so gut, wie das unter den gegebenen Umständen möglich war. Die Erfahrungen, die Leo während seines letzten Semesters im St. Anthony's gemacht hatte, ließen die Zeremonie in seinen Ohren etwas hohl klingen. Es folgte eines dieser so unvermeidlichen wie grässlichen Essen der Familie Fansler. Alle Fanslers waren anwesend, aber Kate konnte sich wenigstens gemütlich am Champagner betrinken, eine Fluchtmöglichkeit, die die Abschlussfeier selbst leider nicht geboten hatte.

Leo war wieder in sein Elternhaus gezogen. Als Reed und Kate den versammelten Fanslers schließlich Lebewohl sagten, dankte Leo ihnen für »alles«, als hätten sie ihn, wie Reed bemerkte, für einen Nachmittag in den Zoo mitgenommen. Sie beschlossen, die Avenue hinunterzugehen.

»Ich habe dir noch nicht über die abschließende Ironie des Schicksals berichtet«, sagte Reed. »Finlay und Ricardo werden zweifellos mit einem Jahr Verspätung beide nach Harvard gehen. Bei Finlay stand das ja nie infrage. Er ist, wie Leo immer wieder sagt, ein Genie. Und Max hat als Unterstützung für den jungen Ricardo einen so bewegenden Brief verfasst, dass Harvard bereit ist, seine Aufnahme ernsthaft zu bedenken. Zweifellos hatte Max das Gefühl, die positive Seite der Familie herausstreichen zu müssen. Wer heftig unter der Sache zu leiden hatte, war Leo: Der Direktor hat ihn nicht einmal gegrüßt, wenn sie sich in der Halle begegneten. Ich glaube, das hat Leo schon getroffen.«

»Crackthorne auch«, sagte Kate. Reed zog fragend eine Augenbraue hoch. »Du weißt doch«, sagte Kate, »der junge Lehrer, der an einer Dissertation über die Generation des Ersten Weltkriegs schreibt. Er war es, der mir die Basketballspiele erträglich gemacht hat. Er verlässt St. Anthony's. Er hat mir einen Brief geschrieben. Er sagt, er hat dort so viel an Eigennutz und Blasiertheit erlebt, dass es ihm für den Rest des Lebens reicht.«

»Kate, tut es dir leid, dass du nicht länger als ein Jahr Mutter spielen durftest?«

»Unsinn. Das war genau die richtige Portion Elternschaft. Aber wenn ich mir das Jahr noch einmal aussuchen dürfte, dann würde ich ein weniger ereignis- und krisenreiches vorziehen. Wie Lady Bracknell in anderem Zusammenhang schon hervorhob: ›Die Krisen dieses Frühjahrs lagen deutlich über dem Durchschnitt, den die Statistik für uns als Richtschnur bereithält.‹«

»Du bist wirklich wieder in Ordnung. Wenn du Oscar Wilde zitierst, geht es mir immer gleich besser. Ich habe mir ein bisschen Sorgen über die möglichen Spätfolgen einer Jagd durch den dunklen Wald gemacht, die ein verrückter Mörder auf dich unternommen hat.«

»Übertreibung ist ansteckend, wie ich sehe. Weißt du, Reed, Max wird mir immer ein Rätsel bleiben. Und wenn ich in der Hütte bin, werde ich ihn immer über meine ungemähte Wiese schauen sehen.«

»Wir alle haben unsere Geister und Gespenster«, sagte Reed. »Mich zumindest wird stets der Geist des noch nicht achtzehnjährigen Leo begleiten.«

Aber das Verzeichnis der Geister war noch keineswegs vollständig. Als Kate und Reed ein paar Wochen später von einem Auslandsurlaub zurückgekehrt waren, flatterte ein Brief aus Wallingford ins Haus.

»Für Kate von Tate«, hatte Sparrow geschrieben. »Also kein förmlicher Brief, nichts Offizielles. Dieses Foto tauchte in Cecilys Papieren auf. Ich vermute, Max hatte vor, es in der Biografie zu verwenden. Natürlich hätte ich keine Kopie davon machen oder es irgendjemandem schicken dürfen.«

Auf dem Foto posierten drei Mädchen vor der Kamera, lachend, die Arme um die Taille der anderen geschlungen. Auf der Rückseite stand: »Tupe, Hutchins, Whitmore. Oxford 1920.«

Die Mädchen standen auf einer Wiese im Sonnenlicht, vermutlich im Somerville. Und hinter ihnen konnte man die träumenden Türme erahnen.

Zur Autorin und
zu ihren Übersetzern

AMANDA CROSS, eigentlich Carolyn Gold Heilbrun, geboren 1926 in New Jersey, war eine feministische Literaturwissenschaftlerin und lehrte an der Columbia University. Sie veröffentlichte zahlreiche wissenschaftliche Schriften; die Kriminalromane mit der Literaturprofessorin und Amateurdetektivin Kate Fansler schrieb sie unter Pseudonym. Sie starb am 9. Oktober 2003 in New York.

Im Dörlemann Verlag erschienen: *Die letzte Analyse. Ein Fall für Kate Fansler, Der James Joyce-Mord. Ein neuer Fall für Kate Fansler und Thebanischer Tod. Kate Fansler ermittelt*, alle Bände deutsch von Monika Blaich und Klaus Kamberger.

MONIKA BLAICH, geboren 1942 in Berlin, ist diplomierte Übersetzerin für Englisch, Französisch und Spanisch. Seit vielen Jahren überträgt sie u.a. Werke von Angela Carter, Graham Greene und Ruth Rendell ins Deutsche. KLAUS KAMBERGER, geboren 1940 in Paderborn, gelernter Zeitungsredakteur, arbeitete als Lektor und als freier Journalist, übersetzte u.a. Tess Gerritsen, Bryan Forbes, Elmore Leonard und Robert B. Parker sowie gemeinsam mit Monika Blaich u. a. Amanda Cross, Patricia Cornwell und Scott Turnow aus dem Englischen.

ZUM BUCH

Vor Kate Fanslers Tür steht eines Tages unversehens ihr alter Freund Max Reston, eigenbrötlerischer Snob und frischernannter Nachlassverwalter der berühmten Schriftstellerin Cecily Hutchins. Er bittet sie darum, mit ihm nach Maine zu fahren und in Hutchins' Haus nach dem Rechten zu sehen – insbesondere nach dem wertvollen literarischen Erbe.

Bei einem Spaziergang am Meer entdeckt Kate die Leiche einer Studentin. Die junge Frau hatte ausgerechnet über Dorothy Whitmore promoviert, eine Freundin von Hutchins aus dem Dunstkreis des Bloomsbury-Zirkels. Kann das wirklich ein Zufall sein? Und wieso hat Max eigentlich sie um Hilfe gebeten? Auf der Suche nach Antworten reist Kate nach England und taucht tief ins pulsierende Leben an der altehrwürdige Elite-Universität Oxford ein.